— Nous nous sentirions moins solitaires, Mérapi, si nous l'étions ensemble.

L'Esclave Reine. — I.

L'ESCLAVE REINE

(THE MOON OF ISRAËL)

RIDER HAGGARD

L'ESCLAVE REINE

Traduit du roman anglais

THE MOON OF ISRAËL

par **JEAN PETITHUGUENIN**

abondamment illustré par les photographies du film

Production SASCHA

Édition UNION - ARTISTIC - FILM

ÉDITIONS JULES TALLANDIER
75, Rue Dareau, PARIS (XIVᵉ)

Ce livre suggère que le vrai Pharaon de l'Exode n'était pas Méneptah ou Mérenptah, fils de Ramsès le Grand, mais le mystérieux usurpateur Amenmsès, qui occupa le trône une année ou deux entre la mort de Méneptah et l'avènement de son fils, l'héritier présomptif, le généreux Séti II.

L'histoire ne nous renseigne pas sur Amenmsès. Il se peut qu'il ait péri dans la mer Rouge, ou plus exactement la mer des Roseaux, car, si l'on a retrouvé les corps de Méneptah et de Séti II, le sien ne l'a pas été.

Les écrits du scribe et chroniqueur Anana ou Ana, comme nous le nommons ici, sont familiers aux égyptologues.

C'était le vœu de l'auteur de dédier cette histoire à Gaston Maspero, K.C.M.G. (1), directeur du musée du Caire, avec lequel il en avait discuté le projet il y a quelques années en plusieurs occasions. Mais ce grand égyptologue, cruellement éprouvé par la guerre, devait mourir avant que l'œuvre fût publiée. Mᵐᵉ Maspero lui ayant depuis, néanmoins, fait part que cela répond au vœu de la famille du défunt, l'auteur maintient la dédicace qu'il s'était proposé d'offrir à cet écrivain éminent, ce grand savant des choses du passé.

Cher monsieur Gaston Maspero,

Me donnant un jour votre avis sur un de mes romans qui a trait à l'antiquité égyptienne, vous m'avez assuré qu'il était si plein de l'âme intime des anciens Egyptiens, qu'après nos propres tentatives de ce genre et toute une vie d'étude, vous étiez incapable de concevoir comment une telle œuvre avait pu jaillir du cerveau d'un homme moderne. J'ai considéré cette opinion, venant d'un tel juge, comme un des plus grands éloges qui m'aient jamais été adressés. C'est elle qui m'a incité à vous offrir un autre conte du même caractère. J'y ai été spécialement encouragé par une certaine conversation que nous avons eue au Caire, en contemplant la figure majestueuse du Pharaon Méneptah. Alors, souvenez-vous-en, vous m'avez déclaré que, selon vous, la thèse du livre projeté possé-

---

(1) *Knight Commander of the most eminent order of St. Michael and St. George.* (Note du traducteur.)

dait un haut degré de probabilité et répondait à votre connaissance de ces temps obscurs.

En vous exprimant ma gratitude pour votre assistance et votre amabilité et en rendant un hommage sincère à vos immenses travaux, sur le plus mystérieux des peuples disparus,

Je vous prie de me croire

Votre fidèle admirateur

H. RIDER HAGGARD.

L'ESCLAVE REINE

LE SCRIBE ANA

Ceci est l'histoire de moi-même, Ana, le scribe, fils de Méri, et de certains des jours que j'ai passés sur la terre. J'écris ces choses maintenant que je suis très vieux, sous le règne de Ramsès, troisième du nom, lorsque l'Egypte est redevenue puissante comme autrefois. Je les écris avant que la mort me prenne, pour qu'elles soient ensevelies avec moi dans la tombe, car, de même que mon âme s'éveillera à l'heure de la résurrection, ces mots que j'ai tracés s'éveilleront peut-être quand le temps sera venu et révéleront à ceux qui vivront après moi ce que j'avais appris sur la terre. Qu'il en soit selon les décrets de Ceux d'en-haut ! Moi, j'écris et ce que j'écris est vrai.

Je conte l'histoire de Sa Majesté divine, que j'ai aimée et aime comme mon âme, Séti Ménéptah II, qui est né le jour où je suis né, l'épervier qui a pris son vol avant moi vers le ciel. Je conte l'histoire d'Userti la Superbe, sa reine, qui épousa ensuite Sa Majesté divine Saptah, et que j'ai vue gisant dans sa tombe à Thèbes. Je dis celle de Mérapi, que l'on nommait Lune d'Israël, et de son peuple, les Hébreux, qui demeurèrent longtemps en Egypte et s'en allèrent après nous avoir payé par la ruine et l'opprobre de tout le bien et le mal que nous leur avions fait. Je conte la guerre entre les dieux de l'Egypte et le dieu d'Israël et beaucoup d'événements qui sont arrivés en ce temps.

Moi, le compagnon du roi, le grand scribe, le favori du Pharaon qui a vécu sous le soleil avec moi, je parle encore d'autres hommes et d'autres sujets. Voyez, n'est-ce pas écrit dans ce rouleau ? Lisez, vous qui le trouverez, dans les jours qui ne sont pas encore nés, si vos dieux vous en ont donné le talent. Lisez, ô enfants du futur, et apprenez le secret de ce passé qui est loin de vous et pourtant en vérité si près.

Par le fait des circonstances, bien que le prince Séti et moi nous fussions nés le même jour, ce qui valut un don de Pharaon à ma mère, comme à toutes celles de caste noble qui avaient mis leurs enfants au monde ce jour-là, et me valut à moi-

même le titre de Jumeau Royal en Râ (1), mes yeux ne s'étaient jamais posés sur le divin prince Séti avant le trentième anniversaire de notre naissance. Et voici comment cela se fit.

En ces jours, le grand Pharaon, Ramsès II, et après lui son fils Méneptah, qui était vieux lors de son avènement (car le puissant Ramsès avait assisté à cent crues du Nil quand il fut ravi dans le sein d'Osiris), Ramsès, dis-je, résidait le plus souvent à Tanis dans le désert, tandis que je demourais avec mes parents à Memphis sur le Nil, l'antique cité ceinte de blanches murailles. Méneptah et sa cour visitaient parfois Memphis comme aussi Thèbes où ce roi repose aujourd'hui dans la tombe.

Mais, sauf en une seule circonstance, le jeune prince Séti, l'héritier présomptif, l'espoir de l'Egypte, ne les accompagna jamais, car sa mère, As-Néfert, n'aimait pas Memphis, où elle avait eu à souffrir dans sa jeunesse (un drame d'amour, qui avait coûté la vie à son amant, lui avait laissé dit-on, le cœur blessé), et Séti restait avec sa mère, qui ne lui permettait pas de s'éloigner de sa vue.

Une fois pourtant, quand il atteignit sa seizième année, il vint à Memphis pour être proclamé devant le peuple fils de Pharaon, Fils du Soleil, futur porteur de la double couronne. Et nous alors, ses jumeaux en Râ (dix-neuf d'entre nous étaient de naissance noble), nous fûmes appelés à comparaître devant lui et à baiser ses pieds royaux. Je devais revêtir pour cette cérémonie une belle robe neuve, brodée de pourpre, au monogramme de Séti et au mien. Mais, ce matin-là, par le pouvoir d'un dieu malin, je fus atteint d'une éruption de taches sur le visage et sur tout le corps, maladie commune qui affecte la jeunesse. Il arriva de la sorte que je ne vis pas le prince, car il avait quitté Memphis avant ma guérison.

A cette époque, mon père Méri était scribe du grand temple de Phtah. Je fus instruit dans sa profession à l'école du temple, où je copiais maints rouleaux et transcrivais des Livres de la Mort (2), que j'ornais d'enluminures. Je devins

(1) *Râ : le soleil divinisé. (Note du traducteur.)*
(2) *Le Livre de la Mort était le livre sacré des Egyptiens, comme la Bible est celui des Juifs ou le Coran, celui des musulmans. (Note du traducteur.)*

assez habile dans ce métier pour gagner de quoi nourrir mon père quand il perdit la vue quelques années avant sa mort et faire vivre mes sœurs jusqu'à leur mariage. Je n'avais plus de mère, car elle avait été recueillie dans le sein d'Osiris lorsque j'étais encore tout petit. L'existence coulait ainsi d'année en année, mais dans mon cœur je détestais mon sort. J'étais encore enfant quand l'idée s'éveilla en moi d'écrire ce que d'autres copieraient au lieu de copier ce que d'autres avaient écrit. Je devins un songeur de songes. Je me promenais la nuit au bord du Nil sous les palmiers et regardais la lune briller sur les eaux. Je croyais voir de belles apparitions flotter dans ses rayons. Elles étaient bien différentes de ce que je découvrais dans le monde des hommes, quoiqu'il y eût parmi elles des hommes et des femmes et même des dieux.

J'inventais des histoires dans mon cœur et, à la fin, quoique ce ne fut pas avant des années, je me mis à écrire ces histoires en mes heures de loisir. Mes sœurs me surprirent dans cette occupation et le rapportèrent à mon père qui me gronda pour une telle folie, incapable, disait-il, de me procurer jamais ni pain, ni bière. Mais je continuais à écrire en secret la nuit dans ma chambre à la lueur de ma lampe. Puis mes sœurs se marièrent et un jour mon père mourut subitement, tandis qu'il était en train de réciter ses prières au temple. Je le fis embaumer selon les meilleurs rites et l'ensevelis avec honneur, dans la tombe préparée par ses soins, sans égard aux frais, que je ne pus payer qu'en m'astreignant pendant près de deux ans à copier des Livres de la Mort, trop occupé par ce labeur pour trouver encore le temps d'écrire des histoires.

Quand je fus enfin libéré de ma dette, je rencontrai une jeune fille de Thèbes dont le beau visage semblait toujours sourire et elle ravit mon cœur de ma poitrine dans la sienne. A mon retour de la guerre contre les barbares de Ninive, dans laquelle j'avais été appelé à servir comme les autres jeunes gens, je l'épousai. Son nom! je ne veux même pas m'en souvenir. Nous eûmes un enfant, une petite fille, qui mourut deux ans après sa naissance. Et alors j'appris ce que c'est que le chagrin pour l'homme. Ma femme fut triste d'abord, mais elle se consola avec le temps et se remit à sourire comme auparavant. Elle me déclara seulement qu'elle ne voulait plus avoir d'enfants pour que les dieux les lui prennent. Ayant peu de besogne, elle se mit à courir la ville et se fit des amis que je ne connaissais pas.

Comme elle était belle, elle en trouvait beaucoup. La fin de ceci fut qu'elle repartit pour Thèbes avec un soldat que je n'avais jamais vu ; car je travaillais toujours à la maison, pensant au bébé qui était mort, me disant que le bonheur est un oiseau que personne ne peut attraper, quoiqu'il entre quelquefois de lui-même par la fenêtre.

C'est après cela que mes cheveux blanchirent quand je n'avais pas encore trente ans.

Désormais, comme je n'avais personne pour qui travailler, que j'avais peu de besoins et des goûts simples, je trouvai plus de temps pour écrire des histoires qui étaient, pour la plupart, empreintes de tristesse. Un camarade scribe m'emprunta une de ces histoires et la lut tout haut devant une compagnie. Elle plut tellement que plusieurs personnes demandèrent la permission de la copier et de la répandre. J'acquis ainsi peu à peu la réputation d'un conteur, qui faisait copier et vendre ses contes. A vrai dire, je n'en tirais pas grand'chose. Ma renommée grandit ainsi jusqu'au jour où je reçus un message du prince Séti, mon Jumeau en Râ, qui avait, me faisait-il dire, lu certains de mes écrits : ceux-ci lui avaient beaucoup plu et il avait envie de me connaître. Je le remerciai humblement par l'entremise du messager et répondis que j'irais à Tanis pour y attendre le bon plaisir de Son Altesse. Avant de partir, néanmoins, j'achevai la plus longue histoire que j'avais jamais écrite. Elle s'appelait *le conte des deux frères* et disait comment la femme infidèle de l'un attirait le malheur sur l'autre, qui périssait à la fin. Elle disait aussi comment les dieux justes rappelaient le défunt à la vie et beaucoup d'autres événements. Je dédiai cette histoire à Son Altesse le prince Séti et, portant le manuscrit dans ma robe avec une somme en or que j'avais épargnée, je me mis en route pour Tanis.

J'y arrivai au début de l'hiver et, me présentant au palais, demandai hardiment une audience. C'est alors que mes tribulations commencèrent, car les gardes et les sentinelles m'interdirent l'accès des portes. J'achetai leur complaisance et fus admis dans les antichambres, où une foule de marchands, de jongleurs, de danseuses, d'officiers et de toute sorte de gens attendaient, apparemment pour voir le prince. N'ayant rien à faire, ils se distrayaient en se moquant de moi, un étranger. Mêlé à eux pendant plusieurs jours, je gagnai leur amitié en leur contant une de mes histoires. Après cela, ils me considérèrent comme le bienvenu. Je ne réussissais pourtant pas à approcher le prince et, comme mes économies diminuaient, je songeais à retourner à Memphis.

Un jour, un vieillard à longue barbe, portant la verge à bout d'or, insigne de son office, avec une tête de taureau brodée sur sa robe, s'arrête devant moi et, me traitant de corbeau à tête blanche, me demanda ce que je faisais jour après jour dans les salles du palais. Je lui dis mon nom et ma profession et il me déclina les siens. Ce personnage était, paraît-il, Pambasa, l'un des chambellans de Séti. Quand je lui demandai de me conduire auprès du prince, il me rit au visage et me déclara, dans une langue obscure, que le chemin pour parvenir jusqu'à Son Altesse était pavé avec de l'or.

Je compris ce qu'il voulait dire et lui fis un présent, dont il s'empara aussi avidement qu'un coq picoré un grain de blé. Il me promit de parler de moi à son maître et me conseilla de revenir.

Je me présentai à trois reprises et chaque fois le vieux coq picora une nouvelle mesure de grain. A la fin, exaspéré et oubliant où j'étais, je me mis à crier après lui, à le traiter de voleur, si bien que les gens s'attroupèrent pour écouter. Cela lui fit peur. Il jeta d'abord un coup d'œil vers la porte, comme s'il pensait à appeler la garde pour me faire jeter dehors. Puis il changea d'idée et m'invita tout bas à le suivre. Nous parcourûmes de longs couloirs, passant entre des soldats qui montaient la faction, rigides comme des momies dans leurs sarcophages. Enfin nous arrivâmes devant des rideaux brodés. Ici Pambasa me chuchota d'attendre et passa en écartant les rideaux, qu'il ne prit pas la précaution de refermer tout à fait derrière lui, si bien que je pouvais voir la salle par l'interstice et entendre tout ce qui se dirait.

C'était une petite salle comme celle d'un scribe. Il y avait sur les tables des palettes, des stylets de roseau, de l'encre dans des vases d'albâtre, des bandes de papyrus piquées sur des planches. Les murs étaient ornés de peintures, non pas dans le style que j'avais l'habitude d'employer pour enluminer les Livres de la Mort, mais à la manière d'autrefois, comme je l'ai vu dans certaines tombes anciennes, avec des oiseaux sauvages s'envolant des marais, des arbres et des plantes de toute sorte. Des râteliers contenant des rouleaux de papyrus étaient pendus au mur et, sur l'âtre, brûlait un feu de bois de cèdre.

Devant ce feu, se tenait le prince, que je connaissais d'après ses statues. Il paraissait moins âgé que moi, bien que nous fussions nés le même jour. Il était grand et mince, très beau pour un homme de notre peuple, peut-être à cause du sang syrien qui coulait dans ses veines. Ses cheveux étaient plats et bruns, comme ceux des gens du Nord qui viennent commercer sur les marchés d'Egypte. Ses yeux étaient gris plutôt que noirs, surmontés de sourcils un peu proéminents comme ceux de son père Ménephtah. Son visage avait la douceur de celui d'une femme, mais il était bizarrement sillonné par des rides qui rayonnaient du coin de ses yeux vers les oreilles. Ces rides étaient dues, je pense, au froncement de sourcils que provoque la concentration de la pensée. Mais, selon d'autres, il les avait héritées d'une ancêtre dans la ligne féminine : Baknikhonsou, mon ami, qui exerça sous Séti Ier et ne mourut que tout récemment, ayant vécu cent vingt ans, me disait qu'il avait connu cette princesse avant son mariage et qu'elle ressemblait alors à son descendant Séti, comme peuvent se ressembler deux jumeaux.

Le prince tenait un rouleau déployé, un manuscrit, comme je m'en rendais compte par son aspect, moi qui suis expert en de telles matières ayant trait à ma profession. Levant les yeux de ce rouleau qu'il était en train d'étudier, il vit le chambellan debout devant lui.

— Tu arrives au bon moment, Pambasa dit-il d'une voix qui sonnait avec beaucoup de douceur et de charme, quoique avec un timbre très viril. Tu es vieux et sage sans doute. Dis, es-tu sage, Pambasa ?

— Oui, Altesse, je suis sage, comme l'oncle de Ton Altesse, Khaémoua, dont je brossais les sandales quand j'étais jeune.

— Alors pourquoi prends-tu tant de soin de cacher ta sagesse, qui devrait s'ouvrir comme une fleur pour nous pauvres abeilles avides d'y butiner ? Eh bien, je suis content d'apprendre que tu es sage : car, dans ce livre de magie que j'étais en train de lire, je trouve des problèmes dignes de feu Khaémoua, que je me rappelle seulement comme un homme pensif, aux sourcils noirs, ressemblant beaucoup à mon cousin Amenmsès, sauf

que personne ne peut appeler sage Amenmsès.

— Pourquoi Ton Altesse est-elle contente ?

— Parce que tu peux, étant à ton propre jugement, l'égal de Khaémoua, résoudre aujourd'hui le problème comme il l'aurait fait. Tu sais, Pambasa, que, s'il avait vécu, il aurait été Pharaon à la place de mon père. Il est mort trop tôt, ce qui me prouve qu'il y avait quelque chose de vrai dans sa réputation de sagesse, car nul homme vraiment sage ne souhaiterait jamais être Pharaon.

Pambasa était ébahi.

— Ne souhaiterait pas être Pharaon... commença-t-il.

— Donc, Pambasa le sage, poursuivit le prince comme s'il ne l'avait pas entendu, écoute. Ce vieux livre indique un charme pour délivrer le cœur de l'ennui, c'est-à-dire de la maladie la plus ancienne et la plus répandue en ce monde, de laquelle ne sont exempts que les jeunes chats, certains enfants et les fous. Il paraît que le remède consiste, ainsi nous l'apprend le livre, à se tenir debout à minuit au sommet de la pyramide de Khoufou (1), à l'époque de l'année où la lune est le plus grande, et à boire à la coupe des songes en récitant une invocation qui est écrite ici dans une langue que je ne sais pas lire.

— Les invocations, prince, sont sans vertu si on peut les lire.

— Et sans utilité, me semble-t-il, si personne ne peut les lire.

— D'ailleurs, comment ferait-on, même en plein jour, Altesse, l'ascension de la pyramide de Khoufou, qui est revêtue de marbre poli, pour y boire à la coupe du songe ?

— Je n'en sais rien, Pambasa. Je sais seulement que je suis las de cette folie et du monde ? Enseigne-moi quelque chose pour soulager mon cœur du poids qui l'oppresse.

— Il y a là dehors, prince, des jongleurs, dont l'un se fait fort de lancer une corde en l'air et d'y grimper si haut qu'on le perdra de vue dans le ciel.

— Quand il aura fait cela sous tes yeux, Pambasa, amène-le-moi, mais pas avant. La mort est la seule corde au moyen de laquelle nous puissions grimper jusqu'au ciel ou descendre en enfer. Il y a un dieu appelé Set, sous l'invocation duquel, soit dit en passant, j'ai comme mon arrière grand-père reçu mon nom (les prêtres seuls savent pourquoi), comme il y en a un appelé Osiris (2).

— Alors veux-tu voir les danseuses, prince ? Quelques-unes sont de très belles filles. Je les ai regardées se baigner dans le bassin du palais ; elles auraient réjoui le cœur de ton grand-père, le grand Ramsès.

— Elles ne réjouissent pas mon cœur, qui n'aspire pas à des danses de femmes nues. Cherche encore, Pambasa.

— Je ne trouve plus rien, prince. Pourtant... il y a un scribe, nommé Ana. Un homme maigre,

---

(1) *Khoufou ou Khoufoui : Chéops. (Note du traducteur.)*

(2) *Set présidait à la mort, c'était une espèce de divinité infernale. Il était frère d'Osiris, protecteur des morts. (Note du traducteur.)*

au nez pointu, qui se dit le Jumeau en Râ de Ta Grandeur.

— Ana ! Celui de Memphis qui écrit des histoires ! Pourquoi ne m'as-tu pas dit cela plus tôt, vieil imbécile ? Fais-le entrer tout de suite !

Entendant ceci, moi, Ana, je m'avançai entre les rideaux et, me prosternant, je dis :

— Je suis ce scribe, ô royal Fils du Soleil !

— Comment as-tu l'audace de paraître devant le prince sans y être invité ?... commença Pambasa.

Mais Séti l'interrompit d'une voix sévère.

— Et comment as-tu l'audace, Pambasa, de faire attendre ce savant homme à ma porte comme un chien ! Lève-toi, Ana, et cesse de me décerner des titres, car nous ne sommes pas à la cour. Dis-moi, il y a combien de temps que tu es à Tanis ?

— Bien des jours, ô prince, aspirant en vain à pénétrer jusqu'à toi.

— Et comment es-tu parvenu enfin à m'approcher ?

— En payant, ô prince, comme il semble que ce soit l'usage, répondis-je innocemment. Les portiers...

— Je comprends, dit Séti, les portiers ! Pambasa, enquiers-toi de la somme que ce docte scribe a déboursée entre les mains des portiers et rends-lui-en le double. Va, et examine cette affaire.

Pambasa sortit en me lançant du coin de l'œil un regard suppliant.

— Dis-moi, reprit Séti, quand il s'en fut allé, toi qui dois être sage à ta façon, pourquoi une cour nourrit toujours des voleurs ?

— Pour la même raison, je suppose, ô prince, que le dos d'un chien nourrit des puces. Il faut que les puces vivent et le chien est là.

— C'est vrai. Et ces puces de palais ne sont pas assez payées. Si jamais j'ai le pouvoir, j'aviserai à cela. Elles seront moins nombreuses, mais mieux nourries... Assieds-toi, Ana, je te connais, bien que tu ne me connaisses pas, et j'ai déjà appris à t'aimer par les écrits. Parle-moi de toi.

Je lui dis toute ma simple histoire, qu'il écouta en silence. Puis il me demanda ce qui m'avait déterminé à venir à lui. C'était, lui répondis-je, parce qu'il m'avait envoyé chercher (mais il l'avait oublié), et aussi parce que je lui apportais une histoire que j'avais eu la hardiesse de lui dédier. Alors je déposais le rouleau devant lui sur la table.

— Je suis honoré, dit-il avec un accent de contentement, je suis grandement honoré. Si elle me plaît, ton histoire m'accompagnera dans la tombe, pour que mon Ka (1) la lise et la relise jusqu'au jour de la résurrection. Je veux toutefois l'étudier auparavant en cette vie... Connais-tu cette ville de Tanis, Ana ?

Je répondis que je la connaissais peu, ayant passé mon temps à rôder devant les portes de Sa Grandeur.

— Alors, avec ta permission, je t'y servirai de

____

(1) *Mon double. Les Egyptiens croyaient que l'homme était accompagné d'un double invisible, qui était en quelque sorte le support de son âme et continuait à vivre après la mort du corps. (Note du traducteur.)*

guide ce soir. Après cela nous souperons et nous causerons.

Je m'inclinai et il frappa dans ses mains. Un serviteur parut, non Pambasa, mais un autre.

— Apporte deux manteaux, dit le prince, je sors avec le scribe Ana. Fais-nous suivre par une escorte de quatre Nubiens, pas davantage. Qu'ils se tiennent à distance et soient déguisés. Ils attendront à la porte secrète.

L'homme se prosterna et sortit en hâte.

Presque aussitôt un esclave noir parut avec deux longs manteaux à capuchon comme en portent les chameliers, qu'il nous aida à passer. Puis, prenant une lampe, il nous précéda hors de la chambre par une porte opposée à celle par laquelle j'étais entré, nous guida par des galeries et un escalier étroit qui aboutissait dans une cour. Traversant la cour, nous arrivâmes devant un mur haut et épais dans lequel une porte à deux vantaux garnie de cuivre, s'ouvrit mystérieusement à notre approche. Quatre hommes de haute taille se tenaient dehors. Ils ne paraissaient pas s'occuper de nous, mais, quand nous eûmes fait quelques pas, je jetai un coup d'œil en arrière et les vis marcher sur nos traces.

Quelle belle chose, pensai-je en moi-même, que d'être un prince, qui peut, en levant le doigt, se faire servir ainsi à tout moment du jour et de la nuit !

Juste à cet instant, Séti me dit :

— Vois, Ana, comme il est triste d'être un prince qui ne peut pas même sortir de chez lui sans en aviser les gens de sa maison et commander le service d'une garde secrète ! Tous ses actes sont épiés et rapportés à la police de Pharaon.

Tout peut-être envisagé sous deux aspects différents, pensai-je encore.

CHAPITRE II

LA COUPE BRISÉE

Nous descendîmes une large rue bordée d'arbres, derrière lesquels, dans les jardins, se dressaient des maisons aux toits plats, aux murs de briques séchées au soleil et blanchies à la chaux, et nous arrivâmes à la grande place du marché, juste au moment où la pleine lune montait au-dessus des palmiers. Tanis, ou Ramsès, comme on l'appelle aussi, était alors une très belle ville, quoique moitié moins grande que Memphis. Depuis que la cour s'en est retirée, j'ai entendu dire qu'elle est bien désertée. Autour de la place du marché, s'élevaient de grands temples avec des pylônes (1) et des avenues de sphinx. On y voyait aussi la statue colossale de Ramsès II, cette merveille ; tandis qu'au nord, sur un monticule, se dressait le splendide palais de Pharaon. Il y avait d'autres palais, habités par les nobles et les personnages de la

____

(1) *Portails des édifices égyptiens. (Note du traducteur.)*

cour, et, entre ces édifices, s'étendaient de longues rues où demeuraient les citoyens, certaines aboutissant à ce bras du Nil sur lequel est bâtie l'antique cité.

Séti s'arrêta pour contempler ces merveilleux édifices.

— Ils sont très anciens, dit-il. Mais la plupart ont été, comme les remparts et les temples d'Ammon et de Phtah, rebâtis du temps de mon aïeul ou plus récemment par le travail des esclaves israélites qui demeurent là-bas dans le riche pays de Goshen.

— Ils doivent avoir coûté beaucoup d'or, observai-je.

— Les rois d'Egypte ne payent pas leurs esclaves.

Nous reprîmes notre marche, nous mêlant aux milliers de passants qui allaient et venaient, et flânaient après les occupations du jour. Ici, sur la frontière d'Egypte, on rencontre des gens de toutes les races : des Bédouins du désert ; des Syriens d'outre la mer Rouge ; des marchands de la riche île de Chittim ; des voyageurs de la côte ; des trafiquants du pays de Pont et des contrées inconnues du nord. Tous ces gens bavardaient, riaient, s'amusaient, sauf quelques groupes qui se formaient en cercle afin d'écouter un diseur de fables ou des musiciens ambulants, de regarder des femmes qui dansaient demi-nues pour une aumône. La foule se partageait pour livrer passage au char d'un noble ou d'une dame, devant lequel des valets de pied couraient en criant : place ! place ! et en frappant de côté et d'autre avec leurs longues verges. Nous vîmes s'avancer une procession de prêtres d'Isis, en robes blanches, allant au clair de lune comme il convenait à des servants de la souveraine de la lune, et portant l'image de la déesse, devant laquelle tout le monde s'inclinait et, pour un moment, faisait silence. Ce fut ensuite le cortège funèbre d'un grand. Le corps était précédé d'une troupe de pleureurs à gages, qui emplissaient l'espace de leurs lamentations en conduisant le défunt au quartier des embaumeurs. Enfin, d'une des rues latérales, surgit une bande de plusieurs centaines d'hommes au nez courbe, au menton barbu, parmi lesquels marchaient quelques femmes. Ils étaient attachés les uns aux autres avec des cordes. Une compagnie de gardes en armes les escortait.

— Quels sont ces gens ? demandai-je, car je n'avais jamais vu leurs pareils.

— Des esclaves du peuple d'Israël qui reviennent de leur travail. On les emploie à creuser le nouveau canal qui doit communiquer avec la mer Rouge, répondit le prince.

Nous nous étions arrêtés pour les regarder. J'étais frappé par la mine noble, l'allure fière de ces hommes chargés de liens, accablés de fatigue, souillés par leur labeur dans l'eau et la boue.

Alors il arriva ceci. Un homme à la barbe blanche traînait en arrière, tirant sur la file et retardant la marche. Ce que voyant, un surveillant se rua sur lui et le cingla d'un fouet cruel en cuir d'hippopotame. L'homme se retourna, brandit une bêche de bois, qu'il portait sur l'épaule, en asséna un tel coup à son gardien qu'il lui fendit le crâne et l'abattit mort. D'autres gardiens se précipitèrent sur l'Hébreu (on appelle ainsi ces Israélites) et le rouèrent de coups jusqu'à ce qu'il tombât. Un soldat, voyant ce qui s'était passé, tira son glaive de bronze. Une jeune fille s'élança du milieu de la foule. Elle était charmante quoique grossièrement vêtue.

J'ai vu, depuis, Mérapi, Lune d'Israël, comme on la nommait, portant le costume superbe d'une reine et même une fois celui d'une déesse ; jamais pourtant elle ne m'a paru plus belle qu'en cette heure de son esclavage. Ses grands yeux, ni bleus, ni noirs, captaient la lumière de la lune et luisaient de larmes. Son abondante chevelure aux reflets de bronze flottait en larges boucles sur son sein, blanc comme la neige, que sa robe grossière laissait entrevoir. Elle levait ses mains délicates comme pour arrêter les coups dont on accablait celui qu'elle voulait protéger. Grande et svelte, sa forme se détachait sur un reflet de lumière qui provenait d'une échoppe du marché. Elle était extraordinairement belle, si belle que mon cœur s'arrêta à sa vue ; oui, mon cœur qui, depuis des années, n'avait eu pour la femme que de l'aversion !

Elle criait. Dressée à côté de l'homme abattu, elle implorait la pitié du soldat. Puis, voyant qu'elle n'avait rien à attendre de sa clémence, elle chercha de ses grands yeux du secours parmi la foule qui l'entourait. Son regard tomba sur le prince Séti.

— O Seigneur, gémit-elle, la noblesse se reflète sur ton visage, verras-tu, sans intervenir, assassiner mon père, qui n'est pas coupable ?

— Ecartez-la ou je lui passe mon glaive au travers du corps, hurla le capitaine, car elle s'était jetée sur l'Israélite gisant.

Les gardiens obéirent

— Arrête, boucher ! cria le prince.

— Qui es-tu, chien, toi qui ose enseigner son devoir à un officier de Pharaon ? répliqua le capitaine en frappant de la main gauche le prince au visage.

Il pointa d'un geste vif son arme vers la terre et je vis le glaive de bronze transpercer le corps de l'Israélite, qui se convulsa puis demeura inerte. Tout cela n'avait duré qu'un instant et, dans le silence qui suivit, une plainte de femme s'éleva.

Un moment suffoqué par la colère, Séti lança un appel, un simple mot : Gardes !

Les quatre Nubiens, qui, selon l'ordre qu'ils avaient reçu, s'étaient tenus à distance, se frayèrent un passage à travers la foule. Ils ne nous avaient pas encore rejoint, que, m'arrachant à ma stupeur, je m'élançai sur le capitaine et le saisis à la gorge. Il me porta un coup de son glaive ensanglanté, mais l'arme, glissant sur mon grand manteau, ne me fit qu'une meurtrissure à la cuisse gauche. Alors, moi, qui étais vigoureux en ce temps-là, je l'étreignis et nous roulâmes ensemble sur le sol.

Il y eut un grand tumulte. Les esclaves hébreux rompirent leurs liens et se précipitèrent sur les soldats comme des chiens sur des chacals, les frappant de leurs poings nus. Les soldats se défendaient avec leurs glaives. Les gardiens brandissaient leurs fouets de cuir. Des femmes glapissaient, des hommes criaient. Le capitaine avec lequel je luttais commençait à prendre l'avantage sur moi. A la fin je vis son glaive suspendu sur ma tête et me jugeai perdu. Je l'étais sans doute si le prince Séti lui-même n'avait tiré l'homme en arrière, donnant ainsi aux quatre Nubiens le temps de se saisir de lui. Le prince s'écria d'une voix retentissante :

— Arrêtez ! c'est à Séti, le fils de Pharaon, le gouverneur de Tanis, que vous avez affaire. Voyez ! Et il rejeta sur ses épaules le capuchon de son manteau, offrant son visage à la lumière de la lune.

Le calme se fit instantanément. Les uns après les autres, au fur et à mesure que la vérité s'imposait à eux, les hommes tombaient à genoux et j'en entendis un dire d'une voix craintive :

— Le Fils du Roi, le Prince d'Egypte, frappé au visage par un soldat ! Il faudra du sang pour payer cela.

— Comment s'appelle cet officier ? demanda Séti en montrant l'homme qui avait tué l'Israélite et failli me tuer moi-même.

Quelqu'un répondit qu'il se nommait Khouaka.

— Conduisez-le sur les marches du temple d'Ammon, dit Séti aux Nubiens qui maintenaient le capitaine. Suis-moi, ami Ana, si tu en as la force. Tiens, appuie-toi sur mon épaule.

Ainsi, posant la main sur l'épaule du prince, car j'étais meurtri et privé de souffle, je gagnai avec lui en une centaine de pas les marches du grand temple. Nous montâmes sur la plate-forme en haut de l'escalier. On conduisait le prisonnier derrière nous et la foule suivait. Les gens se groupèrent sur les marches et au bas de l'escalier. Très pâle, mais calme, le prince s'assit sur le socle de granit d'un grand obélisque qui s'érigeait devant le pylône du temple et dit :

— Moi, gouverneur de Tanis, cité de Ramsès, ayant pouvoir de vie et de mort en tout temps et en tout lieu, je déclare ma cour ouverte.

— La cour royale est ouverte, cria la foule selon la coutume.

— Voici le cas, dit le prince. Cet homme-ci, qui se nomme Khouaka et porte l'uniforme de capitaine de l'armée de Pharaon, est accusé du meurtre d'un Hébreu et d'une tentative de meurtre sur la personne d'Ana, le scribe. Appelez les témoins. Apportez le corps de la victime et déposez-le ici devant moi. Faites comparaître la femme qui a essayé de protéger l'Hébreu.

On étendit le corps sur la plate-forme, ses yeux ouverts semblaient contempler la lune. Puis des soldats, qui s'étaient rassemblés, poussèrent en avant la jeune fille en pleurs.

— Cesse de pleurer, dit Séti. Jure par Képhéra, le Créateur, et par Maât, la déesse de la vérité et de la loi, de ne dire que la vérité.

La jeune fille leva les yeux et dit, d'une voix grave et prenante, qui me rappelait par quelque analogie la suavité d'une coulée de miel, peut-être parce qu'elle était alourdie de sanglots contenus :

— O royal Fils d'Egypte, je ne peux pas jurer par ces dieux, car je suis une fille d'Israël.

La fixant du regard avec attention, le prince demanda :

— Par quel dieu peux-tu donc jurer, ô fille d'Israël ?

— Par Iahveh, ô Prince, Iahveh que nous tenons pour le seul Dieu, le Créateur du monde et de toute chose.

— Eh bien, son autre nom est peut-être Képhéra, observa Séti avec un léger sourire. Mais fais-en ce que tu voudras. Jure donc par votre dieu Iahveh.

Alors, elle leva les deux mains au-dessus de sa tête et dit :

— Moi, Mérapi, fille de Nathan de la tribu de Lévi du peuple d'Israël, je jure, au nom de Iahveh, Dieu d'Israël, de dire la vérité et toute la vérité.

— Que sais-tu des circonstances de la mort de cet homme, ô Mérapi ?

— Rien que tu ne saches déjà, ô Prince. Celui qui gît devant toi — et elle tendait la main vers le corps en détournant les yeux — était mon père, un ancien d'Israël. Le capitaine Khouaka vint un jour au pays de Goshen, quand le blé était encore vert, afin de désigner ceux qui devaient travailler pour Pharaon. Il exprima le désir de me prendre dans sa maison. Mon père refusa parce que j'étais fiancée depuis l'enfance à un homme d'Israël et que notre loi nous interdit de nous marier avec des gens de votre peuple. Alors le capitaine Khouaka se saisit de mon père et le fit emmener, bien qu'il fût de haut rang et eût passé l'âge de travailler pour Pharaon. Ce traitement injuste fut infligé à mon père, j'en suis convaincue, parce qu'il n'avait pas voulu me laisser épouser Khouaka. A quelque temps de là, je rêvai que le vieillard était malade. Trois fois ce même rêve me visita. Alors j'accourus à Tanis pour voir mon père. Je ne l'ai trouvé que ce matin. O Prince, tu sais le reste.

— N'as-tu rien d'autre à dire ? demanda Séti.

La jeune fille hésita, puis répondit :

— Ceci encore, ô Prince. J'étais allée porter à manger à mon père, car il était faible, exténué d'avoir travaillé au creusement du canal dans la vase et sous l'ardeur du soleil, lui qui, appartenant à la caste noble de notre peuple, n'avait, même dans sa jeunesse, jamais été astreint à un tel labeur. Khouaka me vit et en ma présence demanda à mon père s'il consentirait maintenant à me donner à lui. Mon père répondit qu'il aimerait mieux me voir livrée aux baisers des serpents ou dévorée par les crocodiles et les chacals. « C'est bien, repartit Khouaka, apprends donc, esclave Nathan, qu'avant le prochain lever du soleil, tu seras livré au baiser des glaives et dévoré par des crocodiles ou des chacals. — Ainsi soit-il ! dit mon père, mais, apprends, ô Khouaka, ce qui m'est révélé à moi, prêtre et prophète de Iahveh. S'il en advient de moi comme tu me le prédis, tu éprouveras aussi le baiser des glaives avant l'aube prochaine. Quant au reste, nous en parlerons au pied du trône de Iahveh.

« Après cela, Prince, le gardien a frappé mon père avec son fouet. Khouaka, je le sais, lui avait donné l'ordre de le faire, si le malheureux, accablé de fatigue, restait en arrière. Mon père, dans sa colère, assomma le gardien avec sa bêche, après quoi, il fut tué par Khouaka. Je n'ai rien à ajouter, si ce n'est que je le supplie de me renvoyer à mon peuple pour y porter le deuil de mon père selon notre coutume.

— A qui te renverrai-je, à ta mère ?

— O Prince, ma mère, une noble dame de Syrie, est morte. Je retournerai auprès de mon oncle, Jabez, le lévite.

— Retire-toi, dit Séti. Nous examinerons plus tard cette question. Approche, ô Ana, le scribe. Prête serment et dis-nous ce que tu as vu des circonstances de la mort de cet homme, puisque deux témoignages sont nécessaires.

Je jurai donc et fit le récit que je viens d'écrire.

— Et toi, Khouaka, demanda le prince lorsque j'eus terminé, as-tu quelque chose à dire ?

— Seulement ceci, ô royal Maître, répondit le capitaine en se jetant à genoux. Je t'ai frappé par accident, ignorant que Ta Grandeur était cachée sous ce grand manteau. Il est vrai que pour cet acte j'ai mérité la mort, mais je te supplie de me pardonner parce que je ne savais pas que je portais la main sur toi. Le reste est sans importance, puisque j'ai seulement fait justice d'un esclave israélite mutiné, comme cela arrive tous les jours.

— O Khouaka, tu es jugé pour le meurtre de cet homme et non pour avoir frappé par accident un personnage de sang royal. Dis-moi donc de quelle loi tu te réclames pour tuer un Israélite sans avoir institué d'abord son procès devant les magistrats de Pharaon.

— Je n'en sais rien, je ne connais pas la loi, Prince. Tout ce que dit cette femme est faux.

— Il n'est pas faux du moins que cet homme-là est mort et que tu l'as tué. Apprends donc et que toute l'Egypte l'apprenne avec toi, qu'on n'a pas le droit de tuer un homme, fût-il Israélite, auquel on ne peut reprocher que d'être accablé de fatigue et d'avoir rendu un coup qu'il n'avait pas mérité. Ton sang répondra de ce sang. Soldats, qu'on lui tranche la tête !

Les Nubiens se jetèrent sur le capitaine et, quand je relevai les yeux, le corps décapité de Khouaka gisait à côté de celui de l'Hébreu Nathan, leur sang se mêlait sur les marches du temple.

— La cour a terminé, dit le prince. Officiers, veillez à ce que cette femme soit ramenée sous escorte auprès de son peuple avec le corps de son père pour qu'elle puisse l'ensevelir. Vous aurez à répondre sur votre vie des insultes ou des violences dont elle serait victime. Scribe Ana, accompagne-moi à mon palais, où j'ai à m'entretenir avec toi. Laisse les gardes passer devant et suis-moi.

Il se leva et tout le peuple s'inclina. Au moment où il allait s'éloigner, la noble Mérapi s'avança et, tombant à genoux, dit :

— O le plus juste des princes, je suis à jamais ta servante.

Nous partîmes. Comme nous quittions la place du marché pour retourner au palais du prince, j'entendis un tumulte de voix s'élever derrière nous. Les gens discutaient ce que nous avions fait ; les uns approuvaient, les autres blâmaient. Pour nous, nous marchions en silence. Le pas cadencé des gardes résonnait devant nous. Soudain la lune passa derrière un nuage et le monde fut plongé dans les ténèbres. Puis un rayon jaillit au bord de la nue, planant droit et mince, au-dessus de nous dans le ciel. Séti l'observa un moment et dit :

— O Ana, à quoi ce rayon de lune te fait-il penser ?

— O Prince, répondis-je, à un glaive brandi sur l'Egypte par la main noire de quelque dieu ou de quelque génie puissant. Vois, ce trait de lumière est la lame, de laquelle tombent de petits nuages comme des gouttes de sang. Voici la poignée d'or. Et regarde, ici se montre la face du dieu. Ses yeux jettent du feu, son front est sombre et menaçant. J'ai peur, quoique je ne sache pas ce que je redoute.

— Tu as une imagination de poète, Ana. Pourtant je vois ce que tu vois et je suis persuadé qu'une épée de vengeance est levée en effet sur l'Egypte à cause de ses mauvaises actions. Ce rayon peut en être le symbole. Tiens ! on dirait qu'il tombe sur les temples des dieux et le palais de Pharaon, et les pénètre de son tranchant ! Maintenant, c'est fini, et la nuit est pareille à toutes les nuits depuis le commencement du monde. Viens dans ma chambre et mangeons. Je suis fatigué, j'ai besoin de me restaurer et de boire du vin, comme tu dois en avoir besoin toi-même après la lutte avec cet infâme meurtrier que j'ai envoyé où il convenait.

Les gardes saluèrent et furent congédiés. Nous montâmes à l'appartement privé du prince, où ses serviteurs me passèrent des vêtements de toile fine. Un habile médecin de la maison princière était venu m'examiner et avait pansé ma blessure avec un baume. On me conduisit dans une petite salle à manger, où le prince m'attendait comme si j'avais été un hôte de qualité et non un pauvre scribe arrivé de Memphis avec tout son bien. Il me fit asseoir à sa droite et approcha même mon siège de sa propre main, ce qui me rendit confus. Je me souviens encore aujourd'hui de ce siège de cuir : ses bras se terminaient par des sphynx d'ivoire et, sur son dossier de bois noir, était inscrit, dans un cartouche ovale, le nom du grand Ramsès, auquel il avait autrefois appartenu. On nous présenta deux plats, deux seulement et très simples, car Séti n'était pas gros mangeur. Nous étions servis par un jeune esclave nubien de mine fort agréable. Nous bûmes des vins délicieux, comme je n'en avais jamais goûté.

Le prince me parlait de mon métier de scribe et de l'art d'écrire des contes, sujet qui semblait l'intéresser beaucoup. On l'aurait pris pour un écolier écoutant la leçon de son maître, tant il prêtait une humble attention à tout ce que je disais. Il ne faisait pas une allusion aux affaires de l'Etat, non plus qu'à l'affreux drame de sang auquel nous venions d'être mêlés. A la fin pourtant, levant une coupe d'albâtre, mince comme une coquille d'œuf, pour regarder au travers la lumière se jouer dans le vin rutilant, il me dit, après une petite pause :

— Ana, nous avons passé ensemble une heure émouvante, peut-être la première de beaucoup d'autres, ou peut-être la seule qui doive nous être accordée. Nous sommes nés le même jour et par conséquent notre sort est gouverné par la même étoile, à moins que les astrologues ne mentent,

comme tant d'autres hommes... et de femmes.
Enfin, si je puis le dire, tu m'es sympathique,
quoique je ne t'inspire peut-être pas le même
sentiment. Quand tu es avec moi dans cette
salle, je me sens le cœur léger, impression singulière que je n'avais encore éprouvée avec
personne.

« J'ai découvert ce matin, par hasard, dans de
vieilles archives que j'étais en train d'étudier, que
l'héritier du trône d'Egypte avait, il y a un millier d'années, et a encore par conséquent, puisque
rien ne change jamais en Egypte, le droit de posséder une bibliothèque privée, dont l'Etat, c'est-à-
dire les travailleurs du pays, doit payer l'entretien. Cette bibliothèque n'existe plus, paraît-il, depuis plusieurs dynasties, sans doute parce que la
plupart des héritiers du trône ne savaient pas lire
ou n'en avaient pas le goût. J'ai mentionné cette
circonstance au vizir Nehesi, qui me reproche
chaque outnou (1) d'or que je dépense, comme si
je le prenais dans sa bourse, ce qui, après tout,
est peut-être la vérité. Il m'a répondu, avec son
sourire oblique :

« — Je sais bien, Prince, qu'il n'y a pas dans
toute l'Egypte un scribe que tu puisses supporter
plus d'un mois. Je ferai donc figurer dans les
comptes de la maison de Ta Grandeur les frais
d'une bibliothèque pour le chiffre auquel ils se
montaient sous la onzième dynastie et j'en pré-
lèverai le montant sur le trésor royal jusqu'à ce
que le scribe soit renvoyé.

« Ainsi, je t'offre ce poste pour un mois, scribe
Ana. Je ne peux te garantir que pour cette durée
ton traitement quel qu'il soit, j'ai oublié la
somme.

— Je te remercie, ô Prince ! exclamai-je.

— Ne me remercie pas. Si tu es sage, tu refu-
seras. Tu as fait la connaissance de Pambasa ; eh
bien, Nehesi est un Pambasa multiplié par dix :
un fripon, un voleur, un tyran, qui, d'ailleurs, a
l'oreille de Pharaon. Il te fera de l'existence un
tourment et rognera chaque anneau d'or (2) que
tu auras réussi à arracher de sa griffe. En outre,
la place est pénible ; je suis d'humeur fantasque,
souvent acariâtre. Ne me remercie pas, te dis-je.
Refuse, retourne à Memphis et écris des histoires.
Fuis les cours et leurs intrigues. Pharaon lui-
même n'est qu'un masque et un pantin à qui d'autres prêtent leur voix et leur regard, et le sceptre
qu'il brandit est manœuvré avec des ficelles. S'il
en est ainsi de Pharaon, qu'en peut-il être de son
fils ! Et puis, il y a les femmes, Ana ; elles tâche-
ront de se faire aimer de toi, comme elles s'y
efforcent avec moi. Et tu m'as dit, n'est-ce pas,
que tu sais à quoi t'en tenir sur le compte des
femmes. N'accepte pas, retourne à Memphis. Je
t'enverrai de vieux manuscrits à copier et te paierai tout ce que Nehesi consentira à donner pour la
bibliothèque.

— J'accepte, pourtant, ô Prince. Quant à Nehesi,

je ne le crains pas du tout, car, au pis aller,
j'écrirais sur lui une histoire qui ferait rire les
gens : il me paiera mon salaire, plutôt que de
s'exposer à cela.

— Tu as plus de sagesse que je ne le pensais,
Ana. Il ne m'était pas venu à l'esprit de mettre
Nehesi dans une histoire, quoique à vrai dire je
fais des gloses à son sujet, ce qui revient à peu
près au même.

Il se pencha en avant, le menton appuyé sur
sa main, et, renonçant au ton de la plaisanterie,
me regarda dans les yeux.

— Pourquoi acceptes-tu ? demanda-t-il. J'ai beau
chercher... Ce n'est pas l'espoir de t'enrichir
(si cela était possible ici) qui te tente. Ce n'est
pas pour la pompe et le faste des cours, ni pour
la compagnie des grands qui sont en réalité si petits. Toutes ces choses n'ont aucun attrait pour
toi, si je lis bien dans ton cœur, Ana, pour toi
qui es un artiste, rien de moins et rien de plus.
Alors dis-moi pourquoi, étant libre et capable de
gagner ta vie, tu veux ramper autour d'un trône
et mettre ta nuque sous le talon des princes afin
de te laisser comprimer dans le moule comme les
serviteurs et les Compagnons du Roi et les Porteurs du Marchepied.

— Je vais te le dire, Prince. Premièrement,
parce que les trônes font l'histoire, comme l'histoire fait les trônes, et que de grands événements
dans lesquels je voudrais avoir ma part sont en
marche en Egypte. Secondement, parce que les
dieux n'offrent leurs faveurs à l'homme que deux
ou trois fois dans sa vie. Refuser ce qu'ils nous
accordent, c'est leur faire offense, à eux, qui nous
donnent cette vie pour des fins dont nous ne
savons rien. Et, troisièmement, — ici, j'hésitai...

— Et, troisièmement ? Vite, le troisièmement !...
Car c'est sans doute la vraie raison.

— Troisièmement, ô Prince (le mot va sonner
étrangement sur mes lèvres d'homme) troisièmement, parce que je t'aime. Dès l'instant où mes
yeux se sont arrêtés sur ton visage, je t'ai aimé
comme je n'ai jamais aimé un autre homme, pas
même mon père. Je ne sais pas pourquoi. Ce n'est
certainement pas parce que tu es prince.

En entendant ces mots, Séti devint pensif. Il
gardait le silence, et moi, craignant d'avoir été
trop hardi pour un humble scribe, j'ajoutai vivement :

— Que Ta Grandeur pardonne à son serviteur
ces paroles présomptueuses ! C'est le cœur de ton
serviteur qui a parlé et non sa bouche.

Il leva la main et je m'interrompis.

— Ana, mon Frère Jumeau en Râ, dit-il, sais-tu
que je n'ai jamais eu d'ami ?

— Un prince qui n'a pas d'ami !...

— Jamais un seul ! Or, je commence à croire
que j'en ai trouvé un. Cette pensée est singulière
et me réchauffe. Sais-tu que je t'ai aimé aussi, les
dieux savent pourquoi, dès que mes yeux se sont
arrêtés sur ton visage... C'est comme si j'avais
retrouvé quelqu'un qui m'était cher il y a des
milliers d'années, mais que j'avais perdu et oublié.

« Peut-être n'est-ce qu'une illusion, mais peut-
être que se révèle ici pour nous l'ombre de quelque chose de grand et de beau qui réside quelque

---

(1) *L'outnou était une unité de poids d'or, d'ar-*
gent ou de cuivre, qui servait de monnaie. (Note
du traducteur.)

(2) *Anneau du poids d'un outnou, servant de*
monnaie. (Note du traducteur.)

part, en ce lieu que nous appelons le royaume d'Osiris, au-delà de la tombe, Ana.

— Ces pensées me sont parfois venues, Prince. Je crois que tout ce que nous voyons est ombre, que nous sommes nous-mêmes des ombres et que les créatures réelles qui les projettent vivent dans un séjour différent, éclairé par un soleil spirituel qui ne se couche jamais.

Le prince fit une inclinaison de tête et reprit sa méditation silencieuse. Enfin, il saisit sa belle coupe d'albâtre, y versa du vin, y but, et me la passa.

— Bois aussi, Ana, et engage-toi envers moi comme je m'engage envers toi, en témoignage que, par un décret du Créateur, qui fait le cœur des hommes, nos deux cœurs seront désormais comme un même cœur, dans la bonne ou la mauvaise fortune, dans le triomphe ou dans la défaite, jusqu'à ce que la mort prenne l'un de nous. Désormais, Ana, à moins que tu ne t'en montres indigne, je ne te cacherai rien de mes pensées.

Rougissant de joie, je pris la coupe en disant :

— J'ajoute à tes paroles, ô Prince. Nous sommes unis non seulement pour cette vie, mais pour toutes les vies à venir. La mort, ô Prince, n'est qu'un simple degré de notre ascension vers cette hauteur sublime d'où nous verrons la face de Dieu et entendrons sa voix nous dire ce que nous sommes et pourquoi nous sommes.

Alors, je levai la coupe devant lui, je bus en le saluant, et il me rendit mon salut.

— Que ferons-nous, Ana, de la coupe sacrée qui a contenu le vin généreux de notre cœur ? La garderai-je ? Non, elle ne m'appartient plus. Ou te la donnerai-je ? Non, elle ne peut pas être à toi seul. Eh bien, nous allons briser cette chose sans prix.

La saisissant par le pied, il cogna la coupe de toutes ses forces sur la table. Or il arriva une chose qui me fit l'effet d'un prodige, car, au lieu de se fracasser comme je m'y attendais, elle se divisa en deux, depuis le pied jusqu'au bord. Etait-ce un effet du hasard, ou l'artiste d'une antique génération qui avait façonné cette coupe en avait-il fait les deux moitiés séparément pour les souder ensuite, je l'ignore.

— C'est une chance, Ana, dit le prince avec un léger rire. Prends la moitié qui a roulé près de toi et je garderai la mienne. Si tu meurs le premier, je déposerai ma moitié sur ta poitrine. Et si je meurs le premier, tu agiras de même pour moi. Au cas où les prêtres t'interdiraient de me toucher, sous prétexte que je suis de sang royal et ne dois pas être profané, tu mettras simplement cet objet dans mon tombeau. Qu'aurions-nous fait si l'albâtre s'était brisé en plusieurs morceaux ? Et quel présage y aurions-nous découvert ?

— Pourquoi le demander, ô Prince, puisqu'il en est arrivé autrement ?

Alors je pris ma moitié, m'en touchai le front et la mis dans ma robe. Et, comme j'avais fait, ainsi fit Séti.

Voilà comment, d'une étrange manière, le royal Séti et moi, nous scellâmes le pacte saint de notre fraternité. Ce ne fut, je crois, ni pour la première fois, ni pour la dernière.

CHAPITRE III

USERTI

Séti se leva en s'étirant.

— C'est fini, dit-il, comme il faut que tout finisse, et pour une fois, j'en suis fâché. Qu'allons-nous faire à présent ? Dormir, je suppose, goûter le sommeil en qui tout s'achève, ou peut-être, dirais-tu, tout commence.

Comme il parlait, les rideaux au bout de la salle s'écartèrent, le chambellan Pambasa parut, tenant cérémonieusement devant lui sa verge à bout d'or.

— Qu'y a-t-il donc, homme ? demanda Séti. Ne puis-je même pas souper en paix ? Attends ! Avant de répondre, dis-moi, les choses finissent-elles ou commencent-elles dans le sommeil ? Le savant Ana et moi, nous ne nous accordons pas sur cette question et nous voudrions connaître l'opinion de ta sagesse. Réfléchis, Pambasa, qu'avant de naître nous devions dormir, puisque nous ne nous rappelons rien de ce temps. Et, après notre mort, nous avons certainement l'air de dormir, comme le savent tous ceux qui ont regardé des momies. Réponds, maintenant.

Le chambellan considérait le flacon de vin sur la table, comme s'il soupçonnait son maître d'avoir trop bu. Il prononça cérémonieusement, d'une voix forte :

— Elle vient, elle vient, elle vient, offrant compliments et adoration au royal Fils de Râ !

— Vient-elle vraiment ? demanda Séti. Si oui, pourquoi le dire trois fois ? Et qui donc vient ?

— La haute Princesse, l'héritière d'Egypte, la fille de Pharaon, la royale demi-sœur de Ta Grandeur, la magnanime Userti.

— Qu'elle entre donc ! Ana, tiens-toi derrière moi. Si tu as sommeil et que je t'en donne la permission, tu pourras te retirer. Mes esclaves te montreront la chambre.

Pambasa sortit et, entre les rideaux, parut une femme de mine royale, magnifiquement parée. Elle était accompagnée de quatre suivantes, qui reculèrent sur le seuil et ne se montrèrent plus. Le prince s'avança, prit les mains de la visiteuse et la baisa sur le front. Puis il s'écarta d'elle, et ils restèrent un moment immobiles à se regarder l'un l'autre. Tandis qu'ils étaient ainsi, j'observais cette femme qui était connue dans le pays comme la belle Princesse, Fille du Roi, mais que je n'avais encore jamais vue. En vérité, je ne la trouvais pas belle : pourtant j'aurais deviné qu'elle était de sang royal, même si elle avait été vêtue d'un sarrau de paysanne. Ses traits étaient trop durs pour être beaux, et ses yeux noirs, nuancés de gris, étaient trop petits ; son nez était trop aigu et ses lèvres trop minces. Si sa tête n'avait été supportée par un corps féminin aux formes délicates et harmonieuses, j'aurais cru voir un prince et non une princesse. Au reste elle ressemblait par bien des traits à son demi-frère Séti, bien qu'elle n'eût pas le même air de bonté, ou plutôt ils ressemblaient tous les deux à leur père Meneptah.

— Salut, Sœur ! dit-il, en la considérant avec un sourire dans lequel je surpris une nuance d'ironie. Tunique bordée de pourpre, collier d'émeraudes et couronne d'or émaillée, anneaux et pectoral, il ne te manque qu'un sceptre. Pourquoi tant de faste royal quand il ne s'agit que de rendre visite à un personnage aussi humble que ton frère fidèle ? Tu pénètres comme un rayon de soleil dans l'ombre d'une cellule d'ermite, et tu éblouis le pauvre ermite ou plutôt les ermites.

Et il me montra.

— Assez de traits d'esprit, Séti ! répliqua-t-elle d'une voix sonore. Je porte ces ornements parce qu'ils me plaisent. Et j'ai soupé avec notre père : ceux qui prennent place à la table de Pharaon doivent avoir une mise convenable, quoique, je l'ai remarqué, ce ne soit pas toujours ton opinion.

— En vérité ! Je l'espère, le dieu bon, notre divin père, n'est pas souffrant ce soir pour que tu l'aies quitté si tôt.

— Je l'ai quitté parce qu'il m'a envoyée vers toi avec un message.

Elle fit une pause fixant sur moi son regard perçant, et demanda :

— Quel est cet homme ? Je ne le connais pas.

— Pour ton malheur, Userti. Mais ce malheur peut être réparé. Il se nomme Ana, le scribe. Il écrit de merveilleuses histoires, fort intéressantes, et que tu ferais bien de lire, toi qui t'attaches trop au côté extérieur de la vie. Il est de Memphis et son père s'appelait... Je l'ai oublié, Ana, quel était le nom de ton père ?

— Un nom trop modeste pour des oreilles royales, Prince, répondis-je. Mais mon grand-père était Pentaur, le poète qui écrivit les hauts faits de Ramsès le Grand.

— Pentaur ! pourquoi ne m'as-tu pas dit cela plus tôt ? Cette origine te vaudra une pension de la cour, si tu peux l'arracher de Nehesi. Tu entends, Userti ? Son grand-père était Pentaur, dont tu as sans doute lu les vers immortels sur les murs du temple où notre aïeul eut soin de les faire graver.

— Je les ai lus, pour mon ennui, et les ai trouvés pauvres, enflés d'une niaise vantardise, répondit-elle froidement.

— Je conviens, pour être honnête, que j'en ai tiré la même impression. Qu'Ana me le pardonne ! Ses propres histoires leur sont infiniment supérieures. Ami Ana, voici ma sœur Userti, la fille de mon père, quoique nous ne soyons pas de la même mère.

— Je te prie, Séti, d'être assez bon pour me donner mes titres quand tu parles de moi à des scribes ou à quelqu'un de tes serviteurs.

— Pardonne-moi, Userti ! Ana, voici la première dame d'Egypte, l'héritière royale, la princesse des deux pays, la grande prêtresse d'Ammon, la protégée des dieux, la demi-sœur de l'héritier présomptif, la fille de Hathor (1), le lotus, fleur d'amour, la future reine de... Userti, de qui seras-tu la reine ? As-tu arrêté cela dans ton esprit ? Quant

à moi, je n'en connais pas un qui soit digne de tant de beauté, de mérite, de science, et... qu'ajouterai-je ?... de douceur, oui, de douceur !

— Séti ! exclama-t-elle en frappant du pied, si tu trouves amusant de te moquer de moi devant un étranger, je suis bien forcée de le subir. Renvoie cet homme, j'ai à te parler.

— Me moquer de toi ! Oh ! je n'ai vraiment pas de chance. Quand la vérité jaillit de la source de mon cœur, on m'accuse de me moquer, et quand je raille, tout le monde s'écrie : il dit la vérité. Assieds-toi, Sœur, et parle librement, car Ana est mon ami ; il m'a sauvé la vie, ce qui toutefois serait plutôt l'acte d'un ennemi. Sa mémoire est excellente, il se rappellera ce que tu auras dit pour que je ne l'oublie pas. Donc, avec ta permission, je lui demanderai de rester.

— Mon Prince, interrompis-je, je te supplie de souffrir que je m'en aille.

— Mon secrétaire, répondit-il sur un ton de commandement, je te prie de demeurer où tu es.

Je m'accroupis donc sur le sol, à la façon d'un scribe. Je n'avais qu'à obéir. Et la princesse s'assit sur un lit au bout de la table. Mais Séti resta debout. La princesse dit :

— Puisque telle est ta volonté, Frère, que je parle de secrets devant d'autres oreilles que les tiennes, je t'obéis. Toutefois (elle me lança un regard menaçant) que la langue prenne garde de répéter ce que les oreilles auront entendu de peur qu'il n'y ait bientôt plus ni oreilles ni langue ! Mon Frère, on a rapporté à Pharaon, tandis que nous étions à table, qu'il y a eu des troubles dans la ville. On lui a rapporté que tu as fait trancher la tête d'un de ses officiers pour un incident causé par un misérable Israélite. Il en est résulté une émeute qui dure encore.

— Il est extraordinaire que la vérité soit venue si vite aux oreilles de Pharaon. Ma Sœur, s'il avait eu trois mois pour l'apprendre, je t'aurais crue... presque.

— Alors tu as fait décapiter l'officier.

— Oui, je lui ai fait trancher la tête, il y a environ deux heures.

— Pharaon te demandera compte de cet acte.

— Pharaon, répondit Séti, en haussant les sourcils, n'a pas le pouvoir de contrôler la justice du gouverneur de Tanis.

— Tu te trompes, Séti. Pharaon a tous les pouvoirs.

— Non, Sœur. Pharaon n'est qu'un homme parmi les millions d'autres hommes ; quand il parle, c'est leur esprit qui fait mouvoir sa langue, et, au-dessus de leur esprit, il y en a un plus grand qui leur dicte leurs pensées pour des fins que nous ignorons.

— Je ne comprends pas, Séti.

— Je ne me suis jamais figuré que tu comprendrais, Userti. Mais, quand tu en auras le loisir, demande à Ana que voici de t'expliquer ce problème ; je suis sûr qu'il comprend, lui.

— Oh ! j'en ai assez supporté ! exclama Userti en se levant. Ecoute l'ordre de Pharaon, Prince Séti. Présente-toi devant lui demain au grand conseil, une heure avant midi, pour lui fournir des explications sur cette affaire des esclaves israélites et de l'officier qu'il t'a plu d'exécuter. J'avais

____

(1) Déesse de l'amour, identifiée par les Grecs avec Aphrodite. (Note du traducteur.)

— *Si tu ne veux pas vivre dans ma maison, dit le capitaine des gardes, vous aurez à en souffrir, ton père et toi!*

— On n'a pas le droit de tuer un homme, dit le prince Séti, parce qu'il est accablé de fatigue.

III.

La divine princesse Userti avait une grande influence sur Pharaon.

Photo: Sascha.

Le mariage du prince Séti et de sa sœur, la princesse Userti, fut célébré en grande pompe.

V.

autre chose à te dire, mais, comme cela ne regarde que nous, j'attendrai une occasion plus favorable. Porte-toi bien, mon Frère.

— Quoi ! tu t'en vas déjà, Sœur ? Je voulais te dire l'histoire de ces Israélites et particulièrement celle de la jeune fille, qui s'appelle... Quel est son nom, Ana ?

— Mérapi, Lune d'Israël, prince, répondis-je d'une voix gémissante.

— De cette jeune fille qui a nom Mérapi, Lune d'Israël (je n'en ai jamais vu de plus charmante), et dont le capitaine exécuté a assassiné le père sous mes yeux.

— Ah ! il y a une femme dans cette affaire ! Je m'en doutais.

— Quelle est l'affaire où une femme n'est pas mêlée, Userti ? Même quand il s'agit d'un message de Pharaon !... Pambasa, Pambasa, escorte la Princesse et appelle sa suite, toute composée de femmes, à moins que je ne sois victime d'une illusion. Bonne nuit, ô Sœur et Dame des deux pays !... Pardonne-moi... ta couronne est de travers.

Quand elle fut partie, je me levai en m'essuyant le front avec un pan de ma robe. Je regardai le prince, qui se tenait devant le feu, riant tout bas.

— Note cette conversation, Ana, dit-il. Il y a là dedans plus que l'oreille n'en peut garder.

— Je n'ai pas besoin de notes, Prince, répliquai-je. Chaque mot est gravé dans mon esprit comme avec un fer rouge sur une tablette de bois. Ce n'est pas sans raison, car Sa Grandeur, la princesse Userti, me hait désormais pour la vie.

— Cela vaut mieux, Ana, que s'il lui prenait fantaisie de t'aimer. Ce dernier malheur te sera du reste épargné tant que tu seras mon ami. Les femmes ont souvent du respect pour ceux qu'elles détestent et leur font même des avances par politique, mais gare à ceux qu'elles prétendent aimer ! Un temps viendra peut-être où tu seras le conseiller le plus écouté d'Userti.

Or, je le déclare ici, moi, Ana, le scribe, plus tard, quand cette même reine fut la femme du pharaon Saptah, je devins en effet son conseiller favori. Bien plus, en ces jours-là, et à l'heure même de sa mort, elle assurait que, dès l'instant où son regard s'était posé sur moi pour la première fois, elle avait reconnu en moi un cœur loyal, et m'avait tenu en estime comme un homme désintéressé. Elle le pensait, j'en suis persuadé, ayant oublié qu'autrefois elle m'avait considéré comme son ennemi. Son ennemi, non, je ne l'ai jamais été : je l'ai toujours respectée et honorée comme une grande dame qui aimait sa patrie, quoiqu'elle n'ait pas toujours fait preuve de sagesse.

Ne pouvant prévoir ce soir-là ce qui ne devait arriver que dans un avenir lointain, je regardais le prince avec angoisse.

— Oh ! dis-je, pourquoi ne m'as-tu pas permis de m'en aller, comme Ta Grandeur m'en avait d'abord laissé libre ? Ma tête sera tôt ou tard le prix de l'aventure de ce soir.

— Il faudrait donc prendre la mienne aussi. Écoute, Ana, si je t'ai fait rester ici, ce n'est pas pour vexer la princesse ni pour te tourmenter. J'avais une bonne raison. C'est, tu ne l'ignores pas, une coutume dans les dynasties royales d'Egypte, que les rois ou ceux qui le deviendront, épousent leur plus proche parente, afin de garder pur le sang de la race.

— Oui, Prince, et cette coutume n'est pas observée seulement dans la famille royale. Je la crois mauvaise pourtant.

— Moi aussi, car elle a pour conséquence d'affaiblir peu à peu la race, de corps et d'esprit. C'est peut-être à cause de cela que mon père n'est pas ce que son père a été et que je ne suis pas ce qu'est mon père.

— Et puis, Prince, il est difficile de mêler l'amour de la sœur avec celui de l'épouse.

— Très difficile, Ana, si difficile qu'en essayant de le faire, on risque de les détruire l'un et l'autre. Eh bien, comme nos mères étaient de sang royal et quoique celle d'Userti soit morte avant le mariage de la mienne avec mon père, Pharaon désire que j'épouse ma demi-sœur, et, ce qui est pire, Userti le désire aussi. En outre le peuple craint les dissensions qui pourraient déchirer l'Egypte si nous, seuls rejetons authentiques de la race royale nés de reines, nous refusions de nous allier par le mariage, Userti prenant un autre époux ou moi une autre femme. Il réclame donc que j'épouse Userti la forte, dont le mari, selon la croyance générale, régnera un jour sur ce pays.

— Pourquoi la princesse aspire-t-elle à ce mariage ? Est-ce pour être reine ?

— Oui, Ana. Quoique si elle épousait mon cousin Amenmsès, le fils de Khaémoua, frère aîné de Pharaon, elle pourrait aussi être reine, à la condition que je renonce à la couronne, comme je ne répugnerais pas à le faire.

— L'Egypte accepterait-elle cela, Prince ?

— Je n'en sais rien. Du reste la question ne se pose pas, car Userti déteste Amenmsès, qui est violent et ambitieux, et ne veut pas entendre parler de lui. En outre, il est déjà marié.

— N'y a-t-il pas d'autres membres de la famille royale qu'elle puisse épouser, Prince ?

— Aucun. Et c'est moi qu'elle veut, pas un autre.

— Pourquoi, Prince ?

— A cause de l'ancienne coutume, qu'elle respecte. Parce qu'elle me connaît bien et m'aime à sa façon, parce qu'elle me prend pour un doux rêveur facile à gouverner. Enfin parce que je suis l'héritier légitime de la couronne, et qu'elle ne croit pas pouvoir s'établir solidement sur le trône sans le partager avec moi, surtout si j'épousais une autre femme dont elle serait jalouse. C'est le trône qu'elle désire et voudrait épouser, non le prince Séti, son demi-frère, qu'elle accepte par-dessus le marché, comme Pharaon le lui commande. L'amour ne tient aucune place dans la poitrine d'Userti, Ana. C'est là surtout ce qui la rend dangereuse, car elle poursuit son but avec un cœur froid et finira sûrement par l'atteindre.

— Alors, il semblerait, Prince, que la cage est prête. Après tout c'est une cage splendide, une cage dorée.

— Oui, Ana, une pourtant où je ne voudrais pas vivre. Mais comment pourrais-je échapper, autrement que par la mort, à la triple chaîne de la volonté de Pharaon, de l'Egypte et d'Userti ? Oh !

poursuivit-il d'une voix changée où se mêlait l'accent du chagrin et celui de la passion, c'est une affaire où j'aurais voulu rester libre de mon choix, moi qui, pour toutes les autres, n'ai qu'à obéir. Et je n'ai pas le droit de choisir !

— Existe-t-il peut-être une autre dame, Prince ?

— Non ! par Hathor, non, du moins je ne le pense pas. J'aurais voulu être libre d'en chercher une et de l'épouser quand je l'aurais trouvée, fût-elle fille d'un pêcheur.

— Les rois d'Egypte peuvent avoir une nombreuse famille, Prince.

— Je le sais. N'y a-t-il pas des dizaines de gens que je pourrais appeler oncle et tante ? Mon grand-père, Ramsès, a béni l'Egypte de quelque trois cents enfants. Il fit sagement en un sens, car de la sorte, tant que le monde durera, le sang qui fut autrefois le sien ne sera pas tari.

— Pourtant, Prince, de quoi cela lui servira-t-il dans la vie ou la mort ? Qu'importe aux multitudes de la terre par qui elles ont été engendrées !

— Cela ne leur importe pas, du moment qu'elles sont nées par bonne ou mauvaise fortune, Ana. Pourquoi donc alors parler de nombreuse famille ? Pharaon peut avoir une nombreuse famille, comme un homme qui a les moyens de payer pour cela ; mais moi je veux une reine qui règne dans mon cœur, aussi bien que sur mon trône, et non pas une nombreuse famille, Ana. Oh ! je suis las. Ici, Pambasa ! Conduis mon secrétaire, Ana, à la chambre libre qui est à côté de la mienne, la chambre ornée de peintures qui donne au nord. Et commande à mes esclaves de se conformer à tous ses désirs, comme si c'étaient les miens.

— Pourquoi m'avais-tu dit que tu étais un scribe, seigneur Ana ? demanda Pambasa, en me conduisant à la chambre magnifique que le prince avait désignée.

— Parce que c'est mon état, chambellan.

Il me regarda en hochant sa tête superbe, tandis que sa longue barbe blanche ondulait sur sa poitrine comme une bannière sacrée dans la brise du soir, et répondit :

— Tu n'es pas un scribe, tu es un magicien capable de gagner, en une heure, l'amour et la faveur de Son Altesse, quand d'autres n'y peuvent réussir entre deux crues du Nil. Si tu m'avais dit cela tout de suite, tu aurais été traité d'une autre façon dans l'antichambre du palais. Pardonne-moi donc parce que j'étais dans l'ignorance. Et, seigneur, qu'il te plaise de ne pas t'évanouir dans la nuit, de peur que mes pieds n'aient à payer ta disparition sous le bâton.

Ce fut le lendemain, à la quatrième heure après le lever du soleil, que, pour la première fois de ma vie, je me trouvai à la cour de Pharaon, dans la suite de Son Altesse le Prince Séti. Le lieu était grandiose, car Pharaon trônait dans la salle de justice, dont la voûte est supportée par des colonnes sculptées et où sont érigées les statues des anciens Pharaon. Sauf à l'endroit du trône, où la lumière tombait par de hautes fenêtres, la vaste salle était plongée dans une ombre épaisse. Du moins j'eus cette impression en entrant, moi qui venais du dehors et de l'éclatante lumière du soleil. Dans ces demi-ténèbres, une foule de gens se mouvaient

comme des fantômes : des capitaines, des nobles, des magistrats, qui avaient été convoqués à la cour ; des prêtres rasés en tunique blanche.

Il y avait aussi d'autres gens auxquels je ne prêtais guère attention ; des chefs arabes du désert, des marchands, des fermiers et des paysans qui avaient des pétitions à présenter, des avocats avec leurs clients. Mais à aucun d'eux il n'était permis de franchir une certaine marque où la lumière commençait à tomber. Chuchotant entre eux, tous ces assistants glissaient çà et là comme des chauves-souris dans un hypogée.

Nous nous étions arrêtés entre deux colonnes sculptées à l'effigie de Hathor, dans un des vestibules de la salle. Le prince Séti était vêtu d'une tunique bordée de pourpre ; il avait le front ceint d'un bandeau d'or, surmonté de l'uræus ou serpent sacré, en or aussi, que seuls les personnages de sang royal ont le droit de porter. Il s'appuyait contre le piédestal d'une statue, tandis que nous nous tenions en silence derrière lui. Il resta ainsi quelque temps silencieux comme si ses pensées étaient ailleurs. A la fin, il se tourna et me dit :

— C'est un devoir ennuyeux ! Que ne t'ai-je demandé d'apporter ton nouveau conte pour que nous le lisions ensemble !

— T'en dirai-je le sujet, Prince ?

— Oui... C'est-à-dire, pas maintenant, de peur que je n'oublie, en t'écoutant, les règles de l'étiquette. Regarde, voici mon cousin Amenmsès. Le connais-tu ?

Il montrait un homme entre deux âges, au sourcil noir, à l'œil dur, qui pénétrait dans la salle en passant devant nous comme s'il ne nous avait pas vus. Je secouai la tête.

— Alors dis-moi ce que tu penses de lui tout de suite, avant que ta première impression s'efface.

— Je pense que c'est un seigneur de mine vraiment royale, de caractère obstiné, de corps vigoureux, beau d'ailleurs.

— Cela, tout le monde peut le voir, Ana. Et encore ?

— Je pense, dis-je, en baissant la voix pour ne pas être entendu de ceux qui nous entouraient, que son cœur est aussi noir que son sourcil, qu'il est gâté par la jalousie et la haine et le désir de te nuire.

— Un homme peut-il être gâté, Ana ? Ne reste-t-il pas tel qu'il est né jusqu'à la fin ? Je n'en sais rien, toi non plus. Tu as raison pourtant : il est jaloux et me fera du mal s'il y trouve son intérêt. Mais dis-moi, lequel de nous deux l'emportera ?

Tandis que j'hésitais sur ma réponse, je m'avisai que quelqu'un s'était approché. En tournant la tête, j'aperçus un homme très vieux en robe blanche. Il avait les pommettes saillantes et le crâne chauve ; ses yeux brillaient sous ses sourcils épais, comme des charbons sous la cendre. Il s'appuyait de ses deux mains, décharnées comme celles d'une momie, sur un bâton de bois de cèdre. Il nous considéra tous les deux un instant, comme pour lire dans nos âmes, puis il dit d'une voix joviale et sonore :

— Salut, Prince !

Séti se retourna, le regarda et répondit :

— Salut, Baknikhonsou ! Quand nous nous sommes séparés à Thèbes, j'étais persuadé...

— Qu'à ton retour tu me trouverais dans la tombe. Eh bien, non, Prince, c'est moi qui vivrai pour te coucher dans ton tombeau, oui, toi et d'autres qui seront appelés à s'asseoir sur le trône de Pharaon. Pourquoi pas ? Ho ! ho ! Pourquoi pas, puisque je n'ai que cent sept ans, moi qui me souviens de Ramsès Ier et qui ai joué avec son petit-fils, ton grand-père, quand j'étais enfant ? Pourquoi ne vivrais-je pas, Prince, pour élever ton petit-fils, si les dieux daignent t'en accorder un, à toi, qui n'as encore ni femme ni enfant ?

— Parce que tu finiras par être las de la vie, comme je le suis déjà, Baknikhonsou. Et les dieux ne seront pas capables de t'épargner encore bien longtemps.

— Les dieux peuvent se passer de moi, Prince, lorsque tant d'âmes se pressent autour de leur table. Leur désir est qu'un bon prêtre soit laissé à l'Egypte. Ki, le magicien, m'a dit cela seulement ce matin. Il en a reçu l'avis du ciel en songe, la nuit dernière.

— Pourquoi as-tu été voir Ki ? demanda Séti, en scrutant le visage du vieillard. J'aurais cru qu'ayant le même état, vous vous haïssiez l'un l'autre.

— Il n'en est pourtant pas ainsi, Prince. Au contraire, nous nous faisons valoir mutuellement. Je veux dire que chacun de nous contrôle et interprète les visions de l'autre, et nous en avons justement beaucoup qui nous troublent en ce moment. Ce jeune homme n'est-il pas un scribe de Memphis ?

— Oui, et mon ami. Son grand-père était Pentaur, le poète.

— Ah ! j'ai bien connu Pentaur. Il m'a souvent endormi en me lisant ses longs poèmes, matière surabondante qui croissait comme une herbe rude sur un sol profond, mais à demi desséché. Es-tu sûr, jeune homme, que Pentaur était ton grand-père ? Tu ne lui ressembles pas. Une espèce d'herbe tout à fait différente. Et c'est une question, n'est-ce pas, sur laquelle il faudrait prendre l'avis d'une femme.

Séti éclata de rire et je lançai au vieux prêtre un regard courroucé. Il me souvient pourtant d'avoir souvent entendu mon père dire que sa mère était une des plus fieffées menteuses d'Egypte.

— Mais admettons-le, poursuivit Baknikhonsou, jusqu'à ce que nous ayons devant Thoth (1) la révélation de la vérité. Ki m'a parlé de toi, jeune homme. Je n'ai pas prêté beaucoup d'attention à ce qu'il m'a dit, mais il s'agissait d'une amitié soudaine entre le prince et toi. Il y avait une coupe dans cette histoire, une coupe d'albâtre qui ne m'était pas inconnue. Ki disait qu'elle était brisée.

Séti le regardait, frappé, et j'exclamai avec humeur :

— Que sais-tu de cette coupe ? Où étais-tu caché, ô prêtre ?

— Oh ! dans vos âmes, je suppose, répondit-il, songeur. Ou, plutôt, c'était Ki. Mais je ne sais rien et je ne suis pas curieux. Si pourtant vous

aviez brisé la coupe avec une femme, c'eût été plus intéressant, même pour un vieillard. Aie la bonté de répondre à la question du prince, dis-nous si c'est lui ou son cousin Amenmsès qui l'emportera à la fin, car c'est un problème dont nous sommes avides, Ki et moi, de connaître la solution.

— Suis-je devin, répliquai-je avec une impatience croissante, pour lire dans l'avenir ?

— Un peu, je le crois, et c'est ce que j'ai besoin de démêler.

Il clopina jusqu'à moi, me posa sur le bras sa main pareille à une serre et me dit, d'un ton de commandement :

— Regarde ce trône et dis-moi ce que tu y vois.

Je lui obéis malgré moi, regardant à travers la salle le trône vide. Tout d'abord, je ne remarquai rien. Puis des formes vagues parurent s'agiter alentour. L'une se précisa, prit l'apparence du comte Amenmsès : il s'assit sur le trône, regardant orgueilleusement autour de lui, et je vis que son costume n'était plus celui d'un prince, mais celui de Pharaon lui-même. Des hommes au nez busqué surgirent soudain et le tirèrent à bas du trône. J'eus l'impression qu'il tombait dans l'eau, car il y eut autour de lui comme un jaillissement d'éclaboussures. Séti, le prince, vint ensuite et monta sur le trône. Il y était conduit par une femme que je voyais seulement de dos, qui portait la double couronne et tenait un sceptre. Il s'évanouit à son tour. D'autres personnages se succédèrent. Je ne les connaissais pas, sauf peut-être un qui ressemblait à la princesse Userti.

Maintenant, la dernière vision avait disparu et je me mis à raconter à Baknikhonsou tout ce dont j'avais été témoin, comme un homme plongé dans un sommeil surnaturel et non de ma propre volonté. Soudain, je m'éveillai et je ris de mon aberration. Mais les deux autres ne riaient pas, ils me regardaient gravement.

— Je pensais bien que tu avais quelque chose d'un devin, dit le vieux prêtre, ou plutôt Ki le pensait. J'avais peine à croire Ki quand il prétendait que la personne que je trouverais ici ce matin aimait le prince de tout son cœur, car il n'y a qu'une femme qui aime de tout son cœur, n'est-il pas vrai ? C'est du moins ce que le monde se figure. Eh bien, j'en reparlerai avec Ki. Attention, voici Pharaon !

Comme il prononçait ces mots, une clameur monta :

— Vie, santé, force ! Pharaon ! Pharaon !

CHAPITRE IV

FIANÇAILLES

« Vie, santé, force ! » Tout le monde dans la grande salle, répétait ce cri, en tombant à genoux et en frappant le sol de son front. Le prince lui-même et Baknikhonsou, malgré son grand âge, se prosternèrent comme devant un dieu. Et, certes, Pharaon Méneptah, quand il passa sous les rayons du soleil au bout de la salle, la double couronne en tête, paré de ses habits et de ses

---

(1) *Dieu des mystères.* (Note du traducteur.)

ornements royaux, avait bien l'air de la divinité pour laquelle le peuple d'Egypte le tenait. C'était un vieillard, marqué par les ans et les soucis, mais toute sa personne respirait la majesté.

Un pas ou deux derrière lui, marchait Nehési, son vizir, un homme ratatiné, à la face parcheminée, qui promenait sur la foule le regard de ses yeux rusés. Et Roy, le grand prêtre, et Hora, le chambellan de la table ; Méranou, le porte-aiguière du roi, et Yuy, le scribe privé ; et beaucoup d'autres que Bakmikhonsou me nommait au fur et à mesure qu'ils passaient. Puis vinrent des porteurs d'éventails et la troupe fastueuse des seigneurs ayant titre de Compagnons du Roi, avec les grands officiers de la maison et d'autres personnages encore. Et derrière eux, des gardes dont les casques et les piques luisaient comme de l'or, et des nègres du Sud armés du glaive, originaires du pays de Kesh.

Une seule femme accompagnait Sa Majesté, marchant immédiatement après Elle, devant le vizir et le grand prêtre. C'était la Fille royale, la Princesse Userti, plus fière et plus splendide que jamais, quoiqu'un peu pâle et nerveuse.

Pharaon était parvenu aux marches du trône. Le vizir et le grand prêtre s'avancèrent pour l'aider à monter, car il était affaibli par l'âge. Il les écarta et, faisant signe à sa fille, s'appuya sur son épaule pour gagner le trône. Je crus voir une intention dans cet acte. Pharaon voulait sans doute signifier à toute l'assemblée que cette princesse était le soutien de l'Egypte.

Il demeura un moment silencieux, debout, promenant son regard sur la foule, tandis qu'Userti s'asseyait sur la dernière marche, posant son menton sur sa main chargée de bijoux. Il brandit son sceptre et tout le monde se leva, des centaines et des centaines de gens, dont les vêtements et les parures bruissèrent comme les feuilles au souffle du vent. Le souverain s'assit alors et de nouveau s'échappa de toutes les bouches l'acclamation qu'on n'adresse qu'aux rois :

— Vie, santé, force ! Pharaon ! Pharaon ! Pharaon !

Dans le silence qui suivit, je l'entendis qui disait, à la princesse sans doute :

— Je vois Amenmsés et d'autres de notre race, mais où est mon fils, Séti, le prince d'Egypte ?

— Il nous observe sans doute de quelque vestibule. Mon frère n'aime pas les cérémonies, répliqua Userti.

Alors, avec un léger soupir, Séti s'avança, suivi de Bakmikhonsou et de moi-même et, à distance, par les autres membres de sa maison. Quand il traversa la grande salle, on s'écarta pour le laisser passer, en le saluant le front bas. Arrivé devant le trône, il fléchit le genou et dit :

— Je te salue, ô Roi et Père.

— Je te salue, ô Prince et Fils. Assieds-ici, répondit Méneptah.

Séti prit place sur un siège qu'on avait préparé pour lui au pied du trône, à droite, tandis qu'Amenmsés s'asseyait sur un autre siège, à gauche, plus loin des marches. Sur un signe du prince, je restai debout, derrière lui.

On commença l'expédition des affaires ordinaires de la cour. A l'appel d'un huissier, des gens de toute espèce défilèrent, un à un, afin de soumettre des suppliques, écrites sur des rouleaux de papyrus, que le vizir Nehési prenait et jetait dans un sac de cuir, tenu ouvert par un esclave noir. Dans certains cas, lorsque la pétition ne représentait qu'une formalité, on remettait la réponse au suppliant. Celui-ci se touchait le front avec le papyrus qui portait peut-être toute son espérance et s'éloignait pour lire son destin. Puis vinrent des cheiks des tribus du désert et des capitaines des forteresses de Syrie, et des marchands qui avaient été détroussés par des brigands, et même des paysans qui avaient à se plaindre des exactions des officiers de la couronne. Et chacun présentait sa supplique. Les scribes prenaient note de tout. Parfois le vizir et les conseillers répondaient. Mais Pharaon ne disait rien. Il demeurait assis en silence sur son trône splendide d'ivoire et d'or, comme un dieu de pierre sur l'autel, regardant dans le vague à travers la grande salle et les portes ouvertes, comme s'il voulait lire au delà le secret des cieux.

— Je te disais bien que les cours sont assommantes, ami Ana, me chuchota le prince. Ne commences-tu pas à avoir envie de retourner à Memphis pour y écrire des histoires ?

Je n'eus pas le temps de répondre. Un mouvement se produisit dans la foule, à l'extrémité de la salle. Le prince tourna, comme nous tous, les yeux de ce côté. Je vis s'avancer vers le trône, un homme barbu, grand et déjà vieux, bien que ses cheveux noirs fussent seulement parsemés de gris. Il portait une robe de toile blanche sous un manteau de laine, comme en ont les bergers, et il tenait un bâton d'épine. Son visage était noble, beau et majestueux. Ses yeux noirs luisaient comme du feu. Il allait lentement, sans regarder ni à droite ni à gauche, et la foule s'écartait devant lui comme devant un prince. Certes, on avait plus peur de lui que d'un prince, car les gens reculaient en tremblant quand ils le voyaient approcher. Il n'était pas seul. Derrière lui marchait un autre homme qui lui ressemblait beaucoup, mais était plus vieux, autant que j'en pouvais juger, car sa longue barbe et ses cheveux étaient blancs comme la neige. Il portait aussi un manteau de peau de mouton et tenait un bâton à la main. Un chuchotement parcourait la foule :

— Les prophètes du peuple d'Israël ! Les prophètes du peuple d'Israël !

Les deux hommes s'arrêtèrent devant le trône et regardèrent Pharaon sans daigner saluer. Pharaon soutint silencieusement leur regard. Ils restèrent ainsi longtemps. Pharaon ne voulait pas parler, aucun de ses officiers n'osait ouvrir la bouche. Enfin le premier des prophètes dit d'une voix claire et froide comme un vainqueur dictant ses conditions au vaincu :

— Tu me connais, Pharaon, et tu sais pourquoi je suis ici.

— Je te connais, répondit lentement le souverain. Nous avons joué ensemble quand nous étions petits. Tu es cet Hébreu que ma sœur, qui repose en Osiris, a recueilli pour l'élever comme son fils. Elle t'a donné un nom qui signifie : *Sauvé des Eaux*, parce qu'elle t'avait trouvé, enfant nouveau-né, parmi les roseaux du Nil. Oui, oui, je te connais et ton frère aussi. Mais ta requête, je ne la connais pas.

— Voici donc ma requête, Pharaon, ou plutôt celle de Iahveh, dieu d'Israël, au nom de qui je parle. Ne l'as-tu pas déjà reçue ? Le Dieu d'Israël te requiert de laisser aller son peuple, qui doit lui rendre dans le désert les honneurs du sacrifice.

— Qui est Iahveh ? Je ne connais pas Iahveh, moi qui sers Ammon et les dieux de l'Egypte. Et pourquoi laisserais-je aller ton peuple ?

— Iahveh est le Dieu d'Israël, le dieu suprême de tous les dieux, dont tu éprouveras la puissance, si tu ne veux pas m'exaucer, Pharaon. Quant à savoir pourquoi tu dois laisser partir son peuple, demande-le au prince ton fils, qui est assis là. Demande-lui ce qu'il a vu dans les rues de cette ville la nuit dernière et quel jugement il a rendu envers un des officiers de Pharaon ? Ou s'il ne veut pas te le dire, apprends-le des lèvres d'une jeune fille qui a nom Mérapi, Lune d'Israël, la fille de Nathan, le Lévite. Approche, Mérapi, fille de Nathan.

Alors, sortant de la foule, Mérapi s'avança en robe blanche avec un voile noir autour de la tête en signe de deuil, mais le visage découvert. Elle glissa légèrement à travers la salle et s'inclina devant Pharaon, non sans lancer un regard vers Séti. Puis elle attendit en silence. Elle était merveilleusement belle dans sa simple robe blanche avec son voile noir autour du front.

— Parle, femme, dit Pharaon.

Elle obéit et raconta toute l'histoire, de sa voix grave et douce comme le miel, et personne n'avait l'air de trouver son récit trop long. Quand elle se tut, Pharaon dit :

— Séti, mon fils, est-ce vrai ?

— C'est vrai, ô mon père. En vertu de mes pouvoirs de gouverneur de cette ville, j'ai fait mettre à mort le capitaine Khouaka, coupable d'avoir commis sous mes yeux le crime d'assassinat.

— Peut-être as-tu eu raison, peut-être as-tu eu tort, fils Séti. Après tout, tu en es le meilleur juge, et, comme il avait frappé ta personne royale, ce Khouaka méritait la mort.

Il resta encore silencieux un moment, regardant le ciel à travers les portes ouvertes, puis il dit :

— Que voulez-vous de plus, prophètes de Iahveh ? Justice a été faite sur la personne de mon officier, qui avait abattu l'homme de votre peuple. Une vie a payé pour une vie, selon la lettre stricte de la loi. L'affaire est réglée. Si vous n'avez pas autre chose à dire, retirez-vous.

— Par le commandement du Seigneur, notre Dieu, répondit le prophète, nous avons ceci à te dire, ô Pharaon : Lève ton joug pesant de la nuque du peuple d'Israël. Ordonne que les Hébreux ne soient plus soumis au dur labeur de façonner des briques pour bâtir tes remparts et tes cités.

— Et si je refuse ?

— Alors la malédiction de Iahveh sera sur toi, Pharaon. Il infligera plaie sur plaie à ce pays d'Egypte.

Ménephtah fut saisi d'une colère soudaine.

— Quoi ! s'écria-t-il, tu as l'audace de me menacer dans mon propre palais ? Et tu veux que tout le peuple d'Israël, qui s'est engraissé dans ce pays, cesse de travailler ? Ecoutez, mes servants, et vous, scribes, couchez par écrit mon décret. Allez au pays de Goshen et dites aux Israélites qu'ils continueront à faire des briques comme auparavant et qu'ils travailleront plus durement qu'autrefois au temps de mon père, Ramsès. Mais, puisqu'ils sont paresseux, on ne leur donnera plus de paille pour la confection des briques, ils iront eux-mêmes la récolter, en arrachant les chaumes dans les champs après la moisson.

Il y eut un silence. Puis, d'une même voix, les deux prophètes parlèrent en pointant leurs bâtons dans la direction de Pharaon.

— Au nom du Seigneur Dieu, nous te maudissons, Pharaon. La mort bientôt te frappera et tu auras à répondre de ton péché. Nous maudissons aussi le peuple d'Egypte. La ruine sera son lot : il se nourrira de la mort, il s'abreuvera de sang et sera plongé dans les ténèbres. Et, à la fin, Pharaon laissera partir le peuple d'Israël.

Sans attendre de réponse, ils tournèrent les talons et s'en allèrent côte à côte. Personne n'essaya de les retenir. De nouveau, le silence régnait dans la salle, le silence de la peur, car c'étaient des paroles terribles que les prophètes avaient prononcées. Pharaon le savait. Son menton s'inclinait sur sa poitrine ; son visage, que la colère avait empourpré, était pâle à présent. Userti avait mis la main sur ses yeux, comme pour cacher une horrible vision. Séti lui-même semblait mal à l'aise, frappé au fond du cœur par cette affreuse malédiction.

Sur un signe de Pharaon, le vizir Nébési fit résonner trois fois le sol avec son bâton de cérémonie et montra la porte, donnant ainsi le signal accoutumé que l'audience était terminée. Et tout le monde se pressa vers la sortie, tête basse et sans échanger une parole. En un moment, la grande salle fut vide ; il ne resta plus que les officiers et les gardes, et l'escorte de Pharaon.

Séti, le prince, se leva et s'inclina devant le trône.

— O Pharaon, dit-il, qu'il te plaise de m'écouter. Nous venons d'entendre des paroles terribles, prononcées par ces Hébreux, des paroles qui menacent ta vie divine, ô Pharaon, et appellent la malédiction sur le Haut et le Bas Pays. Pharaon, ce peuple d'Israël considère qu'il souffre et qu'il est opprimé. Eh bien, daigne me donner, à moi, ton fils, un écrit portant ton seing et ton sceau par la vertu duquel j'aurai pouvoir de me rendre au pays de Goshen et de mener une enquête sur cette affaire. A mon retour, je te ferai un rapport fidèle. Alors, s'il t'apparaît que le peuple d'Israël a été injustement traité, il te sera possible de lui accorder quelque soulagement et de conjurer ainsi la malédiction de ses prophètes. Mais si tu constates que ces Hébreux t'ont menti, tu maintiendras ton décret.

Moi, Ana, en entendant ces paroles, je crus que Pharaon allait encore se mettre en colère. Mais je me trompais : quand il reprit la parole, ce fut avec l'accent d'un homme accablé de chagrin ou de lassitude.

— Qu'il soit fait selon ton désir, Fils ! dit-il. Aie soin seulement de t'adjoindre une escorte de soldats, de peur que ces chiens au nez crochu ne portent la main sur toi. Je ne me fie pas à eux, qui ont toujours été les ennemis de l'Egypte, comme les Hyksôs (1), dont le sang coule dans les veines de beaucoup d'entre eux. N'ont-ils pas conspiré avec les barbares de Ninive, que j'ai écrasés dans la grande bataille, et nous ne nous menacent-ils pas à présent au nom de leur dieu ? Pourtant, que cet édit soit préparé, je le scellerai. Et attends ! Je trouve, Séti, qu'avec ton caractère doux, tu as le cœur un peu trop tendre pour ces esclaves, gardeurs de troupeaux. Je ne veux donc pas t'envoyer seul. Amenmsès, ton cousin, ira avec toi, mais sous ton commandement. J'ai dit.

— Vie, santé, force ! prononcèrent en même temps Séti et Amenmsès, en signe de soumission à l'ordre du roi.

Je croyais que tout était fini maintenant, mais Pharaon déclara :

— Que les serviteurs et les gardes se retirent au bout de la salle ! Que les conseillers du roi et les officiers de la maison demeurent !

Les gens saluèrent et s'éloignèrent hors de portée de la voix. Je me préparais à en faire autant, mais le prince me dit :

— Reste, afin de prendre note de tout.

Pharaon ne l'entendit pas, mais vit son mouvement.

— Quel est cet homme, Fils ? demanda-t-il.

— C'est Ana, mon scribe privé et mon bibliothécaire, Pharaon, et je me fie à lui. C'est lui qui m'a protégé la nuit dernière.

— C'est bien, Fils. Qu'il reste donc pour t'assister, sachant qu'il mourra s'il trahit notre conseil.

Userti leva la tête en fronçant les sourcils, comme si elle allait parler, mais elle se ravisa et garda le silence, peut-être parce que la volonté de Pharaon ne pouvait être changée une fois qu'elle avait été exprimée. Baknikhonsou resta aussi en tant que conseiller du roi, selon son droit.

Quand tous les autres se furent retirés, Pharaon, qui était demeuré pensif, leva la tête et se mit à parler lentement, sur le ton d'un homme dont la sentence ne peut être mise en discussion.

— Prince Séti, tu es mon fils unique, né de la reine As-Néfert, Sœur royale, Mère royale, qui repose dans le sein d'Osiris. Il est vrai que tu n'es pas mon premier né, puisque le comte Ramessou (il montra un homme vigoureux, à l'air doux, à la mine agréable, quoique peu intelligente) est ton aîné de deux ans. Mais, comme il le sait bien, sa mère, qui est encore avec nous, est syrienne de naissance et n'est pas de sang royal. Il ne peut donc pas prétendre à s'asseoir jamais sur le trône d'Egypte. N'est-ce pas ainsi, mon fils Ramessou ?

— C'est ainsi, ô Pharaon, répondit le comte d'un ton affable. Je n'aspire pas non plus à m'asseoir jamais sur ce trône. Je suis satisfait des charges et des biens qu'il a plu à Pharaon de me conférer, à moi, son aîné.

— Que ces paroles du comte Ramessou soient couchées par écrit, dit Pharaon, et déposées dans le temple de Phtah de cette ville, et dans les temples de Phtah à Memphis et d'Ammon à Thèbes, afin qu'elles ne puissent jamais être remises en question.

____

(1) *Les Hyksôs ou Pasteurs dominèrent l'Egypte pendant cinq siècles.* (Note du traducteur.)

Les scribes de la suite écrivirent les paroles de Ramessou, et, sur un signe du prince Séti, je les écrivis aussi en étalant sur mon genou le papyrus dont je m'étais muni. Quand ce fut terminé, Pharaon poursuivit :

— Par conséquent tu es l'héritier d'Egypte, ô Prince Séti, et peut-être, comme l'annoncent ces prophètes, seras-tu appelé avant longtemps à t'asseoir à ma place sur ce trône.

— Puisse le roi vivre à jamais ! exclama Séti, car il sait bien que je n'aspire pas à hériter de sa couronne et de ses dignités.

— Oui, je le sais, mon fils, comme je désire que tu fasses plus de cas de cette couronne et de ces dignités, qui, si les dieux le veulent, doivent te revenir. S'ils ne le veulent pas, ton cousin, le comte Amenmsès, est le premier après toi dans l'ordre de la succession, car il est aussi de sang royal à la fois par son père et par sa mère, et après lui je ne me connais plus d'héritier, à moins que la couronne ne revienne à ma fille, ta demi-sœur, la Princesse royale Userti, dame d'Egypte.

Alors Userti parla avec gravité.

— O Pharaon, mes droits, selon la tradition, l'emportent sur ceux de mon cousin, le comte Amenmsès.

Amenmsès s'apprêtait à répondre, mais Pharaon leva la main et le comte garda le silence.

— C'est une question que discuteront ceux qui sont versés en la matière, répliqua Méneptah d'une voix un peu hésitante. Je prie les dieux qu'il ne soit jamais besoin de considérer ce grave problème en notre conseil. Que néanmoins les paroles de la Princesse royale soient couchées par écrit. Maintenant, Prince Séti, poursuivit-il quand les scribes lui eurent obéi, tu n'es pas marié et, si tu as des enfants, ils ne sont pas royaux.

— Je n'en ai pas, ô Pharaon.

— En vérité ! répliqua Méneptah avec indifférence. Le comte Amenmsès a des enfants. je le sais, mais il n'en a pas de sa femme Unuri, qui est aussi de race royale.

J'entendis Amenmsès murmurer :

— Royale, oui, puisqu'elle est ma tante.

Cette réflexion fit sourire Séti.

— Ma fille, la Princesse, n'est pas mariée non plus. Il semble donc que la source du sang royal soit sur le point de tarir...

— Elle en est en effet menacée, chuchota Séti, de sorte que je fus seul à l'entendre.

— C'est pourquoi, continua Pharaon, j'ai décidé de rendre un décret. Tu le sais, Prince Séti, puisque la Princesse royale d'Egypte est allée cette nuit, sur mon ordre, t'entretenir de cette question...

— Pardon, ô Pharaon, ma sœur ne m'a parlé cette nuit d'aucun décret, si ce n'est que je devais assister ce matin à l'audience de la cour.

— Je ne l'ai pas pu, Séti, car tu avais avec toi un étranger que tu as refusé de renvoyer.

En prononçant ces mots, Userti me regardait.

— Peu importe ! dit Pharaon, car je vais maintenant m'exprimer de mes propres lèvres, ce qui vaut peut-être mieux. Ma volonté, Prince, est que tu épouses dès maintenant la Princesse royale Userti, pour que soient engendrés des enfants du sang authentique des Ramessides. Ecoute et obéis.

Userti maintenant regardait Séti, cherchant à deviner sa pensée. Assis par terre à côté du prince, avec ma feuille de papyrus sur les genoux, je l'observais aussi attentivement. Je vis ses lèvres pâlir et ses traits prendre une étrange fixité.

— J'écoute le commandement de Pharaon, dit-il à mi-voix, en s'inclinant.

Et il hésita.

— As-tu quelque chose à ajouter ? demanda Méneptah.

— Seulement ceci, ô Pharaon. Quoiqu'il s'agisse d'un mariage décrété par raison d'Etat, il y a une femme qui doit être donnée en mariage. Elle est ma demi-sœur et ne m'a aimé jusqu'ici que d'une affection fraternelle. Je voudrais donc entendre de ses lèvres si sa volonté est de me prendre pour mari.

Tout le monde se tourna vers Userti, qui répliqua d'un ton froid :

— En cette affaire, je n'ai de volonté que celle de Pharaon.

— Tu as entendu, interrompit Méneptah avec impatience. Et, comme dans notre maison cela a toujours été la coutume que le frère épouse la sœur, pourquoi ne serait-ce pas la volonté d'Userti ? Quel autre mari prendrait-elle ? Amenmsès est déjà marié. Il ne reste que Saptah, son frère, qui est plus jeune que la Princesse...

— Je le suis aussi de deux grandes années, murmura Séti.

Mais, par bonheur, Userti ne l'entendit pas.

— Non, mon père, dit elle d'un ton résolu, jamais je ne prendrai pour mari un infirme.

Un homme qui s'était tenu jusque-là dans l'ombre du trône et que je n'avais pas remarqué, s'avança en clopinant. C'était un jeune noble de petite stature, avec une figure mince et rusée qui faisait penser à un chacal (à vrai dire, on lui avait donné, dans le peuple, le surnom de Thoth, d'après le dieu à tête de chacal). Il était fort en colère, car le sang colorait ses joues et ses petits yeux lançaient des éclairs.

— Me faudra-t-il donc entendre, Pharaon, dit-il d'une voix grêle, ma cousine, la Princesse royale, me reprocher en public la jambe estropiée que je dois à la maladresse de ma nourrice !

— Alors son grand-père a été estropié aussi par la maladresse d'une nourrice, grommela le vieux Baknikhonsou, car il était pied-bot, comme je peux en témoigner, moi, qui l'ai vu nu dans sa baignoire d'enfant.

— Tu es bien forcé d'entendre, comte Saptah, à moins que tu ne te bouches les oreilles, répliqua Pharaon.

— Elle dit qu'elle ne veut pas m'épouser, poursuivit Saptah, moi, qui, depuis l'enfance, me suis fait son esclave et celui d'aucune autre femme.

— Ce n'est pas moi qui te l'ai demandé, Saptah. Va, je t'en prie, et fais-toi l'esclave de celle que tu voudras, exclama Userti.

— Pourtant elle finira par m'épouser, insista Saptah, car le prince Séti ne vivra pas toujours.

— Comment le sais-tu, cousin ? demanda Séti. Le grand prêtre qui est ici te dira une autre histoire.

Plusieurs des personnes présentes détournèrent la tête pour cacher un sourire. Et pourtant, en ce jour, ce fut un dieu qui parla par la voix de Saptah et lui conféra le don prophétique, car le temps devait venir où Userti épouserait ce prince, afin de pouvoir monter sur le trône en une période de troubles, quand l'Egypte n'aurait pas souffert qu'une femme fût seule à gouverner le pays.

Pharaon ne souriait pas comme ses courtisans. La colère s'emparait de lui.

— Paix ! Saptah, dit-il. Comment oses-tu engager devant moi une telle querelle, parler de la mort des rois et prétendre que tu épouseras la Princesse royale ? Encore une réflexion de ce genre et tu seras banni. Ecoutez, maintenant. Je suis presque tenté de proclamer ma fille, la Princesse royale, seule héritière du trône, car il y a en elle plus d'énergie et de sagesse qu'en n'importe quel autre membre de notre famille.

— Si telle est la volonté de Pharaon, que la volonté de Pharaon soit faite ! dit Séti avec humilité. Je me reconnais indigne de remplir une aussi haute mission que celle de régner sur l'Egypte et par tous les dieux, je jure que ma bien-aimée sœur n'aura pas de sujet plus fidèle que moi.

— Tu veux dire, interrompit Userti, que, plutôt que de m'épouser, tu renoncerais à tes droits à la double couronne ? Vraiment, je suis honorée ! Séti que tu doives régner ou non, je ne t'épouserai pas.

— Quelles sont ces paroles que j'entends ! s'écrie Méneptah. Qui donc dans ce pays d'Egypte ose dire que Pharaon ne sera pas obéi ? Ecrivez, scribes, et vous, officiers, faites proclamer de Thèbes jusqu'à la mer que, dans trois jours, à l'heure de midi, au temple de Hathor de cette ville, le Prince, héritier royal, Séti Méneptah, aimé de Râ, épousera la Princesse royale d'Egypte, Lis d'Amour, chérie de Hathor, Userti, Fille de moi, le dieu.

— Vie, santé, force ! cria toute la cour.

Guidé par un grand officier, le prince Séti fut conduit devant le trône, et la princesse Userti fut placée à côté de lui ou plutôt en face de lui. Conformément à la coutume antique, on apporta une grande coupe d'or, qu'on remplit de vin rouge. Cela me faisait l'impression d'être du sang. Userti prit la coupe, et, s'agenouillant, la donna au prince, qui y but et la lui rendit pour qu'elle pût boire à son tour, en témoignage solennel de leurs fiançailles. Cette scène n'est-elle pas gravée sur les larges bracelets d'or que Séti portait plus tard quand il s'assit sur le trône, ces mêmes bracelets que je devais un jour fermer de mes propres mains sur les poignets d'Userti, morte.

Le prince étendit sa main, qu'Userti toucha de ses lèvres, et se penchant, il la baisa sur le front. Pharaon, descendant sur la dernière marche du trône, posa son sceptre d'abord sur la tête du prince, puis sur celle de la princesse ; il les bénit en son nom, au nom de son Ka ou double, au nom des esprits et des Kas des rois et des reines d'Egypte, les désignant ainsi pour lui succéder quand il aurait été recueilli dans le sein des dieux.

Ayant ainsi fait, il partit dans sa pompe, entouré de sa cour, précédé et suivi de ses gardes, et s'appuyant au bras de la princesse Userti, qu'il aimait mieux que personne au monde.

Un peu plus tard, j'étais seul avec le prince dans sa chambre privée, où je l'avais vu pour la première fois.

— C'est fini, dit-il gaîment, et je te le déclare, Ana, je me sens tout à fait, tout à fait heureux. Ne t'est-il pas arrivé de grelotter au bord du Nil, un matin d'hiver, craignant d'entrer dans l'eau, puis, quand tu t'es décidé à y descendre, d'être agréablement surpris d'éprouver que l'eau glacée te réconfortait ?

— Oui, Prince. C'est quand on sort de l'eau, si le vent souffle et que le soleil est caché, qu'on a plus froid qu'auparavant.

— C'est vrai, Ana. Aussi ne doit-on pas sortir de l'eau, on doit y rester jusqu'à ce qu'on se noie ou soit dévoré par un crocodile. Mais, dis-moi, me suis-je bien comporté ?

— Prince, le vieux Baknikhonsou m'a dit qu'il avait assisté à bien des fiançailles royales, onze, je crois, et il n'en a jamais vu qui fussent conduites avec plus de grâce. La façon dont tu as baisé Son Altesse au front était, à son avis, parfaite, aussi bien que toute ton attitude après la première discussion.

— Et elle continuerait de l'être, Ana, si on ne me demandait jamais plus que de baiser le front d'Userti, ce à quoi j'ai été accoutumé dès l'enfance. O Ana ! Ana ! ajouta-t-il d'une voix plaintive, tu es déjà en train de devenir un courtisan, qui ne peut pas dire la vérité ! Après tout, je ne le peux pas non plus, pourquoi donc te blâmerais-je ? Parle-moi encore de ton mariage, Ana, comment cela a commencé et comment cela a fini ?

CHAPITRE V

LA PROPHÉTIE

Le prince Séti revit-il Userti avant l'heure de son mariage, je ne peux pas le dire, car il ne m'en a jamais parlé. Je n'assistai pas au mariage, car j'avais sollicité la permission de retourner à Memphis pour y régler mes affaires et vendre ma maison avant de prendre mes fonctions de scribe privé de Son Altesse. Ce fut seulement quinze jours après la cérémonie que je me retrouvai devant la grille du palais du prince. J'étais accompagné d'un domestique conduisant un âne chargé de tous mes manuscrits et de certaines choses qui me venaient de mes ancêtres avec les titres de leurs tombes. A cette seconde arrivée au palais, j'eus certes une réception bien différente de la première. Au moment où j'atteignais les marches, le vieux chambellan Pambasa parut et descendit en courant, si vite que sa robe blanche et sa barbe flottaient, fouettées par l'air.

— Salut, très savant scribe, très honorable Ana ! Comme je suis heureux de te revoir ! Son Altesse ne cesse de me demander si tu es de retour et me gourmande, parce que tu ne reviens pas. En vérité, je crois que, si tu t'étais attardé en route un jour de plus, j'aurais été envoyé à ta recherche. Je me suis entendu adresser des paroles sévères, parce que je ne t'ai pas fait escorter, comme si le vizir Nébési aurait consenti à payer les frais d'une garde sans l'ordre exprès de Pharaon ! O très excellent Ana, révèle-moi le charme dont tu as usé pour gagner le cœur de notre royal maître, et je te revaudrai ce service, moi, qui récolte plus facilement sa colère que son affection.

— Volontiers, Pambasa ! Ecris de meilleures histoires que les miennes au lieu de les dire, et il t'aimera plus qu'il ne m'aime. Mais comment le mariage s'est-il passé ? Il paraît que c'était splendide.

— Splendide ? oh ! dix fois mieux que splendide ! C'était comme si le dieu Osiris épousait encore une fois la déesse Isis dans le palais du ciel. Le prince était vêtu comme un dieu, oui, il portait la robe et les ornements sacrés d'Ammon. Et la procession, et la fête donnée par Pharaon ! Je te le dis, le prince était si accablé par le bonheur et tout ce poids de gloire, qu'avant la fin de la cérémonie, je vis qu'il tenait les yeux fermés. Il était ébloui par l'éclat de l'or et des pierres précieuses, et le charme de sa royale fiancée. Il me le déclara lui-même, craignant peut-être que je ne le crusse endormi. On distribua des présents, à chacun, selon son rang. J'ai eu... mais cela n'a pas d'importance. Savant Ana, je ne t'ai pas oublié. Sachant bien que tout serait terminé avant ton retour, j'ai prononcé ton nom à l'oreille de Son Altesse, en offrant de te garder ton présent.

— Et que t'a-t-il dit, Pambasa ?

— Qu'il te le garderait lui-même. Je me demandais ce que cela pouvait être, car je ne voyais rien sur lui. Il ajouta : « Voilà ce que c'est. » Et il me montra le sceau privé qu'il porte toujours, un antique anneau d'or, mais de peu de valeur, à mon avis, portant cette devise gravée : « Aimé de Thoth et du Roi. » Le prince doit, paraît-il, s'en débarrasser pour faire place à un autre anneau beaucoup plus beau que la princesse lui a donné.

L'âne ayant été déchargé par les esclaves et emmené, nous avions traversé la galerie où beaucoup de gens traînaient comme d'habitude, et pénétré dans les appartements privés du palais.

— Par ici ! dit Pambasa. J'ai l'ordre de te conduire auprès du Prince en quelque lieu qu'il soit, et il siège en ce moment dans le grand appartement avec la Princesse, où ils ont reçu les députations et les hommages des cités lointaines. Les derniers envoyés sont partis, il y a environ une demi-heure.

— Je veux d'abord, digne Pambasa, commençai-je, me mettre en état de paraître devant le Prince.

— Non, non, l'ordre est formel, je n'oserais pas y désobéir. Entre !

Et, d'un geste de courtisan, il écarta un rideau richement brodé.

— Par Ammon ! exclama une voix lasse que je reconnus pour celle du prince, voici encore des conseillers ou des prêtres. Prépare-toi, ma sœur, prépare-toi.

— Je t'en prie, Séti, répliqua une voix, celle d'Userti, habitue-toi à m'appeler par mon titre légitime et non par celui de sœur. Je ne suis pas non plus tout à fait ta sœur.

— Pardonne-moi ! dit Séti. Préparons-nous, royale Epouse, préparons-nous.

Le rideau maintenant était complètement écarté.

J'étais là sous la porte, poudreux, déconcerté, et, pour parler franc, tremblant un peu, car je redoutais la princesse. J'hésitais à passer le seuil. Devant moi s'ouvrait une salle magnifique, brillamment éclairée, au centre de laquelle, sur un fauteuil sculpté et doré, était assise la princesse, splendidement parée, beauté tranquille et sans défaut. Elle était en train d'examiner un rouleau enluminé, sans doute laissé par la dernière députation, car d'autres semblables étaient déposés sur une table.

Un second fauteuil, pareil au premier, était inoccupé ; car le prince allait et venait sans repos dans la salle, sa robe de cérémonie quelque peu dérangée et son urœus d'or rejeté en arrière du front, à cause de son habitude de passer ses doigts dans ses cheveux bruns. Comme je me tenais silencieux dans l'ombre où Pambasa m'avait laissé, et échappais ainsi aux regards, la conversation continua :

— Epoux, je suis prête. Pardonne-moi, c'est toi qui ne l'es pas. Pourquoi as-tu renvoyé tes scribes et tes gens avant la fin de la cérémonie ?

— Parce qu'ils m'agaçaient avec leurs salutations continuelles, leurs louanges et leurs formalités.

— Qui n'ont pourtant rien d'inusité ! Il faut maintenant les rappeler.

— Entre, qui que tu sois ! exclama le prince.

Alors j'avançai dans la lumière et me prosternai.

— Quoi ! s'écria-t-il, c'est Ana, de retour de Memphis. Approche, Ana, et sois mille fois le bienvenu. Sais-tu que je te prenais pour un autre grand prêtre ou le gouverneur de quelque nome dont je n'ai jamais entendu parler !

— Ana ! Qui est Ana ? demanda la princesse. Oh ! je m'en souviens ! ce scribe !... Ah ! on voit qu'il arrive de Memphis.

Et elle regardait ma robe poudreuse.

— Royale Personne, balbutiai-je, confus, ne me blâme pas parce que je suis entré ainsi en ta présence. Pambasa m'a conduit ici contre mon gré, sur l'ordre exprès du prince.

— Vraiment ! Séti, cet homme rapporte donc de Memphis des nouvelles bien graves, que tu étais si impatient de le revoir ?

— Oui, Userti, je le crois du moins. As-tu bien les documents, Ana ?

— Je les ai, Altesse, répondis-je.

Je ne savais pourtant pas de quels documents il voulait parler, à moins que ce ne fussent les manuscrits de mes histoires.

— Alors, mon seigneur, je te laisse parler avec Ana, de ces nouvelles de Memphis et de ces documents, dit la princesse.

— Oui, oui, il faut que nous en parlions, Userti, ainsi que du voyage au pays de Goshen, qu'Ana entreprendra demain avec moi.

— Demain ! Pourquoi m'as-tu dit ce matin que tu ne partirais que dans trois jours ?

— L'ai-je dit, Sœur... c'est-à-dire Epouse ! C'est donc parce que je n'étais pas sûr qu'Ana, qui sera mon compagnon de char, serait de retour.

— Un scribe, ton compagnon de char ! Il serait plus convenable que ton cousin, Amenmsès...

— Ne parlons pas d'Amenmsès ! Tu sais bien,

Userti, que cet homme m'est odieux avec son langage rusé et pourtant vain.

— Ah ! j'en suis peinée, car, lorsque tu hais quelqu'un, tu le laisses voir, et Amenmsès peut être un ennemi redoutable. Enfin, si tu ne veux pas de notre cousin Amenmsès, qui ne m'est pas antipathique à moi, tu devrais choisir Saptah.

— Merci ! Je ne voyagerai pas dans la même cage qu'un chacal.

— Chacal ! Je n'aime pas Saptah, mais appeler chacal un personnage de la race royale d'Egypte ! Alors il y a Néhési, le vizir, ou le commandant de l'escorte, dont j'ai oublié le nom.

— Crois-tu donc, Userti, que j'aie envie de parler des finances de l'Etat avec ce vieux ladre ou d'écouter un grossier boucher nubien se vanter d'exploits guerriers qu'il n'a jamais accomplis ?

— Je n'en sais rien, Epoux. Mais de quoi parleras-tu avec cet Ana ? De poèmes, je suppose, et d'autres niaiseries de ce genre. Ou sera-ce peut-être de Mérapi, Lune d'Israël, que vous trouvez tous les deux si belle ? Bien, fais comme il te plaira. Tu me déclares que je ne dois pas t'accompagner dans ce voyage, moi, ta femme, nouvelle épousée, et je constate que c'est pour donner ma place à un gribouilleur de contes, que tu as ramassé l'autre jour... ton Jumeau en Ré ! Fi !... Salut, mon seigneur !

Et elle se leva en rassemblant sa robe des deux mains. Séti s'emporta.

— Userti, dit-il en frappant du pied, tu ne dois pas parler ainsi. Tu le sais fort bien, si je ne t'emmène pas, c'est qu'il est peut-être dangereux pour toi de t'exposer au milieu des Hébreux. En outre, ce n'est pas le désir de Pharaon.

Elle se retourna et répondit :

— En ce cas, je te demande pardon et te remercie de prendre autant de souci de ma sécurité. Je ne savais pas que cette mission fût si dangereuse. Veille bien, Séti, à ce qu'il n'arrive aucun mal au scribe Ana.

En achevant ces mots, elle fit une inclination de tête et disparut derrière les rideaux.

— Ana, dit Séti, je n'ai jamais été très prompt à calculer. Combien aurons-nous à compter de minutes à partir de cet instant jusqu'à la quatrième heure demain matin quand je donnerai l'ordre de faire avancer mon char ? Et sais-tu s'il est possible de revenir de Goshen par la Syrie en traversant les marais ? Ou, sinon, de regagner Thèbes par le désert et de descendre le Nil au printemps ?

— Oh ! mon Prince, mon Prince ! exclamai-je, je te conjure de me laisser partir ! Laisse-moi m'en aller n'importe où hors d'atteinte des sarcasmes de Son Altesse, la Princesse Userti.

— C'est étonnant comme nous pensons en tout de la même façon, Ana, fût-ce à propos de Mérapi ou des sarcasmes des princesses royales. Ecoute, mon ordre : Tu ne t'en iras pas. Et, si cette question se pose, il y en a d'autres qui s'en iront avec toi. Tu dois rester et porter ton faix comme je porte le mien. Souviens-toi de la coupe brisée, Ana.

— Je m'en souviens, mon Prince, mais j'aimerais mieux être battu de verges que fustigé par des propos comme ceux qu'il me faut entendre.

Cette même nuit pourtant, après avoir pris congé du prince, je devais entendre des paroles plus aimables de la bouche de cette princesse versatile ou plutôt peut-être diplomate. Elle m'envoya chercher et je me rendis, fort effrayé, auprès d'elle. Je la trouvai seule dans une petite chambre, du moins elle n'avait avec elle qu'une vieille dame d'honneur qui était assise au fond de la pièce et avait l'air d'être sourde (peut-être avait-elle été choisie pour ça). Userti m'invita à m'asseoir et me parla en ces termes avec affabilité ; j'ignore si c'était la suite d'une conversation qu'elle avait eue avec le prince.

— Scribe Ana, je te demande pardon, si, nerveuse et agacée, j'ai prononcé à ton sujet et t'ai adressé aujourd'hui des paroles que je voudrais maintenant n'avoir pas dites. Je sais bien qu'appartenant à la caste noble d'Egypte, tu ne répéteras rien de notre présent entretien.

— On me couperait plutôt la langue, répondis-je.

— Il me semble, scribe Ana, que mon seigneur le Prince t'a pris en grande affection. Comment ou pourquoi ce sentiment s'est éveillé si soudainement dans son cœur, je ne me l'explique pas. Mais, cela étant, j'en conclus qu'il y a beaucoup à aimer en toi, car je n'ai jamais vu le Prince témoigner de considération profonde à une personne qui n'en était pas parfaitement digne. Il est donc évident que tu deviendras le favori de Son Altesse, car, en de telles matières, on ne le fait pas changer d'opinion, et qu'il te confiera toutes ses secrètes pensées, celles qu'il cache aux conseillers d'Etat ou même à moi. Bref, tu deviendras une puissance dans ce pays, peut-être la plus grande, qui sait, après Pharaon, tout en ayant l'air de n'être toujours qu'un simple scribe privé.

« Je ne vais pas prétendre que j'aurais souhaité qu'il en fût ainsi, moi qui aspirais à être la seule vraie conseillère de mon mari. Mais je me résigne, espérant que tout est ainsi pour le mieux. Si je cède à un mouvement de jalousie et te parle durement comme je l'ai fait aujourd'hui, je te demande pardon d'avance pour ce qui n'est pas encore arrivé, comme je te l'ai demandé pour ce qui est arrivé. Je te prie, scribe Ana, de t'employer de ton mieux à agir dans le bon sens sur l'esprit du Prince, qui se laisse aisément guider par ceux qu'il aime. Vif et intelligent comme tu l'es, tu devras te mettre au courant des affaires de l'Etat et de la politique de notre maison royale. Viens me trouver, quand il sera nécessaire, pour réclamer des instructions qui te rendront capable d'exercer une influence utile sur ton maître s'il s'adresse à toi pour être conseillé.

— Tout cela je le ferai, Altesse, si le hasard veut que ce soit en mon pouvoir. Mais qui suis-je pour prétendre à montrer la voie à des rois ? J'ajoute que le Prince, si doux qu'il soit de caractère, ne se laisse pas détourner du chemin qu'il a lui-même choisi.

— Il se peut, Ana. Je te remercie néanmoins. Tu auras toujours en moi une amie et non une ennemie, bien que parfois la vivacité de mon caractère puisse t'incliner à penser autrement. Je veux te dire encore une chose, qui devra rester secrète entre nous. Je sais que le Prince m'aime comme une amie et une sœur plutôt que comme une femme et qu'il ne se serait pas résolu de lui-même à m'épouser. Je sais aussi que d'autres femmes interviendront dans sa vie, quoique sans doute moins nombreuses qu'il est arrivé pour la plupart des rois, car il est plus difficile de lui plaire. Je ne peux pas m'en plaindre, puisque c'est conforme aux coutumes de notre pays. Je crains une chose pourtant : c'est qu'une femme, cessant de lui servir de jouet, s'empare du cœur de Séti et le fasse tout à fait sien. Dans une telle circonstance, scribe Ana, comme dans les autres, je te demande ton aide, car je voudrais être reine d'Egypte de toutes les manières et pas seulement de nom.

— Altesse, comment puis-je dire au Prince : « Tu aimeras cette femme ou cette autre tant et tant, et pas davantage ? » Au reste, pourquoi crains-tu ce qui n'est pas arrivé et n'arrivera peut-être jamais ?

— Je ne sais pas, scribe, comment tu pourras dire une telle chose. Pourtant, je te demande de la dire si tu en trouves l'occasion... Et tu veux savoir pourquoi j'ai peur ? Il me semble sentir la présence mystérieuse d'une femme qui me couvre de son ombre et bâtit un mur de ténèbres entre Son Altesse et moi.

— Ce n'est qu'un songe, Princesse.

— Peut-être ! Toutefois, je ne le pense pas. O Ana, peux-tu, toi qui étudies le cœur des hommes et des femmes, comprendre mon cas ? Je me suis mariée sans pouvoir jamais espérer être aimée comme le sont les autres femmes. Je porte le titre d'épouse et pourtant je ne le suis pas. Je devine ta pensée : Pourquoi donc alors t'es-tu mariée ? Voilà la question que tu aurais envie de me poser. Je t'en ai trop dit pour ne pas t'avouer cela aussi : c'est d'abord que le prince est différent des autres hommes et supérieur à eux, oui, très supérieur à n'importe quel autre que j'aurais pu épouser en tant qu'héritière royale d'Egypte. Ensuite, parce qu'étant exclue de l'amour, il ne me reste que l'ambition. Je voudrais du moins être une grande reine comme Hatchepou l'a été en son temps. Je voudrais soulager mon pays des maux qui le tourmentent et inscrire mon nom dans l'histoire. Je ne le pouvais qu'en prenant l'héritier de Pharaon pour mari, comme c'est mon devoir.

Elle médita un moment, puis ajouta :

— Je t'ai dévoilé toute ma pensée. Ai-je eu raison de le faire ? Les dieux le savent et le temps me l'apprendra.

— Princesse, dis-je, je te remercie de ta confiance et je t'aiderai s'il est en mon pouvoir. Je suis troublé pourtant. Quoique de sang noble, je ne suis qu'un humble personnage. Je n'étais encore, il y a quelques jours, qu'un scribe, un homme qui s'adonnait à l'étude, un rêveur, qui avait eu aussi à pâtir de la vie. Et tout à coup, par un hasard de la destinée ou un décret des dieux, je me trouve élevé, j'ai la faveur de l'héritier d'Egypte et il semble même que j'aie gagné la tienne. Je me demande comment je me comporterai dans cette situation à laquelle en vérité je n'avais jamais aspiré.

— Je n'en sais rien, moi qui trouve le présent et ses peines assez lourds à porter. Mais le décret dont tu parles a sans doute déterminé aussi comment cela doit finir. Cependant, j'ai un présent pour toi. Dis-moi, scribe, as-tu jamais manié une autre arme qu'un stylet de roseau ?

— Oui, Altesse, dans mon adolescence on m'a exercé à tenir un glaive. En outre, bien que je n'aime pas la guerre ni les effusions de sang, j'ai pris part, il y a quelques années, à la grande bataille contre les barbares de Ninive, quand Pharaon appela sous les armes les jeunes gens de Memphis. J'ai abattu deux ennemis en combat loyal, quoique l'un ait bien failli me faire passer de vie à trépas.

Et je montrai une cicatrice qui laissait une trace rouge dans mes cheveux gris à l'endroit où une lance avait mordu la chair.

— Voilà qui me plaît, à moi qui préfère les soldats aux enlumineurs de papyrus.

Allant à un coffre peint fait de roseaux tressés, elle en tira une magnifique cotte de mailles, en anneaux de bronze, et un glaive court, de bronze aussi, avec une poignée d'or dont le pommeau représentait une tête de lion. Elle me donna ces objets en disant :

— Voici des trophées que mon aïeul, Ramsès le Grand, conquit dans sa jeunesse sur un prince de Khitah. Il l'avait abattu de sa propre main en Syrie dans cette bataille sur laquelle ton grand-père a composé un poème. Mets sous ton sarrau cette cotte de mailles qu'aucune lance ne percera et ceins ce glaive sur tes reins quand tu seras chez les Israélites, car je ne me fie pas à ces gens-là. J'ai donné au prince une cotte semblable. Veille à ce qu'il la porte jour et nuit sur sa personne sacrée et, si des ennemis le menacent, défends-le jusqu'à la mort. Salut !

— Puissent tous les dieux me rejeter des Champs de la Bénédiction, si je manque à cette mission ! répondis-je.

Et je m'en allai, émerveillé, pour chercher le sommeil, que, toutefois, je ne devais pas encore goûter.

Je suivais la galerie sous la conduite d'une des dames du palais, quand, en arrivant au bout, je trouvai le vieux Pambasa, qui m'attendait. Avec beaucoup de salutations, il m'avisa que le prince me réclamait auprès de lui. Je lui demandai comment cela pouvait se faire, puisque Son Altesse m'avait congédié pour la nuit. Il répliqua qu'il n'en savait rien, mais qu'il avait reçu l'ordre de me conduire à la chambre privée.

Je trouvai le prince se chauffant devant le feu, car la nuit était froide. Levant les yeux, il commanda à Pambasa d'introduire ceux qui attendaient, puis, remarquant la cotte de mailles et le glaive que je portais sur le bras, il me dit :

— Tu as été chez la princesse, n'est-ce pas ? Et elle devait avoir beaucoup de choses à te dire, car ton entretien avec elle a duré longtemps. Eh bien, je crois pouvoir deviner de quoi il s'agissait, moi, qui la connais depuis l'enfance. Elle t'a dit de veiller sur moi, de veiller sur mon corps et sur mon cœur, et tout ce qui vient du cœur. Oh ! et bien d'autres choses. Elle t'a donné cette cotte syrienne pour que tu la portes parmi les Hébreux, comme elle m'en a donné une, car elle est prudente et prévoit tout. Ecoute, Ana, je regrette de t'empêcher de te reposer, car tu dois être fatigué de ton voyage et de tant de conversations. Mais le vieux Baknikhonsou, que tu connais, attend à ma porte et avec lui Ki, le grand magicien, que tu n'as pas encore vu. Ki est un personnage d'une science merveilleuse et, en quelque manière, plus qu'humain. Du moins, il accomplit d'étranges actes de magie et parfois on dirait que le passé et l'avenir sont ouverts devant ses yeux, quoique nous ne puissions affirmer qu'il les lit exactement. Il a sans doute, ou croit avoir un avertissement du ciel à me transmettre et j'ai pensé qu'il te plairait de l'entendre.

— Certes, Prince, je serai heureux de l'entendre si j'en suis digne, et ta présence me protégera de la colère de ce magicien que je redoute.

— La colère tourne parfois à la confiance, Ana. Ne viens-tu pas de l'éprouver avec Son Altesse Userti, comme je te l'avais du reste laissé prévoir ? Attention, les voici. Assieds-toi et prépare tes tablettes pour noter ce qu'ils diront.

Les rideaux s'écartèrent, livrant passage à Baknikhonsou et à un autre personnage, Ki, lui-même, en robe blanche et la tête rasée, car il était prêtre héréditaire d'Ammon de Thèbes et initié d'Isis, la Mère des Mystères. Il exerçait aussi les fonctions de Kherheb (1), ou magicien suprême d'Egypte. Au premier abord on ne remarquait en lui rien d'extraordinaire et on pouvait aussi bien le prendre pour un marchand d'âge mûr. Il était trapu avec une figure large et souriante ; mais des yeux étranges, aux reflets gris, contrastaient avec cette mine joviale. Tandis que le reste du visage semblait sourire, ces yeux regardaient fixement dans le vague, et certes ils ressemblaient aux yeux ou plutôt aux orbites d'une statue de pierre, tant ils étaient enfoncés sous les sourcils. Pour ma part, ils m'inspiraient un sentiment d'effroi. En tout cas, j'en avais la conviction, Ki n'était pas un fourbe.

Les deux personnages s'inclinèrent devant le prince et s'assirent sur un signe de lui. Baknikhonsou prit un escabeau, car il avait peine à se lever, et Ki, étant plus jeune, s'assit par terre, les jambes croisées à la façon d'un scribe.

— Que t'ai-je dit, Baknikhonsou ? questionna Ki d'une voix profonde, en faisant suivre ces paroles d'un léger rire étrange.

— Tu m'as dit, magicien, que nous trouverions le prince dans cette salle, dont tu m'as décrit tous les détails tels qu'ils s'offrent à ma vue, quoique nous n'y ayons jamais pénétré auparavant, ni l'un ni l'autre. Tu m'as dit que nous rencontrerions ici le scribe Ana, que je connais, mais que tu ne connais pas, assis par terre, ayant dans ses mains des tablettes de cire et un stylet, et à côté de lui une cotte de mailles d'un curieux travail avec un glaive à poignée d'or en forme de lion.

— C'est étrange, interrompit le prince. Mais pardonne-moi, Baknikhonsou, tu vois ces objets. Si tu nous disais ce qui est écrit sur les tablettes

---

(1) Kherheb était le titre officiel du magicien suprême dans l'Egypte antique. (Note de l'auteur.)

d'Ana que vous ne pouvez voir ni l'un ni l'autre, ce serait encore plus étrange.

Ki souriait, les yeux levés vers le plafond.

— Le scribe Ana, déclara-t-il, use d'une écriture abrégée qui n'est pas facile à déchiffrer. Je vois pourtant écrit sur les tablettes le prix qu'il a obtenu d'une maison sise dans une ville qui n'est pas nommée. Je vois aussi les sommes qu'il a dépensées pour lui-même, un serviteur et un âne, à deux auberges où il s'est arrêté au cours d'un voyage. Il y a encore une liste de rouleaux de papyrus et les mots « manteau bleu », suivis d'une rature.

— Est-ce exact, Ana ? demanda le prince.

— Tout à fait exact, répondis-je avec effroi. Seulement les mots « manteau bleu », que j'avais en effet inscrits sur la tablette, ont été aussi effacés.

Le magicien rit silencieusement, et son regard levé s'abaissa sur mon visage.

— Ton Altesse désire-t-elle savoir ce qui est écrit sur les tablettes de la mémoire de ce scribe, comme sur celles de cire qu'il tient à la main ? Elles sont plus faciles à déchiffrer que les autres et j'y vois maintes choses intéressantes. Par exemple des paroles secrètes qui semblent avoir été prononcées par quelque grand personnage, il y a environ une heure, des questions de haute politique, j'imagine. Par exemple aussi une certaine réflexion de Ton Altesse : il s'agit d'un homme qui grelotte au bord de l'eau un jour d'hiver et se sent réchauffé quand il y descend. Et je vois la réponse. Je pourrais encore citer des paroles qui ont été dites dans ce palais à propos d'une coupe brisée. Au fait, scribe, tu as choisi une très bonne cachette pour y mettre la moitié de la coupe d'albâtre : c'est le double fond d'un coffre qui est dans ta chambre, un coffre attaché avec une corde et scellé avec un scarabée du temps de Ramsès II. Je pense que l'autre moitié de la coupe est quelque part plus près de notre main.

Et, tournant la tête, il regardait le mur en un point où je ne voyais rien que des carreaux d'albâtre.

J'étais bouche bée, ne comprenant pas comment cet homme pouvait savoir toutes ces choses. Mais Séti éclata de rire et dit:

— Ana, je commence à croire que tu gardes mal tes secrets. Du moins je le croirais si le temps ne l'avait manqué pour répéter ce que la Princesse t'a dit tout à l'heure et si tu pouvais connaître le mécanisme du panneau mobile, puisque je ne te l'ai jamais montré. Ki ricana encore et un sourire se dessina sur la face ridée du vieux Boknikhonsou.

— O Prince, commençai-je, je te jure que mes lèvres n'ont jamais laissé échapper un seul mot de ce que...

— Je le sais, ami, interrompit le prince. Mais, à ce qu'il semble, ceux qui sont ici n'ont pas besoin de paroles, ils peuvent lire dans le livre de la pensée. Aussi vaut-il mieux ne pas les rencontrer trop souvent, car nous avons tous des pensées que nous préférons être seuls à connaître avec Dieu. Magicien, que me veux-tu ? Parle.

— Voici, Prince. Tu vas, tout le monde le sait, entreprendre un voyage chez les Hébreux. Or, Baknikhonsou et moi, avec deux devins de mon collège, considérant que nous t'aimons tous et que ton salut importe beaucoup à l'Egypte, nous avons séparément scruté l'avenir, concernant l'issue de ce voyage. Ce que nous avons appris diffère à certains égards, mais sur d'autres points nous avons fait les mêmes pronostics. Nous jugeons qu'il est de notre devoir de te révéler ce que nous avons découvert.

— Parle, Kherheb.

— Sache d'abord, Altesse, que ta vie sera en danger.

— La vie est toujours en danger, Ki. La perdrai-je ? Si cela doit être, n'aie pas peur de me l'apprendre.

— Nous ne le croyons pas, à cause de ce qui nous a été révélé encore. Nous savons que ce ne sera pas seulement ton corps qui sera en danger. Au cours de ce voyage, tu rencontreras une femme que tu aimeras. Elle te causera, croyons-nous, beaucoup de joie, mais aussi beaucoup de chagrin.

— Alors peut-être ce voyage vaut-il la peine d'être entrepris, car il faut souvent aller bien loin avant de trouver quelqu'un à aimer. Dis-moi, ai-je déjà rencontré cette femme ?

— Sur ce point nous sommes dans le doute, Prince, car il semblerait, à moins que les signes ne nous trompent, que tu l'as rencontrée très souvent, que tu la connais depuis des milliers d'années, comme tu connais aussi cet homme qui est auprès de toi depuis des milliers d'années.

La physionomie de Séti exprimait un vif intérêt.

— Que veux-tu dire, magicien ? demanda-t-il en le scrutant du regard. Comment puis-je avoir connu une femme et un homme, il y a des milliers d'années ?

Ki le considérait de ses yeux étranges.

— Tu portes beaucoup de titres, Prince, répondit-il. L'un d'eux n'est-il pas : Seigneur des Renaissances ? Pourquoi t'a-t-il été donné et que signifie-t-il ?

— Je ne sais pas ce qu'il veut dire, mais il m'a été donné à cause d'un songe que fit ma mère, la nuit qui a précédé ma naissance. Toi, dis-moi donc ce que cela signifie, puisque tu sais tant de choses ?

— Je ne le peux pas, Prince, ce secret n'est pas un de ceux qui m'ont été dévoilés. Pourtant il y avait un homme âgé, un magicien comme moi, dont j'ai beaucoup appris dans ma jeunesse. Baknikhonsou le connaissait bien. Ce vieillard avait étudié cette sorte de mystères : il affirmait, parce que cela lui avait été révélé, que les hommes ne vivent pas seulement une fois pour s'anéantir ensuite à jamais. Les hommes, disait-il, vivent bien des fois et sous bien des formes, quoique ce ne soit pas toujours en ce monde, et leurs existences successives sont séparées par un mur de ténèbres.

— S'il en est ainsi, de quoi nous servent ces existences, dont nous ne gardons aucun souvenir quand la mort a fermé les portes derrière elle ?

— Les portes, Prince, se rouvrent peut-être à la fin pour nous laisser voir toutes les salles à travers lesquelles nos pieds ont cherché leur chemin depuis le commencement.

— Notre religion, Ki, nous enseigne qu'après la mort, nous vivons ailleurs éternellement et que nous retrouvons nos corps au jour de la résurrection. Or l'éternité, n'ayant point de fin, ne peut avoir de commencement. C'est un cycle. S'il est vrai par conséquent que nous ne périssons pas, il semble que l'autre proposition soit vraie et que nous avons toujours vécu.

— Bien raisonné, Prince. Dans les temps anciens, quand les prêtres ne fixaient pas encore les pensées de l'homme en les taillant dans la pierre et ne bâtissaient pas des temples pour un millier de dieux, beaucoup tenaient ce raisonnement pour juste. Ils croyaient aussi qu'il n'y avait qu'un dieu.

— Comme ces Israélites que je vais visiter. Que penses-tu de leur dieu, Ki ?

— Qu'il se confond avec les nôtres, Prince. Pour des yeux humains, Dieu a beaucoup de faces et chacun jure que celle qu'il voit est le seul vrai Dieu. Mais les hommes ont tort, car tous les dieux sont vrais.

— A moins qu'ils ne soient tous faux, Ki, si le faux n'est pas un aspect du vrai. Eh bien, tu m'as parlé de deux dangers : un pour mon corps et un pour mon cœur. Y en a-t-il un autre que ta sagesse t'ait révélé ?

— Oui, Prince. Le troisième est que ce voyage peut à la fin te coûter ton trône.

— Si je meurs, il me coûtera mon trône.

— Non, Prince, même si tu vis.

— En ce cas, je suis capable de supporter l'existence assis plus humblement que sur un trône, quoiqu'il ne soit pas certain que Son Altesse Userti puisse pour sa part l'endurer. Donc vous dites que, si j'entreprends ce voyage, un autre sera Pharaon à ma place ?

— Nous ne disons pas cela, Prince. Nos charmes nous ont fait voir, il est vrai, qu'un autre personnage occuperait ta place en un temps de miracles et d'enchantements où des hommes périront par milliers. Mais, quand nous essayons de voir plus loin, cet autre personnage a disparu et tu te retrouves à ta place.

En cet instant, moi, Ana, je me rappelai ma vision dans le palais de Pharaon.

— La chose est pire que je ne pensais, déclara Séti, puisque, ayant renoncé à la couronne, je pense que je ne serais pas tenté de la reprendre. Par qui avez-vous appris tout cela et comment ?

— Nos Kâs, nos doubles secrets nous les montrent, Prince, et de beaucoup de manières. C'est tantôt par des songes ou des visions, tantôt par des signes sur le sable du désert. Par ces avertissements, nos Kâs, puisant à la source de sagesse intarissable que tout homme renferme en son essence, nous font entrevoir la vérité, de même qu'ils donnent aux initiés le pouvoir d'accomplir des prodiges.

— La vérité ! Alors ces choses que vous m'annoncez sont vraies ?

— Nous le croyons, Prince.

— Puisqu'elles sont vraies, elles doivent nécessairement arriver. A quoi bon alors me mettre en garde contre ce qui doit arriver ? Il ne peut pas y avoir deux vérités. Que vouliez-vous que je fasse ? Que je n'entreprenne pas ce voyage ? Mais il faut que je l'entreprenne, car, si je ne le faisais pas, la vérité deviendrait un mensonge, ce qui est impossible. Mon sort, m'avez-vous dit, est de le faire et, parce que je le ferai, telles et telles choses m'adviendront. Pourtant vous me conseillez de ne pas partir ! Car c'est bien cela que signifie votre avertissement. O Kherheb et toi, Baknikhonsou, vous êtes sans doute de grands magiciens et votre sagesse est profonde ; mais le monde est gouverné par de plus grands que vous, et il y a une sagesse auprès de laquelle la vôtre n'est qu'une goutte d'eau comparée à tous les flots du Nil. Je vous remercie de vos avis, mais demain je partirai pour le pays de Goshen afin d'exécuter l'ordre de Pharaon. Si j'en reviens, nous reparlerons de ces choses, ici, sur la terre. Si je n'en reviens pas, peut-être en parlerons-nous ailleurs... Salut !

CHAPITRE VI

AU PAYS DE GOSHEN

Le prince Séti arriva sans encombre au pays de Goshen avec toute sa suite, fort nombreuse, moi, Ana, voyageant avec lui dans son char. C'était alors comme à présent une terre riche tout à fait plate, au delà de la dernière ligne de collines désertiques, que nous avions traversées par un sentier étroit et tortueux. Elle était partout irriguée par des canaux entre lesquels s'étendaient des champs où l'on venait de faire les semailles. Il y avait aussi des prairies où des bœufs paissaient par centaines et, sur les terrains plus secs, on voyait des troupeaux de moutons. Goshen, la ville, si on peut l'appeler ainsi, n'était qu'une pauvre bourgade, composée de huttes de terre glaise, au centre de laquelle s'élevait un bâtiment, en terre aussi, avec deux colonnes de briques sur la façade : le temple de ce peuple, nous dit-on. Le grand-prêtre du culte d'Israël avait seul le droit de pénétrer dans la salle la plus reculée de ce temple. Je ris à la vue de cet édifice, mais le prince m'en blâma, me disant que je ne devais pas juger de l'esprit par le corps ni du dieu par sa maison.

Nous campâmes en dehors de la ville et nous constatâmes bientôt qu'elle devait compter au moins dix mille habitants à en juger par le nombre de gens qui venaient rôder autour de notre camp pour nous regarder. Les hommes avaient le regard fier et le nez busqué. Les jeunes femmes étaient bien faites et agréables à regarder. Les femmes plus âgées étaient en général fortes et un peu lourdes. Les enfants étaient très beaux. Ces gens s'habillaient grossièrement de robes de laine lâche ou de drap foncé, sous lesquelles les femmes portaient des vêtements de toile blanche. En dépit de la richesse que représentaient les champs de blé et le bétail que nous voyions autour de nous, les habitants portaient peu de bijoux. Peut-être les cachaient-ils à nos regards.

Il était évident qu'ils nous détestaient, nous, les Egyptiens ; ils avaient même l'audace de nous mépriser. La haine se lisait dans leurs yeux brillants. Je les entendis nous appeler « idolâtres » en parlant entre eux et demander où était notre dieu le taureau, car, dans leur ignorance, ils se figuraient que nous adorions Apis (comme le font peut-être certaines gens du peuple), au lieu de voir comme nous dans cet animal sacré un symbole des puissances de la nature. Ils firent davantage : la première nuit après notre arrivée, ils abattirent un bœuf portant les mêmes marques que le bœuf Apis ; nous trouvâmes l'animal gisant à la porte du camp, couvert de scarabées encore vivants qu'on lui avait piqués sur le corps avec des épines acérées. Ils ne savaient pas non plus que chez nous, Egyptiens, cet insecte n'est pas un dieu, mais l'emblème du Créateur, parce qu'il façonne avec ses pattes une boue de limon dans laquelle il dépose ses œufs, de même que le Créateur roule le monde, qui est probablement rond, et lui fait produire la vie.

Nous étions tous exaspérés par ces insultes, sauf le prince, qui en riait : la plaisanterie, disait-il, était grossière, mais non pas sotte.

Mais nous devions en voir de pires. Un soldat, ayant bu plus que de raison, avait, paraît-il, offensé une jeune fille hébraïque qui était allée seule puiser de l'eau au canal. Le bruit s'en répandit parmi le peuple et des milliers de gens se ruèrent vers le camp en poussant des cris et en réclamant vengeance d'une manière si menaçante, qu'il fallut faire prendre les armes aux cohortes des gardes.

Le prince, averti, ordonna d'amener devant lui la jeune fille et ses parents. Elle se présenta, pleurant, gémissant, déchirant ses vêtements, se couvrant la tête de poussière. Il ne semblait pourtant pas qu'elle eût beaucoup souffert des entreprises du soldat, auquel elle avait échappé. Le prince l'invita à montrer l'homme si elle pouvait le reconnaître ; elle en désigna un qui faisait partie de la garde du corps du comte Amenmsès et qui avait le visage égratigné comme par les ongles d'une femme. Interrogé, le soldat déclara qu'il ne se rappelait pas très bien ce qui s'était passé. Il confessait pourtant qu'il avait rencontré la jeune fille au bord du canal, au lever de la lune, et avait badiné avec elle.

Les parents de la plaignante demandèrent que le coupable fût mis à mort, car il avait insulté une Israélite de haute naissance. Séti refusa, en déclarant que l'offense ne méritait pas la mort, mais que l'homme serait battu de verges. Là-dessus, Amenmsès, de qui le soldat était bien vu (l'homme se montrait assez sérieux, quand il n'avait pas bu), se mit dans une grande colère : il ne permettrait pas qu'un de ses gardes fût battu pour avoir plaisanté avec une Israélite légère, qui n'avait pas besoin de se promener seule la nuit ; il ajouta que, si l'homme était passé par les verges, il quitterait le camp avec tous ceux qui étaient placés sous son commandement et retournerait à Tanis pour faire son rapport à Pharaon.

Le prince, ayant consulté ses conseillers, déclara que l'affaire devait être jugée par Pharaon, puisqu'on en appelait à lui. Il ordonna donc à la femme et à ses parents de se présenter à la cour dans le délai d'un mois afin d'exposer leur plainte contre le soldat. Ils se retirèrent très mécontents en protestant qu'Amenmsès avait offensé la jeune fille plus cruellement même que son serviteur. La fin de cette histoire fut que, la nuit suivante, on trouva le soldat criblé de coups de couteau. On chercha en vain la jeune fille. Elle avait fui dans le désert avec sa famille. Il était du reste impossible d'établir par qui le soldat avait été assassiné. On n'avait plus qu'à ensevelir la victime.

Le lendemain, l'enquête commença en bonne et due forme. Le prince Séti et le comte Amenmsès siégeaient à l'entrée d'une grande tente, les conseillers derrière eux, les scribes assis à leurs pieds. Nous apprîmes alors que les deux prophètes que j'avais vus à la cour de Pharaon n'étaient pas au pays de Goshen, ils étaient partis avant notre arrivée pour sacrifier à Dieu dans le désert et personne ne pouvait dire quand ils reviendraient. Des anciens et des prêtres comparurent pourtant et commencèrent à exposer leurs doléances. Ils le faisaient longuement et avec violence, parlant souvent tous à la fois. Les interprètes auxquels on était obligé de recourir, car les Hébreux prétendaient ne pas savoir la langue égyptienne, avaient du mal à les suivre et à rendre leurs paroles.

Avec cela, ils racontaient leur histoire depuis le commencement.

Quand ils étaient entrés en Egypte, des siècles auparavant, ils avaient été secourus par le vizir de Pharaon, un nommé Yousouf (1), un homme de leur race, puissant et intelligent, qui trouva moyen d'amasser du blé en un temps de famine et de le vendre. Le Pharaon d'alors appartenait à la race des Hyksôs, c'était un de ces rois pasteurs que nous haïssions, nous, Egyptiens, et que nous avons chassés de Thèbes après bien des guerres. Sous la domination des Pasteurs, les Israélites, auxquels venaient se joindre beaucoup d'immigrants de leur race, devinrent riches et puissants, si bien que les Pharaons qui vinrent ensuite et qui ne les aimaient pas, commencèrent à les redouter.

On n'alla pas plus loin dans cette histoire le premier jour.

Le second jour, les Hébreux entreprirent le récit de leur oppression, qui ne les avait pourtant pas empêchés de se multiplier comme les mouches du Nil et de devenir si nombreux et si forts qu'à la fin Ramsès le Grand fit une chose cruelle : il donna l'ordre de mettre à mort les enfants mâles des Hébreux. Cette décision ne fut jamais exécutée, parce que la fille de Pharaon, celle qui recueillit Moïse parmi les roseaux du Nil, prit fait et cause pour les innocents condamnés.

A ce point, le prince, fatigué par le bruit et la chaleur qui régnaient en ce lieu envahi par la foule, suspendit l'audience jusqu'au lendemain. M'ordonnant de l'accompagner, il se fit atteler un char, mais pas le sien, et, en dépit de mes conseils de prudence, se mit en route sans autre garde que moi-même et le conducteur du char. Il voulait, disait-il, voir de ses propres yeux dans quelles conditions travaillaient ces gens-là.

Un jeune Hébreu nous servait de guide et courait devant les chevaux.

Nous arrivâmes sur les berges d'un canal où les Israélites confectionnaient des briques de glaise et de paille hachée qu'ils mettaient à sécher au soleil. Quand les briques étaient prêtes, on les chargeait

-----

(1) *Joseph.*

dans des bateaux, qui les transportaient par le canal dans d'autres provinces d'Egypte pour servir aux travaux de Pharaon. Des milliers d'hommes étaient occupés à ce travail. Ils étaient répartis par équipes sous le commandement de surveillants Egyptiens, qui comptaient les briques et en marquaient le nombre en faisant des encoches sur des bâtons ou quelquefois l'inscrivaient sur des peaux. Ces surveillants étaient de vraies brutes, appartenant pour la plupart à la basse classe, qui employaient un langage grossier avec les esclaves. Et ils ne se contentaient pas de les injurier. Voyant un attroupement se former et, entendant des cris, nous nous approchâmes pour regarder ce qui se passait. Nous aperçûmes un adolescent couché par terre, que l'on battait cruellement avec des fouets de cuir ; son sang coulait. Sur un signe du prince, je demandai ce qu'il avait fait et l'on me répondit grossièrement (car les surveillants et leurs gardes ne savaient pas qui nous étions) que, depuis une semaine, il n'avait fourni que la moitié du nombre de briques exigé.

— Relâchez-le, dit tranquillement le prince.

— Qui es-tu pour me donner des ordres ? demanda le surveillant chef qui aidait à tenir le garçon tandis que les gardes le fouettaient. Passe ton chemin si tu ne veux pas que je te serve comme je sers ce mauvais gars.

Séti le regardait et ses lèvres pâlissaient.

— Dis-le-lui ! m'ordonna-t-il.

— Chien ! exclamai-je, sais-tu à qui tu oses parler ainsi ?

— Non, ça m'est égal. Frappez, gardes !

Le prince, dont les habits étaient cachés par un manteau à larges manches, d'étoffe et de coupe grossières, découvrit d'un geste le pectoral qu'il portait à la cour, un ornement d'or magnifique sur lequel ses noms royaux et ses titres étaient inscrits en émaux noir et rouge. En même temps, il levait la main droite à laquelle il portait le sceau des envoyés de Pharaon. Les hommes le regardaient, surpris, et l'un d'eux, qui était plus savant que les autres, s'écria :

— Par les dieux, c'est Son Altesse, le Prince d'Egypte !

Et ils tombèrent tous sur la face.

— Lève-toi, dit Séti au garçon, à qui l'émerveillement faisait oublier sa douleur, et dis-moi pourquoi tu n'as pas exécuté ta tâche.

— Seigneur, sanglota le garçon en mauvais égyptien, pour deux raisons : D'abord je suis infirme, vois ! Et il leva son bras gauche, qui était sec et mince comme celui d'une momie. Cela m'empêche de travailler vite. Ensuite ma mère, dont je suis le seul enfant, est veuve et malade, obligée de garder le lit. Il n'y a donc chez nous ni femme ni enfants qui puissent aller glaner de la paille pour moi, comme Pharaon nous a ordonné de le faire. Je suis forcé de perdre plusieurs heures à en récolter car je n'ai pas le moyen de payer quelqu'un pour le faire à ma place.

— Ana, dit le prince, inscris le nom de ce jeune homme et le lieu de sa demeure. Et, si ses déclarations sont exactes, veille à ce qu'il soit secouru, ainsi que sa mère, avant notre départ de Goshen. Inscris aussi les noms de ce surveillant et de ses auxiliaires. Commande-leur de se présenter à mon camp demain au lever du soleil pour que leur cas soit examiné. Et, comme ce garçon est affligé par les dieux, dis-lui que Pharaon l'exempte de la corvée de briques et de tout autre travail public.

Tandis que j'exécutais les ordres du prince, le surveillant et ses compagnons frappaient le sol de leur front en demandant grâce, car ils étaient lâches comme le sont toujours les gens cruels. Son Altesse ne leur répondait pas un mot. Il les considérait d'un œil froid et sa mine, qui reflétait d'ordinaire la bonté, avait pris une expression terrible. Ces hommes le remarquèrent sans doute, car ils s'enfuirent pendant la nuit pour la Syrie, abandonnant leurs familles et tous leurs biens. On ne devait jamais les revoir en Egypte.

Quand j'eus fini d'écrire, le prince retourna à l'endroit où son char l'attendait et enjoignit à l'aurige (1) de traverser le canal sur un pont qui se trouvait là. Nous allâmes quelque temps en silence, suivant une piste qui courait entre les terres cultivées et le désert. Je montrai le soleil déclinant et demandai s'il n'était pas temps de retourner.

— Pourquoi ? répliqua le prince. Le soleil se couche, mais voici que la pleine lune se lève pour nous éclairer. Et qu'avons-nous à craindre avec un glaive au côté et la cotte de maille de Son Altesse Userti pour vêtement ? Oh ! Ana, je suis las des hommes avec leurs cruautés, leurs cris et leurs violences ; ce désert m'apparaît comme un lieu de repos où je m'approcherai davantage de mon âme et du ciel dont elle descend.

— Altesse, tu as de la chance de posséder une âme de laquelle tu aspires à t'approcher. Nous ne sommes pas tous si bien partagés, répondis-je en riant ; car je voulais changer le cours de sa pensée en provoquant une controverse comme il les aimait.

A ce moment les chevaux, qui n'étaient pas des meilleurs, s'arrêtèrent sur une côte sablonneuse et difficile. Séti ne permit pas à l'aurige de les stimuler par le fouet et lui ordonna de les laisser souffler. Pendant que les bêtes se reposaient, nous descendîmes du char et nous gravîmes la dune, le prince appuyé sur mon bras. Comme nous arrivions au sommet, nous entendîmes des sanglots et le son d'une voix douce qui parlait de l'autre côté. Nous ne pouvions pas voir qui se plaignait ainsi, à cause d'une rangée de tamaris, vestige d'une haie disparue.

— Encore de la cruauté ou du moins encore du chagrin, murmura Séti. Regardons.

Nous rampâmes jusqu'aux tamaris pour regarder à travers leurs cimes plumeuses. Une vision très suave nous apparut sous les rayons purs de la lune du désert. A moins de cinq pas de nous, se tenait une femme vêtue de blanc, jeune et bien faite. Nous ne pouvions pas voir son visage, car elle nous tournait le dos et ses longs cheveux noirs, qui flottaient sur ses épaules, nous le cachaient aussi. Elle priait tout haut, parlant tantôt en hébreu, que nous comprenions un peu l'un et l'autre, tantôt en égyptien, comme pouvait le faire une personne habituée à penser dans les deux langues.

---

(1) *Conducteur de char.*

— O Dieu de mon peuple, disait-elle, envoie-moi du secours et ramène-moi en sûreté parmi les miens, fais que ton enfant ne soit pas abandonnée dans le désert pour y devenir la proie des bêtes féroces ou d'hommes pires que des bêtes !

Elle sanglota, se laissa tomber à genoux sur une grosse botte de paille qu'elle venait sans doute de glaner, et se remit à prier. Cette fois c'était en égyptien, comme si elle craignait d'être écoutée et comprise par des Hébreux.

— O Dieu, dit-elle, Dieu de mes pères, soulage mon pauvre cœur ! soulage mon pauvre cœur !

Nous ne savions s'il valait mieux nous éloigner ou lui demander ce qu'elle avait, quand elle tourna soudain la tête, présentant son visage à la lune. Elle était si charmante que je retenais mon souffle. A mon côté, le prince avait tressailli. Charmante ! c'est trop peu dire. Comme une lampe luit à travers un vase d'albâtre ou une conque de nacre, ainsi l'âme transparaissait sous son visage baigné de larmes et la rendait mystérieuse comme la nuit. Alors je compris, peut-être pour la première fois, que c'est l'âme qui donne la vraie beauté à la femme comme à l'homme et non la chair. Le vase d'albâtre, si bien taillé qu'il soit, n'est qu'un vase ; mais si la lampe est cachée dedans, elle lui confère la gloire d'une étoile... Et ces yeux, ces grands yeux rêveurs, humides de larmes et nuancés comme le plus riche lapis-lazuli, ô quel homme aurait pu y plonger son regard sans être ému !

— Mérapi ! chuchotai-je.

— Lune d'Israël ! murmura Séti. Toute pénétrée des rayons de la lune, aimable comme la lune, mystique comme la lune et adorant la lune, sa mère !

— Elle a de la peine, dis-je. Secourons-la.

— Attends un peu, Ana. Car nous ne reverrons jamais, ni toi ni moi, une apparition comme celle-ci.

Si bas que nous eussions parlé, la jeune fille dut nous entendre. Elle changea de visage, l'effroi se refléta sur sa mine. Elle se releva brusquement et chargea sur sa tête la grosse botte de paille sur laquelle elle s'était agenouillée. Elle fit quelques pas en courant et tomba en exhalant une plainte. Nous fûmes aussitôt à ses côtés. Elle nous regardait avec épouvante, elle ne pouvait voir qui nous étions à cause des grands capuchons de nos manteaux grossiers, qui nous faisaient ressembler à des voleurs nocturnes ou à des Bédouins, trafiquants d'esclaves.

— O Seigneurs, balbutia-t-elle, ne me faites pas de mal ! je n'ai pas un objet de valeur sur moi, si ce n'est cette amulette.

— Qui es-tu, et que fais-tu là ? demanda le prince en déguisant sa voix.

— Seigneur, je suis Mérapi, la fille de Nathan, le Lévite qui fut assassiné à Tanis par le maudit capitaine égyptien Khonaka.

— Comment oses-tu traiter un Egyptien de maudit ? demanda le prince en cachant son attendrissement sous un accent de rudesse.

— O Seigneur, parce que les Egyptiens sont... c'est-à-dire je croyais que vous étiez des Arabes et que vous les haïssiez comme nous. Ce capitaine égyptien au moins était un maudit, car le haut prince Séti, l'héritier de Pharaon, l'a fait décapiter pour son crime.

— Et tu hais donc aussi le haut prince Séti, l'héritier de Pharaon ? Tu le traites de maudit ?

Elle hésita, puis, d'une voix indécise, déclara :

— Non, je ne le hais pas.

— Pourquoi, puisque tu détestes les Egyptiens et qu'il est parmi les premiers de leur race, doublement digne de haine, étant le fils de Pharaon, votre oppresseur ?

— Je me suis efforcée de le haïr, mais je ne l'ai pas pu. Du reste, ajouta-t-elle avec l'empressement de quelqu'un qui a trouvé une bonne raison, il a vengé mon père.

— Jeune fille, ce n'est pas un motif, car il n'a fait là que ce que la loi lui ordonnait. On dit que ce chien de fils de Pharaon est ici à Goshen avec une mission. Est-ce vrai et l'as-tu vu ? Réponds, car nous, qui sommes des tribus du désert, nous avons besoin de le savoir.

— Je crois que c'est vrai, Seigneur, mais je ne l'ai pas encore vu.

— Pourquoi, s'il est ici ?

— Parce que je n'en ai pas envie, Seigneur. Comment une fille d'Israël désirerait-elle contempler le visage d'un prince égyptien ?

— En vérité, je n'en sais rien, répliqua Séti en oubliant de déguiser sa voix.

Mais, voyant qu'elle l'observait plus attentivement, il ajouta, rudement :

— Frère, ou cette femme ment, ou c'est elle que l'on nomme Lune d'Israël et qui demeure avec son oncle, le vieux Jabez, le Lévite. Qu'en penses-tu ?

— Je pense, frère, qu'elle ment, et pour trois motifs, répondis-je en entrant dans le jeu. D'abord, elle est trop belle pour être de la race grossière des Hébreux.

— O Seigneur, gémit Mérapi, ma mère était une montagnarde syrienne de haute naissance, au teint blanc comme le lait, aux yeux bleus comme le ciel.

— En second lieu, poursuivis-je, sans avoir l'air de l'écouter, si le grand prince Séti est réellement à Goshen et qu'elle habite ici, il n'est pas vraisemblable qu'elle n'ait pas essayé de le voir. Etant femme, elle n'en pouvait être empêchée que par deux raisons : l'une serait qu'elle le craint et le déteste, tout en prétendant le contraire ; l'autre, qu'elle le trouve sympathique et prudemment juge plus sage de ne pas le revoir.

Mérapi avait d'abord levé la tête et entr'ouvert les lèvres comme pour m'interrompre, mais elle baissa soudain les yeux sous l'empire d'une brusque émotion et, même à la lueur indécise de la lune, je vis le sang rouge affluer à son front et le long de ses bras blancs.

— Seigneur exclama-t-elle, pourquoi m'infliger cet affront ? Je jure que pareille pensée ne m'est jamais venue à l'esprit, ce serait une trahison !

— Sans doute, interrompit Séti, mais une de celles que pardonnent les rois.

— En troisième lieu, poursuivis-je, comme si je n'avais entendu ni l'une ni l'autre de ces reparties, comment cette jeune fille errerait-elle seule la nuit dans le désert si elle était ce qu'elle prétend ? J'ai entendu dire chez les Arabes que Mé-

Userti songeait avec amertume que Séti la délaissait, le soir même de son mariage.

VI.

Le prince fit asseoir Mérapi à côté de lui, dans le char.

Mérapi marchait, comme une prisonnière, dans un groupe d'Hébreux.

VII.

Laban, qui avait essayé de porter la main sur le prince, éprouva la vigueur de sa poigne.

— Non, Amenmsès, s'exclama Userti, les décrets n'ont été ni scellés, ni promulgués, ils n'ont pas force de loi!

IX.

rapi, fille de Nathan, le Lévite, n'est pas de petite naissance et que sa famille est riche. Enfin, qu'elle mente ou non, nous pouvons constater par nous-mêmes qu'elle est belle.

— Oui, frère. En cela, nous avons de la chance, car elle se vendra un bon prix chez les marchands d'esclaves de l'autre côté du désert.

— O Seigneur, s'écria Mérapi, en s'inclinant devant le prince pour saisir le bas de sa robe, tu ne voudrais pas condamner une jeune fille à un tel destin; car, je le sens, tu n'es pas un vil bandit, toi qui as une mère et peut-être des sœurs. Ne me juge pas mal parce que tu me trouves seule ici. Pharaon nous a ordonné de ramasser de la paille pour faire des briques. Je suis allée loin ce matin en récolter pour le compte d'un voisin dont la femme est malade, en couches; mais, au déclin du jour, j'ai glissé et me suis blessée sur une pierre tranchante. Vois !

Et, levant le pied, elle montra une plaie d'où le sang coulait, spectacle dont nous fûmes l'un et l'autre fort émus.

— Maintenant, je ne peux plus marcher en portant cette lourde botte de paille que j'ai eu tant de peine à glaner.

— Peut-être dit-elle la vérité, frère, observa le prince, et, si nous la reconduisons chez elle, Jabez, le Lévite, nous en récompensera. Mais dis-moi d'abord, jeune fille : pourquoi adressais-tu cette prière à la lune en demandant à Hathôr de soulager ton cœur ?

— Seigneur, répondit-elle, il n'y a que les Egyptiens idolâtres pour prier Hathor, déesse de l'amour.

— Je croyais, jeune fille, que tout le monde adressait des prières à la déesse de l'amour. Mais toi, pourquoi priais-tu ? Est-ce à propos d'un homme que tu désires ?

— Non, répondit-elle avec humeur.

— Alors, pourquoi ton cœur a-t-il besoin de tant de soulagement que tu le demandes à l'espace ? Est-ce peut-être à cause de quelqu'un que tu ne désires pas ?

Elle baissa la tête et ne répondit pas.

— Viens, frère, dit le prince, elle est fatiguée de notre présence. Si c'était une vraie femme, elle répondrait plus volontiers à nos questions. Allons-nous-en et laissons-la. Comme elle ne peut pas marcher, nous la prendrons plus tard si nous le voulons.

— Seigneur, dit-elle, je suis contente que vous partiez. Les hyènes seront pour moi des compagnons plus sûrs que deux hommes capables de menacer une femme sans défense de la vendre comme esclave. Pourtant, puisque nous nous séparons pour ne plus nous rencontrer, je veux répondre à votre question. Dans la prière que vous n'avez pas eu honte d'écouter, il s'agissait d'un amant; je ne demandais pas à Dieu de me le donner, mais de m'en délivrer.

— Ana, dit le prince, en éclatant de rire et en rejetant son capuchon sur le dos, découvre le nom de cet infortuné dont la noble Mérapi veut être délivrée, car pour moi, je ne l'ose pas.

Elle dévisagea son interlocuteur, et proféra une légère exclamation.

— Ah ! fit-elle, il me semblait bien avoir reconnu ta voix quand tu as oublié une fois de la déguiser. Prince Séti, crois-tu que c'était une aimable plaisanterie de la part de Ton Altesse de s'amuser aux dépens d'une femme sans protection et en proie à la peur ?

— Noble Mérapi, répondit-il en souriant, ne sois pas fâchée. Après tout, la plaisanterie était bonne, et tu ne nous as rien dit que nous ne sachions déjà. Souviens-toi, tu m'as déclaré à Tanis que tu étais fiancée, et il y avait dans ta voix... Mais laisse-moi panser ta blessure.

Il s'agenouilla, déchira un lambeau de fine gaze au bord de sa robe de cérémonie et se mit en devoir de bander, non sans adresse, le pied de la jeune fille, car il possédait une foule de connaissances extraordinaires et inattendues. Tandis qu'il était ainsi occupé, je les observais tous deux, et je vis leurs yeux se rencontrer. Je vis aussi ce riche flot de sang envahir une fois de plus le front de Mérapi. Mais il me parut inconvenant que le Prince d'Egypte s'instituât le médecin d'une femme blessée, et je m'étonnai qu'il ne m'eût pas laissé cette humble tâche.

Le pansement était terminé. Le prince le fixa avec un scarabée royal monté sur une fibule d'or, qu'il ôta de ses vêtements. L'insecte était couronné d'un uraeus et portait des signes gravés qui voulaient dire : « Seigneur de la Basse et de la Haute Egypte ».

— Noble Dame, vois maintenant, observa Séti, tu as l'Egypte à tes pieds.

Et, comme elle lui demandait ce qu'il voulait dire, il lui lut l'inscription gravée sur le bijou. Elle rougit pour la troisième fois.

Il l'aida à se relever en l'invitant à s'appuyer sur son épaule, sous prétexte qu'en marchant toute seule elle aurait pu casser le scarabée, auquel il tenait.

Nous partîmes ainsi. Je suivais, portant la botte de paille, comme le prince me l'avait commandé. Car, disait-il, on ne devait pas laisser perdre ce qui avait été glané avec tant de peine. Quand nous arrivâmes à notre char, notre guide était parti et l'aurige endormi. Séti fit asseoir la jeune fille dans la voiture sur son manteau, et l'enveloppa dans le mien qu'il m'emprunta, puisque j'avais la paille à porter. Il monta aussi dans le char, qui repartit au pas.

Je marchais derrière le char et la paille me retombait sur les oreilles. Je n'entendis rien de la suite de la conversation de Séti et de Mérapi, si tant est qu'ils parlèrent, ce dont ils s'abstinrent peut-être, gênés par la présence de l'aurige. D'ailleurs, je n'écoutais pas. Je songeais au sort cruel de ces pauvres Hébreux, qui devaient arracher les chaumes malpropres et les transporter si loin, alourdis comme ils étaient par la boue qui adhérait aux racines.

Nous ne devions pas regagner Goshen sans encombre. Nous venions de repasser le pont sur le canal, moi peinant derrière, quand j'aperçus au clair de lune un jeune homme qui accourait. C'était un Hébreu, grand, bien proportionné, très beau dans son genre. Ses yeux étaient noirs, son regard fier, son nez aquilin, ses dents régulières et blanches ; et ses longs cheveux noirs flottaient en lourde masse sur ses épaules. Il tenait un bâton et portait un couteau nu à sa ceinture. Remarquant le char, il s'arrêta pour nous regarder, puis demanda en hébreu si nous avions aperçu une jeune Israélite égarée.

— Si c'est moi que tu cherches, Laban, me voici ! répliqua Mérapi, cachée sous le manteau.

— Que fais-tu là toute seule avec un Egyptien, Mérapi ? demanda-t-il farouche.

Je ne sais pas ce qu'ils se dirent ensuite : je ne les compris pas ; ils parlaient trop vite dans leur langue, qui ne m'était pas familière. A la fin Mérapi, se tournant vers le prince, lui dit :

— Seigneur, c'est Laban, mon fiancé. Il m'ordonne de descendre du char et de l'accompagner en marchant comme je peux.

— Et moi je t'ordonne de rester dans la voiture. Laban, ton fiancé, peut nous accompagner.

La colère s'empara de ce Laban, qui me semblait y être enclin. Il étendit la main, comme pour écarter Séti et saisir Mérapi.

— Prends garde, homme ! dit le prince.

Moi, cependant, laissant tomber la botte de chaumes, je tirai mon glaive et me jetai au-devant de l'Hébreu en criant :

— Esclave, auras-tu l'audace de porter la main sur le Prince d'Egypte ?

— Le Prince d'Egypte ! exclama-t-il, en reculant, stupéfait. Puis il ajouta, avec humeur : Que fait le Prince d'Egypte avec ma fiancée ?

— Il l'a recueillie blessée dans le désert, où elle était tombée loin de tout secours avec cette paille maudite, et il la ramène chez elle, répondis-je.

— En avant, aurige ! dit le prince.

Et Mérapi ajouta :

— Paix, Laban ! Charge-toi de la paille que le compagnon de Son Altesse a portée jusqu'ici sur ce chemin pénible.

Il hésita un moment, puis empoigna la botte et la chargea sur sa tête.

Tandis que nous marchions côte à côte, son tempérament violent reprenait le dessus. Il ne cessait de bougonner parce que Mérapi était seule dans le char avec un Egyptien. A la fin, je ne pus en supporter davantage.

— Silence, drôle ! criai-je. Tu devrais être le dernier à te plaindre de ce que fait Son Altesse, qui a déjà vengé le meurtre du père de cette jeune fille et qui vient d'épargner à ta fiancée de passer la nuit parmi les bêtes sauvages et les hommes du désert.

— J'en ai assez d'entendre vanter le premier de ces bienfaits ! répliqua l'Hébreu. Et, quant au second, j'aurai sans doute aussi trop souvent l'occasion de l'entendre raconter. Depuis que ma fiancée s'est rencontrée avec le prince, elle ne me regarde plus du même œil et ne me parle plus de la même voix. Quand je la presse de célébrer notre mariage, elle dit que nous devons encore attendre parce qu'elle porte le deuil de son père. Son père ! allons donc ! elle ne lui a jamais pardonné de me l'avoir donnée pour fiancée selon la coutume de notre peuple.

— Peut-être qu'elle aime un autre homme ? questionnai-je, cherchant à en savoir le plus possible sur le compte de cette femme.

— Elle n'aime aucun homme, elle n'aime qu'elle.

— Une jeune fille si belle peut porter très haut son regard quand il s'agit de choisir un mari.

— Haut ! répliqua-t-il avec fureur, peut-elle regarder plus haut que moi, qui suis un seigneur de la lignée de Juda et plus grand par conséquent qu'un prince parvenu ou n'importe quel Egyptien, fût-il Pharaon lui-même !

— Sûrement tu dois être sonneur de trompe dans ta tribu ! raillai-je, car je commençais à m'échauffer.

— Pourquoi ? fit-il. Les Hébreux ne sont-ils pas plus grands que les Egyptiens, comme ces oppresseurs l'apprendront bientôt ? Et un seigneur d'Israël n'est-il pas plus qu'un idolâtre de ton peuple ?

Je considérai le personnage, grossièrement vêtu et souillé par son labeur sur le chantier de la briqueterie, m'émerveillant de son insolence. Il était évident que cet homme croyait ce qu'il disait. L'orgueil se lisait dans son regard. Il était persuadé que sa tribu avait plus d'importance dans le monde que notre grande et antique nation et que, lui, un homme obscur, il égalait ou surpassait Pharaon lui-même. Exaspéré par ses insultes, je répondis :

— Il ne suffit pas de le dire, fais-en la preuve. Je ne suis qu'un scribe, pourtant j'ai été à la guerre : arrêtons-nous un peu afin de décider si un seigneur d'Israël vaut mieux qu'un scribe d'Egypte.

— C'est avec plaisir que je te châtierais, gribouilleur, répondit-il, si je ne devinais ton dessein. Tu voudrais me retenir ici et peut-être m'assassiner par traîtrise tandis que ton maître se réchauffe au sourire de la Lune d'Israël. Non, je ne m'arrêterai pas ; mais ton désir n'en sera pas moins satisfait une autre fois et peut-être avant longtemps.

Je crois que je me serais emporté jusqu'à le frapper au visage, quoique je ne sois pas de ceux qui aiment les batailles ; mais, à ce moment, nous aperçûmes une compagnie de cavaliers égyptiens, ayant à sa tête le comte Amenmsès en personne. Apercevant le prince dans le char, les gardes firent halte et lui rendirent les honneurs. Amenmsès mit pied à terre.

— Nous étions à la recherche de Ton Altesse, dit-il, nous avions peur qu'il ne te fût arrivé quelque chose.

— Je te remercie, cousin, répliqua le prince. Il est arrivé quelque chose, mais ce n'est pas à moi.

— Fort bien, dit le comte avec un sourire en considérant Mérapi. Où la dame est-elle blessée ? Pas à la poitrine, j'espère.

— Non, cousin, au pied. C'est pourquoi elle est dans le char avec moi.

— Tu as toujours été bon pour les malheureux, Altesse. Laisse-moi, je t'en prie, prendre ta place ou souffre que je fasse tenir un cheval à la disposition de cette jeune fille.

— En route ! dit Séti.

Nous arrivâmes ainsi à la ville, sous l'escorte des soldats, que j'entendais échanger des plaisanteries au sujet du prince et de la jeune fille. L'Hébreu les entendait aussi, car il roulait des yeux farouches et grinçait des dents. Guidé par Mérapi, le char vint s'arrêter devant la maison de Jabez, son oncle, un vieil Hébreu à la barbe blanche, au regard perçant, qui surgit de sa cabane au toit de glaise en protestant qu'il n'avait rien fait pour que les soldats vinssent le chercher.

— Ce n'est pas toi que les Egyptiens veulent prendre, c'est ma fiancée, cria Laban.

Cette sortie fit rire les soldats et des femmes qui s'étaient attroupés, cédant à la curiosité Cependant le prince aidait Mérapi à descendre du char et, pour ce faire, l'enlevait dans ses bras. A cette vue, Laban s'élança comme un fou pour la lui arracher et, dans son impétuosité, bouscula Son Altesse. Le capitaine des soldats (c'était un officier de la garde du corps de Pharaon) leva son glaive d'un geste furieux et frappa si fort Laban du plat de la lame que l'Hébreu tomba et resta étendu, gémissant.

— Emmenez ce chien et fouettez-le ! cria le capitaine. Comment ose-t-il porter la main sur le Prince royal d'Egypte !

Des soldats s'avancèrent pour exécuter l'ordre, mais Séti intervint d'un ton calme.

— Laissez ce drôle, mes amis. Il manque d'usage, voilà tout. Est-il blessé ?

Comme il parlait, Laban se releva et, craignant un pire traitement, s'enfuit en proférant une malédiction et en lançant au prince un regard de haine.

— Salut, noble Dame ! dit Séti, je te souhaite un prompt rétablissement.

— Je te rends grâce, Altesse, répondit Mérapi, confuse. Qu'il te plaise d'attendre un peu pour que je te rende ton bijou !

— Non, garde-le, noble jeune fille. Et, si jamais tu es dans le besoin ou si un danger quelconque te menace, envoie-moi ce scarabée ; je le reconnaîtrai et tu ne resteras pas sans secours.

Elle le regarda et fondit en larmes.

— Pourquoi pleures-tu ? demanda-t-il.

— Oh ! Altesse, parce que, je le crains, le danger n'est pas si loin. Mon fiancé, Laban, a un cœur vindicatif. Aide-moi à rentrer, mon oncle.

Ecoute, Hébreu, dit Séti, en élevant la voix, s'il arrive malheur à ta nièce ou si on la force à aller où elle ne veut pas, tu auras à en pâtir comme tous ceux qui t'auront aidé à lui faire violence. M'entends-tu ?

— O Seigneur, j'entends, j'entends. Ne crains rien, je veillerai sur elle... Oui, oui, j'aurai soin d'elle... comme elle aura sans doute soin de cette babiole qu'elle a sur le pied.

— Ana, me dit le prince cette même nuit, avant de se coucher, je ne sais pas pourquoi, mais j'ai peur de ce Laban. Il a un mauvais regard.

— Altesse, je pense que tu aurais mieux fait de le laisser assommer par les soldats. Tu n'aurais plus rien eu à craindre de lui en ce monde.

— Eh bien, je ne l'ai pas fait, n'en parlons plus. Ana, cette femme est belle et gracieuse.

— La plus belle et la plus gracieuse que j'aie jamais vue, Prince.

— Prends garde, Ana, prends garde, je t'en prie ! tu pourrais tomber amoureux d'une femme qui est déjà fiancée.

Je me contentai de le regarder en guise de réponse. Les paroles de Ki, le magicien, me revenaient en mémoire. Le prince devait y penser aussi, car il se mit à rire. Je dormis mal, pour ma part, cette nuit-là. Quand je m'assoupissais, je rêvais de Mérapi en prière au clair de lune.

<h2 style="text-align:center">CHAPITRE VII</h2>

<h3 style="text-align:center">L'EMBUSCADE</h3>

Nous passâmes huit jours pleins au pays de Goshen. L'histoire que les israélites avaient à raconter était longue, triste aussi. Ils apportèrent la preuve des cruautés qu'ils avaient eues à subir. Quand ils eurent terminé, il fallut recueillir les dépositions des gardes et des autres témoins. Il fallait tout noter par écrit. Enfin le prince n'avait pas l'air pressé de s'en aller. Il donnait pour prétexte que les deux prophètes reviendraient du désert. Mais on ne les revit pas. Durant tout ce temps Séti ne se rencontra pas avec Mérapi. Il ne parlait pas d'elle, même quand le comte Amenmsès le plaisantait sur son compagnon de char et lui demandait s'il était retourné dans le désert au clair de lune.

Quant à moi, je la revis une fois. Je me promenais par la ville un jour au coucher du soleil, quand je la rencontrai, marchant entre son oncle Jabez et son fiancé Laban, comme une prisonnière entre deux gardiens. Je lui trouvai l'air malheureux ; mais son pied semblait guéri, du moins elle ne boitait pas.

Je m'arrêtai pour la saluer, mais Laban me regarda de travers et la poussa en avant. Jabez resta en arrière et engagea la conversation avec moi. Il me dit que la jeune fille était guérie de sa blessure, mais qu'elle avait eu des dissentiments avec Laban, à cause de tout ce qui était arrivé le soir où elle s'était égarée dans le désert.

— Ce jeune homme, observai-je, me paraît avoir un caractère jaloux. Il fera un mari sévère.

— Oui, savant scribe, il a depuis l'enfance ce travers de la jalousie qui est celui de tant d'hommes de notre race. Je remercie Dieu de n'être pas la femme qu'il doit épouser.

— Pourquoi alors souffres-tu que ta nièce le prenne pour mari, Jabez ?

— Parce que son père l'a fiancée à ce lionceau quand elle était encore presque une enfant, et chez nous c'est un lien difficile à rompre. Pour ma part, ajouta-t-il en baissant la voix et en regardant autour de lui de ses yeux perçants, j'aimerais à voir ma nièce dans une autre condition que celle d'épouse de Laban Avec sa beauté et ses dons naturels, elle pourrait s'élever... très haut, si l'occasion lui en était offerte. Mais, sous nos lois, même si Laban mourait, ce qui pourrait arriver à un homme aussi violent, elle n'aurait toujours le droit d'épouser qu'un Hébreu.

— Elle nous a dit, je crois, que sa mère était syrienne.

— En effet, c'était une belle captive de guerre, dont Nathan s'éprit et fit sa femme. Sa fille tient d'elle. Elle est hébraïque pourtant et de foi hébraïque. S'il n'en avait pas été ainsi, elle aurait pu briller comme une étoile, comme la lune dont elle porte le nom, peut-être à la cour de Pharaon lui-même.

— Comme le fit la grande reine Taïa, qui, jadis, convertit les Egyptiens à l'adoration d'un seul dieu, suggérai-je.

— Je connais son histoire, scribe Ana. C'était une femme étonnante, belle aussi à en juger par ses statues. Puissent les Egyptiens en trouver une autre comme elle pour incliner leur cœur à la vraie foi et les rendre cléments envers nous, pauvres étrangers ! Quand Son Altesse a-t-elle l'intention de quitter le pays de Goshen ?

— Dans trois jours, au lever du soleil.

— Il lui faudra des vivres pour le voyage, beaucoup de vivres avec une suite aussi nombreuse. Je fais le commerce des moutons et d'autres produits, scribe Ana.

— J'en aviserai Son Altesse et son vizir, Jabez.

— Je t'en remercie, scribe. Je me présenterai demain au camp avec Mérapi. Un mot encore. Mets Son Altesse en garde contre Laban. Il est très vindicatif, et n'a pas oublié le coup de plat de sabre qu'il a reçu sur la tête.

— Recommande à Laban de se dominer, répliquai-je. Sans Son Altesse, les soldats l'auraient assommé pour avoir osé faire affront à un personnage de sang royal. Une autre fois, il n'en réchapperait pas. Au reste, Pharaon vengerait ses offenses sur le peuple d'Israël.

— Je comprends. Ce serait une triste chose si Laban périssait ainsi, très triste. Mais le peuple d'Israël a quelqu'un pour le protéger, même contre Pharaon et toutes ses armées. Salut, savant scribe ! Si jamais je retourne à Tanis, avec ta permission nous reprendrons cet entretien.

Le soir, je racontai tout au prince. Il m'écouta et dit :

— Cela me fait de la peine pour Mérapi. Le sort qui l'attend n'est pas enviable. Pourtant, ajouta-t-il en riant, il vaut mieux pour toi ne pas la revoir, ami, car c'est une femme à porter le trouble partout où elle va. Son image hante la mémoire comme le Ka hante la tombe. Pour ma part, je ne souhaite pas non plus la rencontrer encore.

— Je me réjouis de l'entendre, Prince. Quant à moi, j'en ai fini avec les femmes, si séduisantes soient-elles. Je dirai à Jabez que nous achèterons ailleurs les vivres pour le voyage.

— Non, achète-les chez lui, et, si Néhési grogne pour le prix, paye à mon compte. Le chemin du cœur d'un Hébreu passe par les sacs de son trésor. Si Jabez est bien traité, cela peut le rendre plus tendre pour sa nièce, dont je garderai toujours un souvenir agréable, et à laquelle je suis reconnaissant de ne pas avoir été insolente envers nous comme les âpres gens de sa race, qui nous haïssent, et avec raison.

Ainsi les moutons et tous les vivres pour le voyage furent achetés à Jabez au prix qu'il en demanda. Ensuite de quoi, il me prodigua les remerciements. Le troisième jour, nous nous mîmes en route.

Au dernier moment, le prince, qui se sentait de mauvaise humeur ce matin-là, refusa de faire route avec l'armée à cause du bruit et de la poussière. En vain, le comte Amenmsès essaya de le raisonner ; en vain, Néhési et les grands officiers l'implorèrent presque à genoux, protestant qu'ils devaient répondre de sa sûreté à Pharaon et à la princesse Userti.

Il leur ordonna de partir, répliquant qu'il les rejoindrait le soir au camp. Je joignis mes prières à celles des autres, mais Séti me déclara sèchement qu'il ne reviendrait pas sur ce qu'il avait dit, que nous ferions, lui et moi, le voyage seuls dans son char avec deux coureurs armés et pas davantage. Toutefois, si j'avais peur, je pouvais partir en avant avec les troupes. Je me mordis les lèvres et restai silencieux. Comprenant alors qu'il m'avait blessé, il me demanda pardon assez humblement, comme son bon cœur lui conseillait de le faire.

— Je ne peux pas supporter davantage la compagnie d'Amenmsès et de ses officiers, me dit-il, et il me plaît d'être seul dans le désert. La dernière fois que nous y sommes allés, nous avons vécu des aventures amusantes, Ana, et à Tanis j'en aurai sans doute d'autres qui ne seront pas amusantes... Fais entrer ce prêtre hébreu qui vient pour m'instruire dans les mystères de sa religion, comme j'en ai exprimé le désir.

Je m'inclinai et le quittai pour annoncer aux autres que je n'avais pas réussi à ébranler sa décision. Risquant sa colère (car j'avais juré à la princesse de veiller à la sûreté de Séti), je pris sur moi de choisir deux soldats, parmi les meilleurs et les plus braves, pour remplacer les coureurs, et je donnai des instructions au capitaine qui avait frappé Laban : il devait suivre à distance la trace du prince avec un détachement de piquiers et assez de chars pour les transporter, en ayant soin de se tenir hors de vue.

Le lendemain, dès l'aube, les troupes, avec les nobles et les officiers, se mirent en route, suivies de leurs bagages. Nous ne partîmes nous-mêmes que plusieurs heures après. Le prince passa une partie de ce temps à parcourir la ville en voiture pour observer la condition du peuple. Les habitants nous regardaient d'un air plus sombre qu'auparavant, peut-être parce que nous n'étions plus gardés. En me retournant, j'aperçus un homme qui nous montrait le poing et une vieille mégère qui crachait derrière nous. J'aurais bien voulu être sorti du pays de Goshen. Mais quand je racontai cela au prince, il ne fit qu'en rire.

— Tout le monde peut voir qu'ils détestent les Egyptiens, dit-il. Eh bien, donnons-nous pour tâche de changer leur haine en amour.

— Tu n'y réussiras jamais, prince, cette haine est trop enracinée dans leur cœur ; ils la sucent depuis des générations avec le lait de leur mère. C'est une guerre que se livrent les dieux d'Egypte et d'Israël, et les hommes sont forcés d'aller où leurs dieux les mènent.

— Le crois-tu, Ana ? Alors les hommes ne sont donc qu'une poussière chassée par les vents du ciel, une poussière qui sort des ténèbres à l'aube de la vie pour y rentrer avec la nuit de la mort.

Il médita un instant et reprit :

— Si j'étais Pharaon pourtant, je laisserais partir ce peuple, car son dieu est sans doute très puissant, et il me fait peur, je l'avoue.

— Pourquoi refuse-t-il de laisser partir les Hébreux ? demandai-je. Ils ne sont pas une force pour l'Egypte, mais une faiblesse, comme on en a eu la preuve lors de l'invasion des barbares, dont ils se sont faits les alliés. En outre, la valeur du riche pays qu'ils occupent et qu'ils ne peuvent emporter en s'en allant, surpasse celle de leur travail.

— Cette question est une de celles sur lesquelles mon père ne prend conseil de personne, fût-ce de la princesse Userti. Peut-être ne veut-il pas changer la politique de son père Ramsès, peut-être est-il buté à l'égard de ceux qui contrarient sa volonté. Ou peut-être est-il maintenu dans cette voie par une sorte de folie dont le frappe un dieu qui a résolu la ruine et l'opprobre de l'Egypte.

— En ce cas, Prince, tous les prêtres et les nobles sont aussi frappés de folie, y compris le comte Amenmsès.

— Quand Pharaon mène le train, les prêtres et les nobles n'ont qu'à suivre. Mais par qui Pharaon est-il mené, voilà la question !... Nous sommes devant le temple de ces Hébreux. Entrons.

Nous descendîmes du char, où, pour ma part, j'aurais préféré rester. Franchissant le porche percé dans le mur de terre glaise qui formait l'enceinte du temple, nous nous trouvâmes dans la cour extérieure, qui était pleine de femmes en prières, car c'était le jour saint des Hébreux. Ces Israélites faisaient semblant de ne pas nous voir, mais nous observaient du coin de l'œil. Nous passâmes de là dans une autre cour qui était couverte. Des hommes s'y pressaient. Ils murmurèrent en nous apercevant. Ils écoutaient un prédicateur en robe blanche, coiffé d'un bonnet de forme bizarre et portant des ornements sur la poitrine. Je connaissais cet homme, c'était le prêtre Kohath, qui avait instruit le prince dans les mystères de la religion hébraïque. En nous voyant il interrompit brusquement son sermon, prononça quelques mots de bénédiction et s'avança pour nous saluer.

Je me tenais derrière le prince, jugeant prudent de protéger son dos au milieu de tous ces hommes farouches, et je n'entendais pas ce que le prêtre lui disait, car il parlait bas dans le lieu saint. Kohath fit avancer Séti, pour le dégager de la foule sans doute, jusqu'à l'entrée du sanctuaire, où l'on accédait par quelques marches et qui était fermé par un rideau épais et pesant. Le prince ne remarqua pas, dans l'ombre, la dernière marche. Il la heurta du pied, tomba en avant et, pour se retenir, se cramponna au rideau, qui s'écarta, révélant une chambre étroite et nue, où se dressait un autel. Je n'eus pas le temps d'en voir davantage, car, au même instant, une rumeur de colère monta de la foule, des couteaux brillèrent dans l'ombre.

— L'Egyptien a profané le tabernacle ! cria quelqu'un. Traînons-le dehors et tuons-le ! glapit un autre.

— Amis, dit Séti, en se tournant comme les Hébreux se précipitaient sur lui, si j'ai fait quelque chose de mal, c'est par accident.

Il ne put en dire davantage. Les Hébreux étaient sur lui, ou plutôt sur moi, qui m'étais élancé pour lui faire un rempart de mon corps. Déjà ils me tiraient par ma tunique et je portais la main à la garde de mon glaive, quand le prêtre Kohath s'écria :

— Hommes d'Israël, perdez-vous la tête ! Voulez-vous attirer sur nous la vengeance du Pharaon !

Ils s'arrêtèrent. Leur porte-parole clama :

— Nous défions Pharaon ! Notre Dieu nous protégera de Pharaon. Emmenez le sacrilège et mettez-le à mort.

Les Hébreux recommençaient à nous presser. Mais un vieillard en qui je reconnus Jabez, l'oncle de Mérapi, dit d'une voix forte :

— Arrêtez ! si le prince d'Egypte a profané le sanctuaire volontairement et non par accident, Iahveh se chargera lui-même de l'en punir. Hommes est-ce à vous de rendre le jugement de Dieu ? Ecartez-vous et attendez. Si Iahveh est offensé, l'Egyptien sera frappé de mort. Si l'Egyptien n'est pas frappé, laissez-le partir d'ici sans lui faire de mal, car telle est la volonté de Iahveh. Ecartez-vous, dis-je, tandis que je compte jusqu'à soixante.

La foule obéit et Jabez se mit à compter lentement.

Quoique, à cette époque, je n'eusse pas mesuré la puissance du dieu d'Israël, j'avoue que j'étais rempli de crainte. La scène était étrange. Jabez énonçait les nombres en les détachant et en faisant une pause à chaque dizaine. Le prince se tenait debout sur les marches entre les rideaux, les bras croisés et un léger sourire d'émerveillement mêlé sur son visage à l'expression du mépris, mais sans un signe de peur. J'étais à son côté, sachant bien que je partagerais son sort quel qu'il fût, et résolu certes à ne pas lui survivre. Kohath, le prêtre, était de l'autre côté. Ses mains tremblaient, les yeux lui sortaient de la tête. Devant nous, le vieux Jabez comptait, observant l'assemblée farouche, qui attendait dans un silence de mort le résultat de l'épreuve. Il comptait toujours : trente, quarante, cinquante !... Oh ! cela me semblait interminable.

Le nombre soixante tomba enfin des lèvres du vieillard. Jabez attendit un instant et tout le monde observait le prince, ne doutant pas qu'il n'allait être frappé de mort. Mais le prince restait debout. Il se tourna vers Kohath et demanda tranquillement si cette cérémonie était terminée, car il désirait faire une offrande au temple, qu'il avait été invité à visiter, et s'en aller.

— Notre Dieu a donné sa réponse, dit Jabez. Soumettez-vous à sa volonté, hommes d'Israël. Ce que ce prince a fait, il l'a fait par accident et non à dessein.

Personne ne protesta et la foule se retira. Je déposai l'offrande du prince (et elle était d'importance) à l'endroit qui me fut indiqué et nous nous retirâmes à notre tour.

— Votre Dieu n'est pas tendre, à ce qu'il me semble, dit le prince à Kohath quand nous fûmes hors du temple.

— Du moins il est juste, Altesse ! Sinon tu serais mort à présent, toi qui avais violé son sanctuaire.

— Alors tu prétends, prêtre, que Iahveh a le pouvoir de nous frapper quand il est irrité ?

— Sans aucun doute, Altesse... Et, si nos prophètes disent vrai, je pense que l'Egypte l'apprendra avant que tout soit accompli.

Séti le regarda et répondit :

— Il se peut, mais tous les dieux (ou leurs prêtres) proclament leur pouvoir de tourmenter et d'abattre ceux qui adorent d'autres dieux. Il n'y a pas que les femmes qui sont jalouses, Kohath. Je crois pourtant que vous ne rendez pas justice à votre dieu, car s'il possède cette puissance dont tu parles, il s'est montré plus clément que ses adorateurs qui savaient que je m'étais rattrapé au voile du temple pour ne pas tomber. Si jamais je reviens dans ce sanctuaire, ce sera en compagnie de ceux qui peuvent opposer la force à la force, que ce soit celle de l'esprit ou celle du glaive. Salut !

Nous regagnâmes le char près duquel attendait Jabez, qui nous avait sauvé.

— Prince, murmura-t-il, en lançant un regard vers la foule qui s'attardait aux abords du temple, silencieuse et menaçante, je t'en supplie, quitte au plus tôt ce pays. Ta vie n'y est pas en sûreté. Je sais bien que tu ne l'as fait que par accident, mais tu as profané le sanctuaire et vu ce qu'il n'est permis à personne de regarder, sauf aux grands prêtres. C'est une offense que nul Israélite ne peut pardonner.

— Et les gens de ta race, Jabez, auraient profané le sanctuaire de ma vie, répandant le sang de mon cœur et non par accident ! Vous êtes assurément un peuple bizarre, vous qui prenez à tâche de vous faire un ennemi de celui qui avait essayé d'être votre ami.

— Pas moi ! exclama Jabez. Je voudrais que nous eussions pour nous la bouche et l'oreille de celui qui bientôt sera lui-même Pharaon. O Prince d'Egypte, n'appesantis pas ta colère sur tous les enfants d'Israël, parce que leurs épreuves ont rendu quelques-uns d'entre eux intraitables et durs de cœur. Pars maintenant et que ta bonté se souvienne de mes paroles.

— Je m'en souviendrai, dit Séti en faisant signe au conducteur du char d'avancer.

Pourtant le prince s'attarda encore dans la ville. Il n'avait pas peur, disait-il, et il voulait apprendre tout ce qu'il pouvait de ce peuple et de ses mœurs afin de les rapporter exactement à Pharaon. Pour ma part, je soupçonnais qu'il y avait un visage que le prince aurait voulu revoir avant de s'en aller. Mais je crus plus sage de n'en rien dire.

Nous quittâmes Goshen vers midi et nous dirigeâmes vers l'est sur les traces d'Amenmsès et de notre escorte. Nous allâmes ainsi tout l'après-midi, précédés des deux soldats déguisés en coureurs, et suivis, comme un lointain nuage de poussière m'en avertit, par le détachement auquel j'avais secrètement commandé de veiller sur nous.

Le soir, nous traversâmes les collines rocheuses qui bornent le pays de Goshen. Là, Séti mit pied à terre et, accompagné par les deux soldats, à qui je fis signe de nous suivre, nous gravîmes une de ces collines, qui était parsemée d'énormes pierres rondes et hérissée d'arêtes de grès entre lesquelles le vent, soufflant depuis des milliers d'années, avait creusé des ravins.

Adossé à l'une de ces arêtes, nous découvrions une vue merveilleuse. Au-delà de la plaine fertile, la ville que nous venions de quitter se dessinait dans le lointain et, derrière, le soleil se couchait. On aurait dit qu'un ouragan s'était déchaîné là-bas, bien que le firmament au-dessus de nos têtes fût limpide et bleu. En avant de la ville, deux énormes colonnes de nuages s'élevaient, de la terre jusqu'au ciel, comme celles d'une porte gigantesque. L'une de ces colonnes semblait faite de marbre noir et l'autre brillait comme de l'or en fusion. Entre les deux s'étendait une route de lumière qui se terminait dans un nimbe de gloire au centre duquel le disque de Râ, le soleil, étincelait comme l'œil de Dieu. Ce spectacle était à la fois splendide et terrifiant.

— As-tu jamais vu pareil ciel en Egypte, Prince ? demandai-je.

— Non ! répondit Séti.

Il parlait bas, et pourtant sa voix semblait sonore dans le grand silence du soir.

Nous restâmes ainsi quelque temps en contemplation. Soudain, le soleil plongea. Il ne resta que la gloire, qui flottait au couchant, et dans laquelle semblaient se dessiner des palais et des temples, toute une ville suspendue dans le ciel, une ville lointaine que nul mortel ne pourrait jamais atteindre, si ce n'est en songe.

— Je ne sais ce que j'ai, Ana, dit Séti, mais, pour la première fois depuis que je suis parvenu à l'âge d'homme, j'éprouve le sentiment de la peur. Je crois deviner des présages dans ce ciel, et je ne peux pas les lire. Si le prophète Ki était ici, il nous dirait ce que c'est que cette colonne de ténèbres à droite, et cette colonne de feu à gauche, et quel est le dieu qui trône dans cette cité de gloire au-delà, et combien de temps des pieds d'homme auraient à marcher le long de cette route de lumière pour atteindre le pylône de son temple. Oui, j'ai peur, comme si la mort était tout près de moi et dévoilait ses merveilles à mon regard mortel.

— Moi aussi, j'ai peur, murmurai-je. Regarde, les colonnes se déplacent, celle de feu avance plus vite, la noire reste en arrière et, entre les deux, je crois voir une multitude sans nombre marchant par compagnies. Vois, les reflets des lances !... le dieu des Hébreux est en marche !

— Lui ou quelque autre dieu, à moins qu'il n'y ait pas de dieu du tout, dit Séti. Viens, Ana, il est temps de repartir si nous voulons atteindre le camp avant la nuit noire.

Nous descendîmes et reprîmes notre place dans le char.

Nous avions un défilé à traverser. Il était très étroit, mesurant à peine quatre pas de large sur une certaine distance. La route était bordée de chaque côté par des blocs de grès, dans les interstices desquels des herbes du désert avaient pris racine. Cela formait comme des remparts, que les pluies avaient ravinés, et au-dessus desquels s'élevaient les versants de la montagne. Les chevaux atteignaient un détour du sentier, après lequel on commençait à redescendre.

Nous étions à un demi-jet de lance de ce tournant, quand j'entendis du bruit et, regardant sur ma droite, j'aperçus une femme qui descendait vers nous en bondissant sur le flanc de la colline. Le conducteur du char la vit aussi et arrêta ses chevaux, cependant que les deux coureurs faisaient halte, glaive au poing. En moins d'une demi-minute, la femme nous avait atteints. Elle sortit de l'ombre de la colline, et la lumière tomba sur son visage.

— Mérapi ! exclama le prince, et ce nom s'échappa en même temps de mes lèvres.

C'était Mérapi, en effet, mais dans quel état ! Ses cheveux s'étaient dénoués et tombaient en désordre sur ses épaules. Le manteau dont elle était couverte était déchiré. Il y avait du sang et de l'écume sur ses lèvres. Elle était incapable de parler, tant elle était essoufflée. Haletante, elle s'appuyait d'une main sur le bord du char, et montrait de l'autre le coude du chemin. Enfin, elle réussit à prononcer un mot, un seul. C'était :

— Assassins !

— Elle veut dire qu'on la guette pour l'assassiner, dit le prince en se tournant vers moi.

— Non, haleta-t-elle. Toi... toi !... Les Hébreux ! Revenez sur vos pas.

— Fais tourner les chevaux, criai-je au conducteur du char.

Il se mit en devoir d'obéir avec l'aide des deux gardes. Mais l'étroitesse de la route entre des rochers escarpés rendait l'opération difficile. Il n'avait encore tourné qu'à demi, de sorte que la voiture et les chevaux barraient entièrement le passage d'un flanc à l'autre, quand le cri sauvage de « Iahveh ! » frappa nos oreilles. Et nous vîmes paraître au tournant du chemin, à quelques pas de nous, une horde d'hommes farouches, au nez crochu, qui se ruaient en brandissant des couteaux et des glaives. Nous eûmes à peine le temps de sauter derrière le rempart du char et de nous mettre en garde, qu'ils étaient déjà sur nous.

— Toi, commandai-je à notre aurige, tandis qu'ils approchaient, cours comme tu n'as jamais couru et ramène-nous les gardes qui nous suivent.

Il s'élança comme une flèche.

— Arrière, jeune fille ! cria Séti. Ce n'est pas ici la place d'une femme et j'aperçois Laban, qui te cherche.

Il montrait, de la pointe de son épée, le chef des assassins.

Mérapi obéit ; elle gagna en chancelant un bloc de rocher qui se trouvait à quelques pas de là, au bord de la route, et derrière lequel elle s'accroupit. Elle me dit plus tard qu'elle ne s'était pas senti la force d'aller plus loin, ni d'ailleurs la volonté, car, si nous étions tués, il valait mieux qu'elle fût tuée aussi, elle qui nous avait avertis.

Maintenant ils arrivaient, toute la bande, trente ou quarante hommes. Le premier poignarda les chevaux effarouchés, qui tombèrent contre la falaise en se débattant. Les Hébreux grimpaient sur le char, essayant de nous atteindre. Nous faisions de notre mieux pour les repousser, en parant les coups avec nos manteaux roulés sur le bras gauche en guise de bouclier.

Oh ! quelle bataille ! En un lieu découvert, ou si nous avions été pris à l'improviste, nous aurions été massacrés en un instant ; mais la disposition du terrain et la barricade formée par le char nous donnaient quelque avantage. La route était si étroite entre les flancs inaccessibles du défilé que les Hébreux ne pouvaient faire front pour nous attaquer à plus de quatre à la fois. Il leur fallait passer par-dessus le char ou les chevaux agonisants.

Mais nous étions quatre aussi et, grâce à Userti, deux d'entre nous portaient des cottes de mailles sous leurs vêtements, quatre hommes vigoureux luttant pour leur vie. Quatre Hébreux s'élancèrent contre nous. L'un bondit du char, droit sur Séti, qui le reçut à la pointe de son glaive de fer, ce fameux glaive de fer qui est enseveli avec lui aujourd'hui dans sa tombe, et j'entendis la poignée sonner contre les os de la poitrine de l'homme.

L'Hébreu tomba mort, entraînant le prince dans sa chute. Celui qui m'attaquait se prit le pied dans le timon du char et piqua une tête en avant. Je le tuai facilement d'un coup sur le crâne, ce qui me donna le temps d'aider le prince à se relever avant que d'autres assaillants fussent sur nous. Les deux gardes aussi, combattants redoutables, tuèrent ou blessèrent mortellement leurs adversaires. Mais d'autres Hébreux se pressaient derrière en rangs si serrés et avec tant d'impétuosité qu'il me devint impossible de me rendre compte exactement de tout ce qui arriva ensuite.

Je vis un des gardes tomber, frappé par Laban. Une estocade à la poitrine me fit chanceler en arrière ; sans ma cotte de mailles, j'étais transpercé. L'autre garde tua celui qui avait failli me tuer, et fut lui-même abattu par deux adversaires qui se jetèrent sur lui en même temps.

Il ne restait plus maintenant que le prince et moi, luttant dos à dos. Il s'escrimait contre un grand gaillard, qu'il blessa à la main, lui faisant lâcher son glaive. L'Hébreu le saisit à bras-le-corps et ils roulèrent ensemble sur le sol.

Laban arriva et poignarda le prince dans le dos. Mais le stylet courbe dont il se servait se cassa sur la cotte de mailles syrienne. Je portai un coup de glaive à Laban, le blessant à la tête. Étourdi, il recula en trébuchant, tomba par-dessus le char. D'autres se ruaient sur moi. Sans l'armure d'Userti, j'aurais dû être tué au moins trois fois. Luttant désespérément, je chancelai contre le roc. Tandis que j'attendais un nouvel assaut, je vis que Séti, meurtri par le coup de Laban, était maintenant sous le grand Hébreu, qui l'avait saisi à la gorge et cherchait à l'étrangler.

Je vis encore autre chose : une femme levant un glaive des deux mains et frappant de toutes ses forces. Après quoi, l'étreinte de l'Hébreu se relâcha, rendant le souffle à Séti.

— Traîtresse ! s'écria quelqu'un, en levant le poing sur elle.

Alors, quand tout semblait fini et que, sous une grêle de coups, je sentais la conscience m'abandonner, j'entendis le grondement d'une chevauchée et le cri : Égypte ! Égypte ! jailli de la gorge des soldats. Des reflets de bronze dansèrent devant mes yeux obscurcis et, avec la rumeur de la bataille dans mes oreilles, j'éprouvai la sensation de m'endormir, juste au moment où la lumière du jour s'éteignait.

CHAPITRE VIII

SÉTI CONSEILLE PHARAON

Rêves après rêves ! Rêves de voix, rêves de visages, rêves de rayons de soleil et de clair de lune.

rêves d'être porté plus loin, toujours plus loin, rêves de foule et de clameurs et par-dessus tout rêves des yeux de Mérapi me regardant d'en-haut comme deux étoiles vigilantes ! Puis à la fin le réveil, et avec lui élancements de douleur, malaises, nausées

Je me figurai d'abord que j'étais mort et gisant dans la tombe. Puis peu à peu je me rendis compte que je n'étais pas dans un tombeau, mais dans une chambre assombrie, qui m'était familière, ma propre chambre dans le palais de Séti à Tanis. Je ne devais pas me tromper, car, près du lit sur lequel j'étais étendu, je reconnaissais mon coffre où je serrais les manuscrits que j'avais rapportés de Memphis. J'essayai de soulever ma main gauche, mais ne pus y réussir. Je remarquai alors que mon bras était entouré de bandelettes comme celui d'une momie, ce qui fit renaître en moi la pensée que je devais être mort, s'il était possible qu'un mort souffrît si cruellement. Je refermai les yeux et restai quelque temps plongé dans la méditation... ou le sommeil. Gisant ainsi, j'entendis des voix ; l'une devait être celle d'un médecin, qui disait :

— Oui, il vivra et ne tardera pas à se rétablir. Le coup qu'il a reçu sur la tête et qui lui a fait perdre connaissance pour tant de jours, était la pire de ses blessures, mais le crâne était seulement meurtri. Les plaies de ses bras se cicatrisent et la cotte de maille qu'il portait a protégé ses organes vitaux.

— Je suis contente de le savoir sauvé, médecin, répondait une voix de femme que je reconnus pour celle d'Userti, car sans lui Son Altesse aurait péri. Ce scribe, que je prenais pour un simple rêveur, s'est révélé un très vaillant guerrier. Le prince dit qu'Ana a tué de ses propres mains trois de ces chiens et en a blessé plusieurs autres.

— Il s'est bien comporté, Altesse, repartit le médecin, mais il a fait mieux encore, quand il a pris la précaution de faire suivre le prince par une arrière-garde et qu'il a eu la présence d'esprit de dépêcher le conducteur du char pour réclamer du secours. C'est apparemment la jeune fille israélite qui a sauvé la vie de Son Altesse, quand, oubliant son sexe, elle a sabré l'assassin qui le tenait à la gorge.

— C'est ce que dit le prince, répliqua froidement Userti. Il est bizarre pourtant qu'une jeune fille, faible et épuisée, ait été capable d'abattre un géant d'un seul coup.

— Elle a du moins averti le prince de l'embuscade, Altesse.

— On le dit. Peut-être Ana sera-t-il bientôt capable de nous apprendre la vérité là-dessus. Soigne-le bien, médecin, et tu n'auras pas à te plaindre de la récompense.

Ils s'en allèrent, parlant toujours, et je restai paisiblement étendu, émerveillé et plein de reconnaissance, car maintenant tout me revenait en mémoire.

Un peu plus tard, étant toujours immobile, les yeux fermés, car la faible lumière qui régnait dans la chambre suffisait à me blesser la vue, j'eus conscience d'un pas léger glissant autour de mon lit et d'un parfum de femme. Je regardai et vis les yeux, semblables à des étoiles, de Mérapi, penchés sur moi, précisément comme je les avais vus dans mes rêves.

— Salut à toi, Lune d'Israël ! dis-je. En vérité, nous nous rencontrons encore dans une étrange circonstance.

— Oh ! murmura-t-elle, te voilà enfin réveillé. Je rends grâce à Dieu, scribe Ana ; car, il y a trois jours, je croyais que tu allais mourir.

— Comme cela me serait sûrement arrivé sans toi, noble jeune fille. A moi et à un autre. Or il paraît que nous vivrons tous les trois.

— Que n'êtes-vous, le prince et toi, Ana, seuls à survivre de nous trois ! Que ne suis-je morte, moi ! répondit-elle en soupirant profondément.

— Pourquoi ?

— Ne le devines-tu pas ? Je suis une réprouvée, qui a trahi son peuple ! Le sang de mes frères coule entre eux et moi ; j'ai tué un homme qui était de ma race pour le salut d'un Egyptien. La malédiction de Iahveh est sur moi. Je mourrai un jour comme cet homme a péri, et après... qu'adviendra-t-il de moi ?

— Après, ce sera pour toi la paix et la grande récompense, s'il y a une justice sur la terre ou dans le ciel, ô la plus noble des femmes.

— Je voudrais le croire. Attention, j'entends des pas. Bois ceci. Je suis la maîtresse de tes gardes malades, scribe Ana, un poste honorable, car aujourd'hui toute l'Egypte t'aime et te loue.

— C'est toi plutôt, noble Mérapi, que toute l'Egypte devrait aimer et louer.

Alors le prince Séti entra. J'essayai de le saluer en levant mon bras le moins blessé, mais il me prit la main et la pressa avec tendresse.

— Salut à toi, aimé de Menthou, le dieu de la guerre ! dit-il avec son rire aimable. Je croyais avoir engagé un scribe, et, voyez, dans ce scribe, je découvre un soldat qui ferait la gloire d'une armée.

A ce moment, il remarqua Mérapi, qui avait reculé dans l'ombre.

— Salut à toi aussi, Lune d'Israël ! reprit-il en s'inclinant. Si je dis d'Ana qu'il est un vaillant guerrier, de quel nom te nommerons-nous toi, à qui nous devons la vie ? Réponds !

— Prince d'Egypte, répliqua la jeune fille avec confusion, ce que j'ai fait est peu de chose. Le complot m'est venu aux oreilles par Jabez, mon oncle, et j'ai couru aussitôt pour t'avertir. Connaissant dès l'enfance les sentiers les plus courts, je suis arrivée juste à temps. Si j'avais réfléchi, peut-être n'aurais-je pas fait ce que j'ai fait.

— Et le reste, noble fille ? Que dirons-nous de cet Hébreu qui était en train de m'étrangler et de certain coup de glaive qui a desserré ses mains pour jamais ?

— De cela je ne me rappelle rien ou presque rien, Altesse.

Mais se souvenant sans doute de ce qu'elle venait de me dire, Mérapi fit une inclination de tête et sortit.

— Elle sait mentir comme elle sait tout faire, avec séduction, dit Séti qui l'avait regardée partir. Oh ! quelle femme avons-nous ici, Ana ! Parfaite par la beauté, parfaite par le courage, parfaite par l'intelligence ! Quels sont ses défauts, je me le demande ? Voyons un peu, découvre-les, puisque je ne lui en trouve aucun.

— Demande-les à Ki, ô Prince. C'est un très grand magicien, si grand que son art est peut-être capable de découvrir ce qu'une femme aspire à cacher. Souviens-toi qu'il t'a donné certains avertissements avant ton départ pour Goshen.

— Oui... il m'a dit que ma vie serait en danger, comme elle l'a été en effet. En cela il a vu juste. Il m'a déclaré aussi que je verrais une femme dont je deviendrais amoureux. En cela il s'est trompé ; je n'ai pas rencontré une telle femme. Oh ! je sais bien ce qui te passe par l'esprit. Comme je trouve Mérapi belle et vaillante, tu te figures que je l'aime ; mais il n'en est rien : je n'aime aucune femme, excepté naturellement Son Altesse Userti. Ana, tu me juges par toi-même.

— Ki a dit que tu deviendrais amoureux d'elle, Prince. Nous avons le temps.

— Non, Ana, quand on aime, c'est dès la première rencontre. Bientôt je serai vieux et elle sera grosse et laide. Comment pourrions-nous alors nous aimer ?... Rétablis-toi vite, Ana, car j'ai besoin de toi pour faire mon rapport à Pharaon. Je lui dirai qu'à mon avis les Hébreux sont cruellement opprimés, qu'il devrait les indemniser et les laisser partir.

— Qu'en pensera Pharaon, lorsque ces Israélites ont essayé de massacrer son héritier ?

— Pharaon ressentira de la colère comme le peuple d'Egypte, qui ne raisonne pas bien. Il ne verra pas que, croyant ce qu'ils croient, Laban et sa bande avaient raison d'essayer de me tuer, moi, qui avais, quoique sans le vouloir, profané le sanctuaire de leur dieu. S'ils avaient agi autrement, ils n'auraient pas été de bons Hébreux, et, pour ma part, je ne peux pas leur en vouloir. Pourtant toute l'Egypte est en effervescence à cause de cette affaire et réclame la destruction des Israélites.

— Quoi qu'il en soit, Prince, de la seconde prophétie de Ki, il me semble que la troisième est en voie d'accomplissement : ce voyage à Goshen risque de te faire perdre ton trône.

Séti haussa les épaules et répondit :

— Cela même, Ana, ne me déterminerait pas à dire à Pharaon ce que je ne pense pas. Mais laissons cette question jusqu'à ce que tu aies repris tes forces.

— Comment le combat s'est-il terminé, Prince ? Et comment m'a-t-on ramené jusqu'ici ?

— Les gardes ont massacré la plupart des Hébreux qui étaient encore vivants au moment de leur intervention. Quelques-uns pourtant réussirent à s'échapper dans la nuit tombante et parmi eux Laban, leur chef, quoique blessé par toi. Dix ont été pris vivants. Ils attendent leur procès. Je n'étais que légèrement blessé, et toi, que nous avons d'abord cru mort, tu n'étais qu'évanoui. Tu es resté jusqu'à cette heure sans reprendre connaissance, délirant parfois. Nous t'avons transporté dans une litière et il y a trois jours que tu es ici.

— Et Mérapi ?

— Nous l'avons mise dans un char et emmenée à Tanis, car, si nous l'avions laissée, elle aurait été certainement assassinée par les gens de sa race. Quand Pharaon a su ce qu'elle avait fait, comme je ne jugeais pas convenable qu'elle habitât ici, il lui a fait don de la petite maison du jardin, où elle est en sûreté, et lui a envoyé des femmes esclaves pour la servir. Elle habite donc là, ayant libre accès au palais, et elle a rempli tout le temps auprès de toi les fonctions de garde-malade.

A ce moment, j'eus une faiblesse et fermai les yeux. Quand je les rouvris, le prince était parti.

Six jours passèrent encore avant qu'on me permît de me lever et, durant ce temps, je vis beaucoup Mérapi. Elle était très triste et vivait dans la crainte d'être tuée par les Hébreux. Elle était troublée dans son cœur en pensant qu'elle avait trahi sa religion et son peuple.

— Tu es du moins délivrée de Laban, lui dis-je.

— Jamais je ne serai délivrée de lui, tant que nous vivrons l'un et l'autre, répondit-elle. Je lui appartiens et il ne rompra pas nos liens, car son cœur est attaché à moi.

— Et ton cœur est-il attaché à lui ? demandai-je.

Ses beaux yeux s'emplirent de larmes.

— Une femme n'a pas le droit d'avoir un cœur. Oh ! Ana, je suis malheureuse ! répondit-elle.

Et elle s'en alla.

Je vis aussi d'autres personnages. La princesse Userti vint à mon chevet. Elle m'exprima sa reconnaissance, parce que j'avais tenu ma promesse et veillé sur le prince. Elle me donna de l'or de la part de Pharaon et me fit elle-même cadeau de beaux vêtements. Elle m'interrogea au sujet de Mérapi, de laquelle je vis bien qu'elle était jalouse. Elle fut heureuse d'apprendre que la jeune fille était fiancée à un Hébreu. Le vieux Baknikhonsou vint aussi et me posa cent questions à propos du prince, des Hébreux, de Mérapi, spécialement de Mérapi, des hauts faits de laquelle, disait-il, toute l'Egypte s'entretenait.

Je lui répondis de mon mieux.

— Cette femme, déclara-t-il, est celle dont Ki nous a parlé, et qui causera au Prince tant de joie et tant de peine.

— Pourquoi donc ? demandai-je. Il ne l'a pas prise dans sa maison, et je ne pense pas qu'il songe à le faire.

— Il le fera pourtant, Ana, qu'il y songe ou non. Elle a trahi son peuple pour le sauver, et chez les Israélites, c'est un crime puni de mort. Elle lui a sauvé deux fois la vie : la première, en l'avertissant de l'embuscade ; la seconde, en abattant de ses propres mains un de ses frères de race qui cherchait à étrangler le Prince. N'est-ce pas ainsi que les choses se sont passées, dis-moi, toi qui y étais ?

— Si ! mais qu'en déduis-tu ?

— Ceci. Quoi qu'elle puisse dire, elle l'aime. A moins toutefois, ajouta-t-il en me regardant malicieusement, que ce ne soit toi qu'elle aime.

— Quand une femme a un prince et un tel prince à portée de la main, perdrait-elle son temps à tendre des rets pour attraper un scribe ? exclamai-je, non sans amertume.

— Ho ! ho ! fit-il avec son gros rire, est-ce donc vrai ? Ma foi, je le pensais. Mais, ami Ana, sois averti à temps : garde-toi d'adjurer la lune d'être la lampe de ton foyer, de peur qu'elle ne se dérobe à l'horizon et que le soleil, son seigneur, ne se fâche et ne te consume... Donc, elle l'aime et par conséquent, étant ce qu'elle est, elle se fera aimer de lui, tôt ou tard.

— Comment, Baknikhonsou ?

— Avec la plupart des hommes, Ana, ce serait simple. Un soupir, quelques larmes mal dissimulées, au bon moment, et c'est fait. J'ai vu cela des milliers de fois. Mais ce prince étant ce qu'il est, cela se passera autrement. Elle lui montrera qu'elle a perdu sa renommée pour lui, qu'elle s'est fait haïr des gens de sa race, rejeter par son dieu, et elle éveillera sa pitié, qui est la vraie sœur de l'amour. Ou peut-être, étant sage aussi, comme on me l'a dit, le conseillera-t-elle sur toutes les affaires des Israélites et s'insinuera-t-elle peu à peu dans son cœur, sous le couvert de l'amitié. Puis sa séduction fera le reste, selon les voies de la nature. Enfin, par ce chemin-ci ou ce chemin-là, en remontant le courant ou en s'y abandonnant, elle arrivera à ses fins.

— Alors ? Qu'importe ! C'est la coutume des rois d'Egypte d'avoir plusieurs femmes.

— Séti n'en aura qu'une, Ana, je te le prédis, et ce sera cette Israélite. Oui, une femme israélite gouvernera l'Egypte et elle convertira son mari à l'adoration de son dieu, car elle ne consentira jamais à adorer les nôtres. Quand son peuple verra qu'elle est perdue pour lui, il se servira d'elle ainsi. Qui sait même si ce n'est pas son dieu qui se sert d'elle pour l'accomplissement de ses desseins.

— Et après, Baknikhonsou ?

— Après ? Qui sait ? Je ne suis pas magicien ; comme tel, du moins, je ne vaux pas grand'chose. Interroge Ki. Mais je suis vieux, très vieux, et j'ai observé le monde. Je te déclare que ces choses arriveront, à moins...

Et il s'interrompit.

— A moins que ?

Il baissa la voix.

— A moins qu'Userti ne soit plus hardie que je ne le pense et ne le tue avant, ou, mieux encore, ne charge quelque Hébreu de le tuer... par exemple ce fiancé évincé. Si tu étais l'ami de Pharaon, tu lui suggérerais cela à l'oreille, Ana.

— Jamais ! répliquai-je avec indignation.

— J'étais sûr que tu n'y consentirais pas, Ana, toi qui te débats dans ce réseau de rayons de lune, plus réel et plus solide que s'il était tissé avec des fibres de palme ou de lin. Je ne le ferais pas non plus, moi, qui, à mon âge, aime à observer de telles intrigues et, parvenu si près des dieux, crains de déranger leurs plans. Laissons ce rouleau se dérouler comme il voudra et, quand il sera ouvert sous tes yeux, lis-le, Ana, en te rappelant ce que je te dis aujourd'hui. Ce sera une belle histoire écrite avec du sang. Ho, ho, ho, ho !

Et, riant ainsi, il s'en alla de son pas claudicant, tandis que je restais frappé d'horreur.

Le prince venait me voir chaque jour. Avant même que je fusse en état de me lever, il entreprit de me dicter son rapport à Pharaon ; car il ne voulait pas recourir à un autre scribe. Il développait les idées qu'il m'avait déjà exprimées, à savoir que le peuple d'Israël, ayant souffert pendant bien des générations sous le joug des Egyptiens, devait être laissé libre de partir comme ses pro-

phètes le demandaient, et d'aller où il lui plairait sans être molesté. Il attachait peu d'importance à l'agression dont nous avions été victimes dans le défilé. C'était, disait-il, le fait de quelques fanatiques exaspérés par une insulte imaginaire ; il ne fallait pas en rendre tout le peuple responsable. Le rapport se terminait par ces mots :

« Souviens-toi, ô Pharaon, je t'en conjure, qu'Ammon, dieu des Egyptiens, et Iahveh, dieu des Israélites, ne peuvent pas régner ensemble dans le même pays. S'ils restent tous les deux en Egypte, ils se livreront une guerre sans merci, au cours de laquelle les mortels seront réduits en poussière. Ainsi, je t'en conjure, laisse partir Israël. »

Quand je fus levé et tout à fait rétabli, je recopiai ce rapport de ma plus belle écriture, refusant d'en révéler à quiconque la teneur, en dépit des questions que me posèrent de nombreux personnages. Le vizir Néhési essaya de me corrompre par des présents pour me faire livrer les secrets du prince. Cela vint, je ne sais comment, aux oreilles de Séti, et il fut très content de ma conduite en cette occurrence. Il se réjouissait, disait-il, de constater qu'il y avait en Egypte un scribe incorruptible. Userti me questionna aussi et, quand je refusai de lui répondre, si étrange que cela paraisse, elle ne s'en montra pas irritée. Je ne faisais, déclara-t-elle, que mon devoir.

Enfin le rouleau était terminé et scellé. Le prince le déposa de sa propre main sur les genoux de Pharaon, à une audience de la cour ; car il n'avait voulu confier à personne le soin de le remettre au souverain. Ameunmsès déposa aussi son rapport, ainsi que Néhési, le vizir, et le capitaine de la garde qui nous avait sauvés de la mort.

Huit jours plus tard, le prince fut convoqué à un conseil d'Etat, avec tous les autres membres de la famille royale et les grands officiers. Je reçus aussi une convocation à cause du rôle que j'avais joué dans les événements de Goshen.

Le prince, accompagné de la princesse, se fit conduire au palais dans le char d'or de Pharaon, traîné par deux chevaux, blancs comme du lait, de la race de ces fameux coursiers qui ont sauvé la vie à Ramsès le Grand pendant la guerre de Syrie. Tout le long des rues, où se pressaient des milliers de gens, il fut acclamé.

— Vois, disait le vieux conseiller Baknikhonsou avec lequel je faisais route dans un autre char, l'Egypte est fière et contente. Elle pensait que son prince n'était qu'un faiseur de songes ; mais maintenant elle a entendu le récit de l'embuscade dans le défilé, elle a appris que Son Altesse est un homme de guerre, capable d'héroïsme, c'est pourquoi elle l'aime et se réjouit.

— Alors, si l'on adopte cette manière de juger, Baknikhonsou, un boucher est plus grand que le plus savant des scribes.

— Il l'est aussi, Ana, surtout si le boucher exerce son talent sur les hommes. Le scribe crée, le boucher détruit, et, dans un monde gouverné par la mort, celui qui détruit est plus honoré que celui qui crée. Ecoute maintenant, c'est toi que l'on acclame. Est-ce parce que tu es l'auteur de certains écrits ? Non, je te le dis. C'est parce que tu as tué trois hommes. Si tu veux devenir célèbre et populaire, Ana, cesse d'écrire des livres et fais-toi égorgeur.

— Pourtant l'écrivain continue à vivre même après sa mort.

— Ho, ho ! rit Baknikhonsou, tu es encore plus fou que je ne le pensais. Quel avantage un homme peut-il tirer de ce qui arrivera après sa mort ? Ce mendiant aveugle qui geint sur les marches du temple importe plus à l'Egypte aujourd'hui que les momies de tous les Pharaons, sauf pour les voleurs. Prends ce que la vie te donne, Ana, et ne te soucie pas des offrandes que l'on dépose dans les tombeaux pour que le temps les réduise en poussière.

— Voilà, Baknikhonsou, une bien pauvre croyance !

— Très pauvre, Ana, comme tout ce qui est à la portée de la main. Une pauvre croyance convient à un cœur médiocre comme celui dont nous sommes tous doués, sauf peut-être un sur mille. Suis-la, si tu veux réussir, et, quand tu seras mort, j'irai sur ta tombe, je rirai en disant :

« Ci-gît un homme dont j'avais espéré de plus grandes choses, comme je les espère de son maître ».

— Tu n'espères pas en vain, Baknikhonsou, quoi qu'il puisse arriver au serviteur.

— C'est ce que nous apprendrons avant longtemps. Je me demande qui montera dans le char de Séti avant la prochaine crue du Nil. Peut-être que le char d'or de Pharaon sera remplacé par un chariot attelé de bœufs : tu aiguillonneras les bœufs et tu parleras des étoiles avec le prince... à moins que ce ne soit de la lune. Après tout, vous seriez plus heureux ainsi l'un et l'autre, et la dame de la lune est une déesse jalouse qui aime à être adorée. Ho, ho, ho !... Voici l'escalier du palais. Aide-moi à descendre, prêtre de la dame de la lune.

Nous entrâmes dans le palais et fûmes conduits à travers la grande salle à une petite chambre où Pharaon, qui ne portait pas ses habits de cérémonie, nous attendait, assis sur un trône en bois de cèdre. Il avait l'air grave et ému. Il paraissait vieilli.

Le prince et la princesse se prosternèrent devant lui comme nous le fîmes, nous, gens de moindre condition ; mais il nous regardait à peine. Quand tout le monde fut présent et qu'on eut fermé les portes, Pharaon dit :

— Fils Séti, j'ai lu ton rapport sur ta visite aux Israélites et tout ce qui t'est arrivé. J'ai lu aussi ton rapport, neveu Amenmsès, et les vôtres, officiers qui accompagniez le Prince d'Egypte. Avant d'en parler je veux entendre le scribe Ana qui était le compagnon de char de Son Altesse quand les Hébreux l'attaquèrent.

Je m'avançai donc et, courbant la tête, refit le récit de l'aventure en parlant le moins possible de moi-même. Quand j'eus terminé, Pharaon déclara :

— Celui qui ne dit que la moitié de la vérité est quelquefois plus malfaisant qu'un menteur. Etais-tu donc resté tranquillement assis dans le char, scribe Ana, regardant sans rien faire le prince lutter pour sa vie ? Ou as-tu pris la fuite ?... Parle,

Séti, et dis-nous quel rôle cet homme a joué en bien ou en mal.

Alors le prince dit quelle part j'avais prise au combat avec des mots qui me firent monter le rouge au front. Il expliqua aussi comment, au risque de m'attirer sa colère, j'avais donné l'ordre à une garde de vingt hommes de nous suivre sans se montrer, comment j'avais déguisé en coureurs deux soldats exercés, et avais eu la présence d'esprit de renvoyer l'aurige en arrière pour réclamer du secours dès le commencement de l'échauffourée, comment j'avais été blessé et n'étais encore que convalescent. Quand il eut terminé, Pharaon déclara :

— Ce récit est exact je le suis par d'autres témoignages. Scribe, tu t'es bien conduit. Sans toi, Son Altesse serait étendue aujourd'hui sur la table des embaumeurs comme elle l'avait mérité par sa légèreté et l'Egypte serait en deuil, de Thèbes aux bouches du Nil. Approche !

Je gravis en tremblant les marches du trône et m'agenouillai devant Pharaon. Il avait au cou une magnifique chaîne d'or massif ; il la prit et me la passa sur la tête en disant :

— En récompense de la bravoure et de ta sagesse, je te donne, avec cette chaîne d'or, les titres de conseiller et de compagnon du roi, et le droit de les graver sur la stèle funéraire. Que cela soit écrit ! Retire-toi, scribe Ana, conseiller et compagnon du roi.

Je m'écartai, confus. Comme je passais à côté de Séti, il me chuchota à l'oreille :

— Je t'en prie, seigneur, ne renonce pas à être le compagnon du prince, parce que tu es devenu celui du roi.

Puis Pharaon décida que le capitaine des gardes serait promu en grade, que des dons seraient distribués à chacun des soldats qui avaient pris part à l'action, et des vivres, aux enfants de ceux qui avaient été tués, avec double ration aux familles des deux hommes que j'avais déguisés en coureurs..

Cela fait, il reprit la parole lentement et en pesant sur ses mots, après avoir donné l'ordre de faire sortir les suivants et les gardes. Je me disposais à m'en aller aussi, mais le vieux Baknikhonsou me retint par ma tunique en déclarant que mon nouveau rang de conseiller me donnait le droit de rester.

— Prince Séti, commença le roi, après tout ce que j'ai entendu, le rapport que tu m'as présenté me paraît étrange. En outre la teneur en est différente de celle des rapports du comte Amenmsès et des officiers. Tu me conseilles de laisser partir les Hébreux à cause de l'oppression qu'ils ont subie dans le passé, oppression d'ailleurs qui ne les a empêchés ni de se multiplier ni de s'enrichir. Je ne suis pas disposé à suivre ce conseil. Je le suis plutôt à envoyer une armée au pays de Goshen avec ordre d'expédier ces esclaves, qui ont conspiré contre la vie du prince d'Egypte, par delà les portes du couchant, où ils adoreront leur dieu dans le ciel ou l'enfer, oui, de les massacrer tous, depuis le vieillard à barbe blanche jusqu'au nourrisson à la mamelle.

— J'écoute, Pharaon, dit tranquillement Séti.

— Telle est ma volonté ! poursuivit Méneptah.

Ceux qui t'accompagnaient dans ton enquête et tous mes conseillers pensent comme moi, car l'Egypte fidèle ne peut pas supporter une trahison aussi odieuse. Toutefois, pour de tels grands actes de guerre et de politique, la loi et la coutume exigent le consentement de celui qui se tient près du trône et qui est destiné à l'occuper. Me donnes-tu ton approbation, Prince d'Egypte ?

— Je ne te la donne pas, Pharaon. Ce serait, à mon avis, un acte criminel que de faire massacrer des milliers d'hommes, parce qu'une poignée de fanatiques a dressé une embuscade à un personnage qui se trouvait être par hasard de sang royal et qu'ils accusaient d'avoir profané leur sanctuaire.

Je vis que cette réponse irritait Pharaon, car jamais sa volonté n'avait été contrecarrée de cette façon. Il se domina pourtant et demanda :

— Approuves-tu alors, Prince, une sentence plus douce ? Le peuple hébreu sera dispersé. Les plus dangereux de cette race seront envoyés dans les mines et les carrières du désert ; les autres seront répartis dans toute l'Egypte où ils vivront comme esclaves.

— Je ne donne pas mon approbation, Pharaon. Mon humble avis est inscrit dans ce rouleau et ne peut être changé.

Un éclair passa dans les yeux de Méneptah ; mais le souverain se domina encore et reprit :

— Si tu occupais le trône à ma place, Prince Séti, dis-nous, à nous tous qui sommes assemblés ici, quelle politique tu adopterais envers ces Hébreux ?

— Celle, ô Pharaon, que j'ai conseillée dans mon rapport. Si jamais je monte sur le trône, je laisserai les Hébreux s'en aller où ils voudront, emmenant leur dieu avec eux.

La réprobation se lisait sur la mine de tous ceux qui étaient là, des murmures s'élevaient.

Pharaon se leva, tremblant de colère. Il déchira sa robe et s'écria d'une voix terrible :

— L'entendez-vous, dieux d'Egypte ! Entendez-vous mon fils, qui me défie et veut vous courber sous le talon d'un dieu étranger ! Prince Séti, en présence des membres de la famille royale et de mes conseillers, je...

Il n'en dit pas davantage, car la princesse Userti courut à lui et, l'enlaçant de ses bras, se mit à lui parler bas à l'oreille. Il l'écouta, se rassit et reprit :

— La Princesse me fait observer qu'il s'agit d'une chose grave, qu'on ne peut décider hâtivement. Il peut se faire que le Prince, ayant pris conseil de sa royale épouse et de son propre cœur, inspiré aussi par la sagesse des dieux, retire les paroles qui sont passées par ses lèvres. Je t'ordonne, Prince, de comparaître ici en ma présence, dans trois jours, à la même heure. Cependant j'ordonne à tous de ne rien dire sous peine de mort de ce qui s'est passé entre ces murs.

— J'écoute, Pharaon ! dit le prince en s'inclinant.

Méneptah se leva en signe que la séance du conseil était terminée. Mais le vizir Néhési s'approcha et demanda :

— Que devons-nous faire, ô Pharaon, des prisonniers hébreux, des assassins dont on s'est emparé dans le défilé ?

— Leur culpabilité est flagrante. Faites-les battre de verges jusqu'à ce que mort s'ensuive. Et, s'ils ont des femmes et des enfants, qu'on se saisisse d'eux pour les vendre comme esclaves.

— Que la volonté de Pharaon soit faite ! dit le vizir.

CHAPITRE IX

LA CHUTE D'AMMON

Ce soir-là, j'étais assis dans ma salle de travail au palais de Séti, affectant d'écrire. J'étais mal à l'aise, sentant que le prince, mon maître, était menacé de cruelles épreuves et ne sachant comment les détourner de lui. La porte s'ouvrit, le vieux Pambasa, le chambellan, parut et, m'adressant la parole par mes nouveaux titres, m'annonça que la noble dame israélite, Mérapi, qui avait assumé auprès de moi les fonctions de garde-malade, désirait me parler. Mérapi, elle-même, entrait cependant.

— Scribe Ana, dit-elle, je viens de voir mon oncle Jabez, qui est venu avec un message pour moi.

Et elle hésita.

— Pourquoi l'a-t-on envoyé, noble dame ? Est-ce pour t'apporter des nouvelles de Laban ?

— Non ! Laban a pris la fuite, et personne ne sait où il est. Quant à Jabez, étant l'oncle d'une traîtresse, il n'a échappé à la vengeance de ses frères de race qu'en entreprenant cette mission.

— Quelle mission ?

— De me demander, si j'échappe moi-même à la mort et à la vengeance de Dieu, d'agir sur le cœur du prince Séti, ce que je ne sais comment faire...

— Je crois cependant que tu en as le moyen, Mérapi.

— ... si ce n'est par ton truchement, à toi, son ami et son conseiller, poursuivit-elle en détournant les yeux. Jabez a appris que Pharaon se propose d'exterminer le peuple d'Israël.

— Comment le sait-il, Mérapi ?

— Je ne peux pas le dire, mais je pense que tous les Hébreux le savent. Je le savais moi-même, quoique personne ne me l'eût dit. Jabez aussi que cette résolution ne peut être exécutée, de par la loi d'Egypte, si le prince, qui est l'héritier de la couronne et en âge de gouverner, n'y consent. Je viens donc te supplier d'obtenir du prince qu'il ne donne pas son approbation.

— Pourquoi ne le lui demandes-tu pas toi-même ? commençais-je, quand j'entendis derrière moi la voix de Séti, qui était entré par la porte privée et se tenait dans l'ombre, des papyrus à la main.

— Et quelle prière Mérapi a-t-elle à m'adresser ?... Non ! relève-toi et parle, Lune d'Israël.

— Oh ! Prince, ma prière, la voici : Sauve les Hébreux de la mort par le glaive, comme toi seul a le pouvoir de le faire !

A ce moment, les portes s'ouvrirent devant l'apparition majestueuse de la royale Userti.

— Que fait cette femme ici ? demanda la princesse.

— J'imagine, Epouse, qu'elle est venue voir Ana. Me rencontrant, elle me supplie de sauver son peuple de la mort par le glaive.

— Et je te prie, Epoux, de livrer son peuple au glaive, car il a mérité la mort pour avoir tenté de l'assassiner.

— Tous les coupables ont payé ce crime de leur vie, Userti, à moins que l'un d'eux ne soit encore en train d'agoniser sous les verges. Les autres sont innocents, pourquoi devraient-ils mourir ?

— Parce que ton trône en dépend, Séti. Si tu continues à contrarier la volonté de Pharaon, comme la loi d'Egypte le permet de le faire, il te déshéritera et mettra ton cousin Amenmsès à ta place, comme la loi d'Egypte l'y autorise.

— Je le pensais, Userti. Mais faut-il donc que je tourne le dos à la justice pour sauvegarder mes propres intérêts ! Une seule question importe : Est-ce la justice ?

Elle le regardait avec étonnement, elle qui n'avait jamais compris Séti et ne pouvait se figurer qu'il renoncerait au plus grand trône du monde pour sauver un peuple sujet, simplement parce qu'il pensait que ces gens n'avaient pas mérité la mort. Avertie par quelque instinct, elle laissa pourtant la première question sans réponse et ne releva que la seconde.

— C'est la justice, dit-elle, pour beaucoup de raisons, dont je me contenterai d'énoncer une seule qui résume toutes les autres : les dieux d'Egypte sont les vrais dieux, que nous devons servir fidèlement si nous ne voulons aller à la perdition en ce monde et dans l'autre. Le dieu des Israélites est un faux dieu, ceux qui l'adorent sont hérétiques, et leur hérésie les rend passibles de la mort. Il est donc de toute justice que ceux qui ont été condamnés par les vrais dieux périssent par le glaive de leurs serviteurs.

— Bien raisonné, Userti ! S'il en est ainsi, peut-être mon opinion se conformera-t-elle à la tienne et ne ferai-je pas plus longtemps obstacle à l'accomplissement de la volonté de Pharaon. Mais en est-il ainsi ? Voilà le problème. Je ne te demanderai pas pourquoi tu affirmes que les dieux d'Egypte sont les vrais dieux, car je sais ce que tu me répondrais, ou plutôt que tu ne pourrais me donner aucune réponse satisfaisante. Mais je demanderai à cette femme si son dieu est un faux dieu. Si elle répond que non, je lui demanderai de me le prouver. Si elle est capable de le faire, je répéterai dans trois jours ce que j'ai dit aujourd'hui à Pharaon. Si elle n'en est pas capable, j'examinerai très sérieusement cette affaire. Réponds maintenant, Lune d'Israël, et souviens-toi que des milliers d'existences dépendent de ce que tu vas dire.

— Oh ! Altesse, commença Mérapi.

Elle s'interrompit, joignit les mains et leva les yeux au ciel. Elle devait prier, car ses lèvres s'agitaient. Tandis qu'elle se tenait ainsi, je vis, et Séti le vit aussi sans doute, une clarté mystérieuse se répandre sur son visage et luire dans ses yeux, quelque chose comme le reflet de l'inspiration divine.

— Comment serais-je capable, moi, pauvre fille israélite, de prouver à Ton Altesse que mon Dieu est le vrai Dieu, et que les dieux d'Egypte sont de faux dieux ? Je n'en sais rien. Et pourtant... parmi tous les dieux que vous adorez, y en a-t-il un que vous êtes prêts à opposer au mien ?

— Certainement, Israélite, répliqua Userti, c'est Ammon-Râ, père de tous les dieux, qui tirent de lui leur essence et leur puissance. Sa statue se dresse dans le sanctuaire de son temple antique. Que ton dieu l'en déloge, s'il en est capable ? Mais que peux-tu mettre en avant pour défier la majesté d'Ammon-Râ ?

— Mon dieu n'a pas de statue, Princesse, et son sanctuaire est dans le cœur des hommes. C'est, du moins, ce que m'ont enseigné ses prophètes. Je n'ai rien à mettre en avant dans cette guerre, si ce n'est ce qu'on risque dans toutes les guerres : ma vie.

— Que veux-tu dire ? demanda Séti, étonné.

— Moi, seule et sans amis, je pénétrerai en présence d'Ammon-Râ, dans son temple d'élection, et, au nom de mon Dieu, je le sommerai de me tuer s'il en est capable.

Nous la regardions avec stupeur. Userti exclama :

— S'il en est capable ! Entends la blasphématrice, et toi, Séti, grand prêtre héréditaire d'Ammon, le Père, relève sa provocation ! Qu'elle expie de sa vie son sacrilège !

— Et, si Ammon, le dieu suprême, ne veut pas ou ne peut pas te tuer, femme, comment ceci prouvera-t-il que ton dieu est plus grand que lui ? demanda le prince. Peut-être sourira-t-il de ton audace et, dans sa pitié, dédaignera l'insulte, comme ton dieu l'a fait pour moi.

— Voilà comment je le prouverai, Altesse ! S'il ne m'arrive rien ou si je suis protégée de ce qui arrivera, je demanderai à mon Dieu de donner un signe de sa puissance, d'accomplir un miracle et d'humilier Ammon-Râ sous tes yeux.

— Et si ton Dieu souriait aussi et dédaignait cette affaire, comme il l'a fait pour moi l'autre jour, quand tes prêtres en appelaient à lui, qu'aurons-nous appris de sa puissance ou de celle d'Ammon-Râ ?

— Prince, tu n'auras rien appris. Si j'échappe à la colère d'Ammon et si mon dieu reste sourd à ma prière, je suis prête à me remettre entre les mains des prêtres d'Ammon pour qu'ils vengent sur moi mon sacrilège.

— C'est un grand cœur qui parle ainsi, dit Séti. Mais je ne suis pas d'avis que cette femme mette son existence en jeu dans de telles conditions. Je crois que ni le dieu suprême d'Egypte ni le dieu des Israélites ne consentiront à se manifester, mais je suis tout à fait certain que les prêtres d'Ammon vengeraient le sacrilège, et fort cruellement. La chance est contre toi, femme : tu ne prouveras pas avec du sang que ta croyance est vraie.

— Pourquoi pas ? demanda Userti. Qu't'est donc cette jeune fille, Séti, pour que tu lui épargnes le châtiment de sa perversité, toi, qui, en titre du moins, es le grand prêtre du dieu qu'elle blasphème, et qui portes les insignes sacerdotaux aux cérémonies du temple ? Elle a foi en son dieu, laisse donc à son dieu le soin de la secourir comme elle a osé prétendre qu'il le ferait.

— Tu as foi en Ammon, Userti. Es-tu prête à risquer ta vie contre celle de Mérapi, dans cette contestation ?

— Je ne suis pas si vaine et insensée que de croire, Séti, que le dieu de l'univers descendra du ciel à ma prière pour me protéger comme cette fille impie ose le demander à son dieu.

— Tu refuses ! Et toi, Ana, qui es un fidèle adorateur d'Ammon, quelle est ton opinion ?

— Oh ! Prince, il serait présomptueux de ma part de prendre le pas dans une telle question sur le grand prêtre du dieu.

Séti sourit et répliqua :

— Le grand prêtre déclare qu'il serait présomptueux de sa part de pousser si loin les prérogatives d'une haute fonction à laquelle il n'a jamais aspiré.

— Altesse, dit Mérapi, de sa voix douce comme le miel, fais-moi, je t'en prie, la grâce de me laisser tenter cette épreuve. On ne rétracte pas des paroles comme celles que j'ai prononcées, elles sont déjà inscrites dans le livre de l'éternité et, tôt ou tard, d'une manière ou d'une autre, elles doivent s'accomplir. J'ai risqué ma vie dans cette partie, je suis impatiente de savoir si j'ai perdu.

Userti elle-même la regardait avec admiration. Mais elle répondit seulement :

— J'espère, Israélite, que ce courage ne t'abandonnera pas quand tu te verras à la merci de Ki, le sacrificateur d'Ammon, et des prêtres, sous les voûtes du temple que tu veux profaner.

— Je l'espère aussi, Altesse, si tel doit être mon destin. Exauce-moi, Prince d'Egypte.

Séti la regarda, debout devant lui, si calme, le front courbé et les mains croisées sur la poitrine. Puis il se tourna vers Userti. Elle avait un sourire moqueur. Il lut comme moi le sens de ce sourire. Elle ne croyait pas qu'il permettrait à cette femme si belle, à laquelle il devait la vie, de risquer la sienne pour qui que ce soit, ni même pour toutes les puissances du ciel et de l'enfer. Il fit quelques pas de long en large dans la chambre, puis il s'arrêta et dit brusquement, en s'adressant non à Mérapi, mais à Userti :

— Qu'il en soit fait selon ton désir ! Mais souviens-toi que, si cette femme vaillante échoue et meurt, tes mains resteront teintes de son sang, et que, si elle triomphe et vit, je la tiendrai pour une des plus nobles de son sexe et ferai une étude approfondie de toute cette question de religion… Lune d'Israël, en tant que grand prêtre d'Ammon-Râ, j'accepte ton défi, quoique j'ignore s'il plaira au dieu de le relever. L'épreuve aura lieu demain, dans le sanctuaire du temple, à une heure qu'on t'indiquera. Je serai présent pour veiller à ce que tout se passe avec loyauté. D'autres personnages m'accompagneront. Prends note de mes ordres, scribe Ana, et fais appeler Roy, le premier prêtre d'Ammon, avec Ki, magicien et sacrificateur, pour que je puisse m'entretenir avec eux. Salut, Mérapi !

L'Israélite se dirigea vers la porte, mais, au moment de sortir, se retourna et dit :

— Je te rends grâce, Prince, en mon nom et en celui de mon peuple. Quoi qu'il advienne, je te supplie de ne pas oublier la prière que je t'ai adressée, et de sauver du glaive les gens de ma race, car ils sont innocents. Je demande qu'on me laisse seule jusqu'à l'heure où je serai convoquée au temple, car je dois me préparer à l'épreuve.

Userti s'en alla aussi, sans une parole.

— Oh ! ami, qu'ai-je fait ? dit Séti. Y a-t-il des dieux ? Réponds ! Y a-t-il des dieux ?

— Nous l'apprendrons peut-être demain, Prince. Mérapi, du moins, croit qu'il y a un dieu, et on lui a sans doute ordonné de mettre sa foi à l'épreuve. Tel est, selon moi, le véritable message que Jabez, son oncle, lui a apporté.

C'était l'heure qui précède l'aube, au moment où la nuit est le plus noire. Nous étions dans le sanctuaire de l'antique temple d'Ammon-Râ, éclairé par de nombreuses lampes. Lieu d'une majesté redoutable ! Deux rangées de grandes colonnes s'élançaient jusqu'à la voûte massive. Au fond du sanctuaire, se dressait la statue d'Ammon-Râ, dont la taille atteignait trois fois celle d'un homme. De la couronne qui ceignait son front, s'élevaient deux grandes plumes sculptées dans la pierre. Il tenait dans ses mains le fouet du commandement avec les attributs symboliques de la puissance et de l'éternité. La lueur des lampes vacillait sur son visage grave et terrible, qui regardait vers l'Orient. A sa droite, s'érigeait la statue de Mout, la Mère de toutes choses. La déesse portait la double couronne d'Egypte, surmontée de l'uraeus. Elle avait à la main la croix encerclée, emblème de la vie éternelle. A la gauche d'Ammon, était placée la statue de Khonsou, le dieu de la lune, à tête d'épervier, ayant sur le front le croissant de la nouvelle lune, surmonté du disque de la pleine lune ; il portait aussi dans sa main droite la croix encerclée, emblème de la vie éternelle, et, dans la gauche, le bâton de la puissance. Telle était cette redoutable trinité. Mais le plus grand des trois était Ammon-Râ, à qui le temple était dédié. Dressées au-dessus de nous sur le fond ténébreux, ces divinités offraient un aspect terrible.

Il y avait là Séti, le prince, revêtu de la tunique blanche du prêtre et coiffé d'une mitre de toile, mais sans ornement, et Userti, la princesse, qui était grande prêtresse de Hathor, la souveraine de l'Occident, la déesse de l'Amour et de la Nature. Elle portait la coiffure à tête de vautour de Hathor, surmontée du disque de la lune en argent. Là se trouvaient aussi Roy, le grand prêtre, vieillard à la mine farouche, dans ses habits sacerdotaux : Ki, le sacrificateur, qui était magicien ; Baknikhonsou, moi-même et des prêtres d'Ammon-Râ, Mout et Khonsou. Un chant solennel monta de derrière les statues, mais on ne voyait pas ceux qui chantaient.

Des ténèbres qui régnaient au fond du temple, une femme s'avança, enveloppée d'un long manteau, sous la conduite de deux prêtresses. Elles l'amenèrent sous la statue d'Ammon, lui ôtèrent son manteau et se retirèrent en lui lançant un regard de haine et de crainte.

Mérapi était vêtue de blanc et portait une guimpe blanche, fixée sous le menton avec une fibule ornée d'un scarabée que Séti lui avait donnée à Goshen, et qui mettait dans cette blancheur une tache d'un bleu pur. Elle ne regarda ni à droite ni à gauche ; elle considéra un instant la gigantesque statue du dieu, qui se dressait, menaçante, au-dessus d'elle, puis, avec un léger frisson, baissa les yeux sur les dalles qui recouvraient le sol.

— A qui ressemble-t-elle ? me chuchota Baknikhonsou.

— A une morte que l'on vient de préparer pour les embaumeurs, répondis-je.

Il secoua sa grosse tête.

— A une épousée que l'on va conduire à son mari.

Il secoua encore la tête.

— Alors à une prêtresse qui s'apprête à lire dans le livre des mystères.

— Cette fois, tu as trouvé, Ana !... et qui s'apprête à comprendre ce qu'elle lit, ce que font peu de prêtresses. Les trois réponses étaient justes, d'ailleurs, car je crois voir en cette femme la fatalité qui est la mort, la vie qui est l'amour, et l'esprit qui est la puissance.

« Elle possède une âme qui reçoit à la fois le baiser du ciel et celui de la terre.

— Oui, mais auquel des deux appartiendra-t-elle à la fin ?

— Nous l'apprendrons avant l'aube, Ana. Attention, le combat commence.

Roy, le prêtre, s'avança devant la statue du dieu et répandit sur ses pieds de l'eau et des parfums. Puis il étendit les mains, et tous ceux qui étaient là se prosternèrent, sauf Mérapi, qui restait seule debout dans l'immense vaisseau, comme le survivant d'une bataille.

— Salut à toi, Ammon-Râ, commença-t-il, seigneur du ciel, toi qui as créé toute chose, qui as engendré les dieux, qui as déroulé les cieux et posé les fondements de la terre ! O dieu des dieux, voici devant toi cette femme, Mérapi, fille de Nathan, enfant de la race d'Israël, qui ne te reconnaît pas. Cette femme blasphème ta puissance, elle te défie, elle place son dieu au-dessus de toi. Est-ce vrai, femme ?

— C'est vrai, répondit Mérapi d'une voix grave.

— Elle te défie, toi l'unique aux aspects innombrables. Si, dit-elle, le dieu Ammon des Egyptiens est plus grand que mon dieu, qu'il m'arrache des bras de mon dieu, qu'il prenne ici dans son temple le souffle de mes lèvres, et que je ne sois plus qu'un peu de limon ! Sont-ce là les paroles, ô femme ?

— Ce sont mes paroles, dit-elle de la même voix grave.

Je frissonnai en l'écoutant.

Le prêtre poursuivit :

— O seigneur du temps, seigneur de la vie, seigneur des esprits et des divinités du ciel, seigneur de la terreur, montre-toi maintenant dans ta majesté et réduis cette blasphématrice en poussière.

Roy s'écarta, et Séti s'avança.

— Sache, ô dieu Ammon, dit-il en s'adressant à la statue comme s'il parlait à un être vivant, sache de mes lèvres, celles de ton grand prêtre, prince et héritier d'Egypte par la naissance, quelles grandes choses dépendent de cette épreuve pour le pays d'Egypte, l'ordre de la succession peut en être changé sur le trône que tu as donné à ses rois. Cette femme d'Israël te jette un défi à la face, elle prétend qu'il y a un dieu plus grand que toi,

et que tu ne peux pas la frapper sous le bouclier de sa puissance. Elle dit encore qu'elle conjurera son dieu de se révéler et d'accomplir un miracle contre toi. Enfin elle déclare que, si tu ne la frappes pas et si son dieu ne donne aucun signe de sa puissance, elle est prête à se livrer aux prêtres pour subir le châtiment de son blasphème. Ton honneur est en jeu contre sa vie, ô dieu suprême de l'Egypte. Et nous, tes adorateurs, nous attendons de voir de quel côté penchera la balance.

— Bien et justement exposé ! murmura Baknikhonsou à mon oreille. Si Ammon nous manque, que penseras-tu d'Ammon, Ana ?

— J'écouterai l'opinion du grand prêtre et penserai ce qu'il pensera, répondis-je.

J'étais terriblement effrayé dans mon cœur pour Mérapi et, à parler franc, pour moi-même, à cause des doutes qui s'emparaient de mon esprit et dont je ne pouvais me délivrer.

Séti s'écarta, reprenant sa place auprès d'Userti. Ki s'avança à son tour et dit :

— O Ammon, moi, ton sacrificateur, moi, ton magicien, qui tiens de toi mon pouvoir, moi, prêtre et serviteur d'Isis, Mère des Mystères, reine des dieux, je t'invoque. Celle qui se tient devant toi n'est qu'une femme hébraïque. Pourtant, comme tu le sais, ô Père, elle est plus qu'une femme dans ce temple ; elle est la voix et le glaive de ton ennemi, Iahveh, dieu des Israélites. Elle croit peut-être qu'elle est venue ici de sa propre volonté ; mais, tu le sais, Père Ammon, comme je le sais, elle est envoyée par les grands prophètes de son peuple, ces magiciens qui gouvernent son âme avec des sorts et la poussent à travailler à ta ruine afin de te courber, toi, Ammon, sous le talon de Iahveh. L'enjeu paraît bien mince : la vie de cette jeune fille, pas davantage ! et pourtant il est immense, car ce qui est en cause, ô Père, le voici : Est-ce Ammon ou Iahveh qui régnera sur le monde ? Si tu es vaincu cette nuit, tu es vaincu pour toujours ; si tu triomphes, tu triomphes pour jamais. Dans cette figure de pierre se cache ton esprit ; dans la forme de chair de cette femme, se cache l'esprit de ton ennemi. Frappe-la, ô Ammon, réduis-la en poussière ! Ne permets pas que la force qui est en elle prévale contre ta force de peur que ton nom ne soit profané, que le pays qui sert de trône à ta divinité ne soit précipité dans le malheur, de peur aussi que les sorciers des Israélites ne l'emportent sur nous, tes serviteurs. Telle est la prière du Kherheb, Ki, ton magicien, dans l'âme duquel il t'a plu de déposer la force et la sagesse.

Un grand silence suivit cette invocation.

J'observais la statue du dieu et je crus la voir remuer. Les autres devaient avoir la même impression, à en juger par leur mine troublée. Il me semblait qu'Ammon roulait ses yeux de pierre, levait le fouet de la domination dans sa main de granit. Ces prodiges s'accomplissaient-ils sous l'influence d'un esprit ou par l'habileté d'un prêtre ou par la magie de Ki ? Je l'ignore.

Un grand vent s'éleva, s'engouffrant dans le temple, faisant flotter nos vêtements et vaciller les lampes. Seule la robe de Mérapi restait inerte. La jeune fille pourtant devait voir quelque chose qui m'échappait, car soudain l'effroi se refléta dans son regard.

— Le dieu s'éveille, chuchota Baknikhonsou, c'en est fait de la belle Israélite. Vois, le prince tremble, Ki sourit et l'expression du triomphe éclaire le visage d'Userti.

Comme il parlait, le scarabée bleu fut arraché de la gorge de Mérapi comme par une main invisible. Il tomba sur les dalles avec la guimpe de la jeune fille dont les beaux cheveux se dénouèrent.

Alors les yeux de la statue cessèrent de rouler, le vent s'apaisa et ce fut de nouveau le silence.

Mérapi se baissa, ramassa sa guimpe, la remit sur sa tête, retrouva le scarabée, et tranquillement, comme peut le faire une femme occupée à sa toilette, fixa de nouveau la fibule à sa place. Cette vue devait être désagréable à Userti, car je l'entendais respirer avec peine.

Nous attendîmes longtemps. Je lisais l'étonnement et le doute sur le visage des prêtres, la rage sur celui de Ki, et voyais un léger sourire flotter sur les lèvres de Séti. Mérapi avait fermé les yeux, mais, à la fin, elle les rouvrit et, tournant la tête vers le prince, demanda :

— O grand prêtre d'Ammon-Râ, ton dieu a-t-il exercé sa volonté sur moi ou dois-je attendre encore avant d'invoquer mon Dieu ?

— Fais ce que tu veux ou ce que tu peux, femme. Mais finissons-en, car l'aube approche et la cérémonie de l'adoration va bientôt commencer.

Alors Mérapi joignit les mains et, levant les yeux, prononça d'une voix douce cette simple prière :

— O Dieu de mes pères, je me suis confiée à toi, moi, humble fille de ton peuple d'Israël, et j'ai remis entre tes mains la vie que tu m'as donnée. Si, comme je le crois, tu es le Dieu des dieux, je te conjure de révéler ta présence et d'accomplir un miracle sur ce dieu des Egyptiens. Manifeste ainsi ta gloire et retiens le souffle de la vie dans ma poitrine. S'il ne te plaît pas de m'exaucer, alors fais-moi mourir, comme je l'ai mérité sans doute pour mes nombreux péchés. O Dieu de mes pères, je t'adresse ma prière, entends-la ou rejette-la selon ta volonté.

Je sentais en l'écoutant les larmes me monter aux yeux. Elle était si abandonnée ! Ce Dieu qu'elle invoquait ne viendrait pas, j'en avais peur, pour la sauver des tortures que les prêtres lui préparaient. Séti détournait la tête et regardait vers la porte du sanctuaire, par où l'on découvrait un coin du ciel blanchi par les premières lueurs de l'aube.

Le silence régna de nouveau, puis le vent se remit à souffler avec une violence extraordinaire, éteignant les lampes et, à ce qu'il me sembla, poussant de côté Mérapi. Le sanctuaire était plein de ténèbres. Mais tout à coup les premiers rayons du soleil levant s'insinuèrent sous la voûte. Ils s'abaissèrent peu à peu et restèrent suspendus comme une épée de feu sur la statue d'Ammon-Râ. Je crus voir l'image de pierre bouger encore et lever le bras comme pour se protéger la tête. Puis, avec un bruit assourdissant, son énorme masse se fendit et tomba en poussière sur le trône où elle était assise.

— Voyez ! mon dieu m'a répondu, à moi la plus humble de ses servantes, dit Mérapi de sa même voix douce. Voyez le signe et le miracle !

— Magicienne ! cria Roy, le prêtre, et il prit la fuite avec les autres officiants.

— Sorcière ! siffla Userti et elle s'enfuit aussi.

Il ne resta que le prince, Baknikhonsou, Ki, le magicien, et moi, avec Mérapi.

Nous étions stupéfaits. Ki pourtant se tourna vers la jeune fille et parla. Il était terrible à voir. L'épouvante et la fureur se mêlaient sur sa mine. Ses yeux étranges luisaient comme des lampes. Il parlait bas et les autres ne l'entendaient pas ; mais moi, qui étais près de lui et de Mérapi, je ne laissais pas échapper un seul mot.

— Ta magie est bonne, Israélite ! murmura-t-il, si bonne qu'elle l'a emporté sur la mienne, ici, dans le temple où je sers.

— Je n'ai pas de magie, repartit la jeune fille. Je n'ai fait qu'obéir à un ordre du Très-Haut.

Il rit amèrement et demanda :

— Pourquoi deux personnes qui exercent le même métier essayeraient-elles de se duper l'une l'autre ? Enseigne-moi tes secrets et je t'enseignerai les miens ; à nous deux, nous mènerons l'Egypte.

— Je n'ai pas de secrets, j'ai seulement la foi, répliqua Mérapi.

— Femme, reprit-il, femme ou démon, veux-tu m'avoir pour ami ou pour ennemi ? Tu m'as humilié, car c'était à moi et non pas à leur dieu que les prêtres se fiaient pour te détruire. Néanmoins, je peux encore pardonner. Choisis, sachant que mon amitié te donnera la vie, la richesse et le pouvoir, mais que ma haine te conduirait à la honte et à la mort.

— Ton esprit s'égare et tu ne sais plus ce que tu dis. Je te répète que je n'ai aucun secret de magie à donner ou à refuser, repartit la jeune fille.

Et elle lui tourna le dos.

Ki grommela une malédiction, s'inclina devant le tas de décombres qui avait été la statue du dieu et disparut entre les colonnes du sanctuaire.

— Ho ! ho ! ho ! rit Baknikhonsou, ce n'est pas en vain que j'ai vécu si vieux, car nous avons maintenant un nouveau dieu en Egypte et voici sa prophétesse.

Mérapi s'approcha du prince.

— O grand prêtre d'Ammon, dit-elle, te plaît-il de me laisser partir, car je suis à bout de force.

CHAPITRE X

LA MORT DE PHARAON

C'était le jour et l'heure fixés. Sur l'ordre du prince, je pris place dans son char pour aller au palais de Pharaon, Son Altesse Userti ayant refusé de monter avec lui. Nous parlâmes ensemble pour la première fois de ce qui s'était passé dans le temple.

— As-tu revu Mérapi ? me demanda-t-il.

Je répondis que non. Elle restait enfermée chez elle, malade et contrainte de garder le lit.

Photo : Sascha.

Le couronnement eut lieu en grande pompe, aux acclamations de la foule.

X.

Photo : Sascha.

Le cortège royal traversa ensuite la ville au milieu de la foule qui l'acclamait.

XI.

— Elle fait bien de ne pas sortir, observa Séti, car les prêtres l'assassineraient s'ils en trouvaient l'occasion. Et il n'y a pas qu'eux, ajouta-t-il en lançant un regard en arrière vers le char qui portait Userti dans sa pompe. Ana, es-tu capable d'interpréter ces prodiges ?

— Pas moi, Prince ! Je pensais que, peut-être, Son Altesse, le grand prêtre d'Ammon, m'éclairerait là-dessus.

— Le grand prêtre d'Ammon erre dans des ténèbres impénétrables. Ki et les autres jurent que cette Israélite est une sorcière qui a déjoué leur magie. Mais il me paraît plus simple d'admettre qu'elle dit la vérité et que son dieu est plus grand que le nôtre.

— S'il en est ainsi, que devons-nous faire, nous, qui avons fait vœu d'être fidèles aux dieux d'Egypte ?

— Courber la tête et tomber avec eux, Ana, car l'honneur ne nous permet pas de les abandonner.

— Même s'ils sont faux, Prince ?

— Je ne crois pas qu'ils soient faux, quoiqu'ils soient peut-être moins vrais. En tout cas, ce sont les dieux des Egyptes, et nous sommes Egyptiens.

Il fit une pause en considérant la foule qui encombrait les rues, puis ajouta :

— Vois, quand je suis passé par ici, il y a trois jours, j'ai été accueilli par les acclamations du peuple ; maintenant, tout le monde se tait.

— Peut-être la nouvelle de ce qui s'est passé dans le temple s'est-elle répandue parmi les habitants.

— Sans doute, mais ce n'est pas ce qui les trouble, car les dieux sont, à leur avis, capables de se défendre. Seulement, on leur a dit que je suis l'ami des Hébreux, qu'ils détestent, et ils commencent à me détester aussi. Pourquoi m'en plaindrais-je, quand Pharaon leur montre le chemin ?

— Prince, murmurai-je, que vas-tu dire à Pharaon ?

— Cela dépend de ce que Pharaon me dira. Si je refuse d'abandonner mes dieux quand ils ont l'air d'être les plus faibles, serait-ce même mon avantage, crois-tu que je sois disposé à abandonner ces Hébreux parce qu'ils sont les plus faibles, fût-ce pour gagner un trône ?

— C'est la réponse d'une grande âme, dis-je.

Et, comme nous descendions du char, il me remercia d'un regard.

Nous gagnâmes cette même chambre où Pharaon m'avait donné ma chaîne d'or. Il y trônait déjà, la double couronne en tête. Tous les personnages de sang royal étaient rassemblés autour de lui avec les hauts fonctionnaires de l'Etat. Nous le saluâmes, mais il n'eut pas l'air de faire attention à nous. Il avait les yeux mi-clos et me fit l'effet d'un homme très malade. La princesse Userti entra avec nous, et lui adressa quelques paroles de bienvenue et en lui offrant sa main à baiser. Puis il donna l'ordre de fermer les portes. A ce moment, un officier de la maison se présenta et annonça qu'un messager venant de la part des Hébreux demandait à parler à Pharaon.

— Qu'il entre ! dit Méneptah.

Le messager parut. C'était un homme entre deux âges, au regard farouche, avec de longs cheveux qui tombaient sur sa tunique en peau de mouton. Il s'arrêta devant le trône de Pharaon sans faire aucune salutation.

— Expose ton message et va-t'en, dit Néhési, le vizir.

— Voici les paroles que les pères d'Israël t'adressent par ma bouche, cria l'homme d'une voix qui fit retentir les voûtes de la salle. Il est venu à nos oreilles, ô Pharaon, que Mérapi, fille de Nathan, qui est réfugiée dans ta ville et qu'on a surnommée Lune d'Israël, s'est révélée prophétesse puissante. Dieu lui a donné sa force. Se trouvant seule parmi les prêtres et les magiciens d'Ammon, elle est restée invulnérable à leurs sorcelleries, et elle a réduit en poussière l'idole d'Ammon avec le glaive de la prière. Nous demandons que cette prophétesse nous soit rendue, en faisant serment pour notre part de la remettre à son mari et de ne lui infliger aucun châtiment pour des crimes ou des trahisons qu'elle aurait commis contre les gens de sa race.

— Quant à cela, répliqua tranquillement Pharaon, présente ta requête au prince d'Egypte, à la maison duquel cette femme appartient. S'il lui plaît de rendre à son fiancé et à ses parents celle que je considère à son comme une sorcière ou comme une adroite faiseuse de tours, qu'il le fasse. Ce n'est pas à Pharaon de décider du sort des esclaves privées.

L'homme tourna sur ses talons et, s'adressant à Séti, déclara :

— Tu as entendu, Fils du Roi ? Veux-tu rendre la liberté à cette femme ?

— Je ne peux promettre ni de lui rendre la liberté, ni de la lui enlever, répliqua Séti, car Mérapi n'appartient pas à ma maison, et je n'ai aucune autorité sur elle. Elle m'a sauvé la vie et elle habite, pour sa sûreté, dans l'enceinte de mon palais. S'il lui plaît de partir, elle le peut ; s'il lui plaît de rester, elle le peut aussi. Quand l'audience de la cour sera terminée, je te donnerai un sauf-conduit pour pénétrer auprès d'elle, et tu apprendras de ses propres lèvres, en ma présence, quel est son bon plaisir.

— Tu as ta réponse, va-t'en maintenant, dit Néhési.

— Pas encore ! s'écria l'homme, j'ai autre chose à dire. Ainsi parlent les pères d'Israël : Nous connaissons le noir dessein de ton cœur, ô Pharaon. Il nous a été révélé que tu médites d'exterminer les Hébreux par le glaive, et que le prince d'Egypte a résolu de les sauver. Renonce à ton dessein, ô Pharaon, et sans tarder de peur que la mort ne tombe sur toi du haut du ciel.

— Silence ! tonna Méneptah, d'une voix qui domina les murmures de la cour. Chien d'Hébreu, tu oses menacer Pharaon sur son trône ! Je te le dis, si tu n'étais pas un messager et placé, par conséquent, jusqu'au coucher du soleil, sous la protection de notre loi antique, je te ferais écarteler. Hors d'ici ! Qu'on abatte cet homme si on le trouve dans la ville après la tombée de la nuit !

Plusieurs conseillers se jetèrent sur l'Hébreu et le poussèrent dehors avec rudesse. A la porte, il se dégagea et cria :

— Médite mes paroles, Pharaon, avant que le soleil soit couché ; et vous, grands d'Egypte, méditez-les aussi avant qu'il se lève de nouveau !

On le chassa à coups de poing, et les portes se refermèrent. Méneptah reprit la parole :

— Maintenant que ce braillard est parti, qu'as-tu à me dire, Prince d'Egypte ? Me donnes-tu encore le conseil que tu as inscrit dans le rouleau ? Refuses-tu toujours, comme héritier du trône, d'approuver ma résolution d'exterminer ces maudits Hébreux par le glaive de ma justice ?

Tous les yeux se tournèrent vers Séti, qui réfléchit un instant et repartit :

— Que Pharaon me pardonne, mais le conseil que je lui ai donné, je le lui donne encore. L'approbation que je lui ai refusée, je la lui refuse encore. Car mon cœur me dit qu'il est juste d'agir ainsi, et je crois épargner à l'Egypte bien des malheurs.

Quand les scribes eurent fini d'écrire ces mots, Pharaon demanda :

— Prince d'Egypte, si tu t'assieds un jour sur le trône à ma place, est-ce encore ton intention de laisser les Hébreux s'en aller librement en emportant les richesses qu'ils ont amassées dans ce pays ?

— Que Pharaon me pardonne, c'est toujours mon intention.

L'assemblée accueillit ces paroles fatales par un murmure d'étonnement. Il se prolongeait encore, lorsque Pharaon, se tournant vers Userti, questionna :

— Est-ce aussi ton conseil, ta volonté et ton intention, ô Princesse d'Egypte ?

— Que Pharaon m'écoute ! répondit Userti d'un ton froid. Non, ce ne sont pas les miens. Dans cette grave question, mon seigneur, le Prince, suit un chemin et moi un autre. Mon conseil, ma volonté, mon intention sont ceux de Pharaon.

— Séti, mon fils, dit Méneptah plus tendrement que je ne l'avais jamais entendu parler, pour la dernière fois, m'adressant à toi non comme un roi, mais comme un père, je te prie de réfléchir. Tu es à l'âge d'homme, et je t'ai souvent associé aux actes du gouvernement, il est donc en ton pouvoir de refuser ton approbation à un grave décret d'Etat, mais en revanche, il est en mon pouvoir de t'écarter de mon chemin avec l'assentiment des grands prêtres et de mes ministres. Séti, je peux te déshériter et en élever un autre à ta place. C'est ce que je ferai, si tu persistes dans ton opposition. Réfléchis donc, mon fils.

Dans le silence profond qui suivit ces paroles, la voix de Séti résonna :

— J'ai réfléchi, mon père, je ne peux pas revenir sur ce que j'ai dit.

Alors, Pharaon se leva et s'écria :

— Vous tous qui êtes assemblés ici, sachez et faites proclamer hors de cette enceinte que je dépose Séti, mon fils, de ce rang de Prince d'Egypte, et le déclare écarté de la succession à la double couronne. Sachez que je ne dépose pas ma fille, Userti, Princesse d'Egypte, épouse du prince Séti. Tous les droits et privilèges qui lui reviennent en qualité d'héritière d'Egypte lui sont maintenus et s'il lui naît un enfant du prince Séti, il sera héritier du trône d'Egypte. Sachez que, si la princesse n'a pas d'enfant ou jusqu'à ce qu'elle en ait un, je désigne mon neveu, le comte Amenmsès,

fils de mon frère, le royal Khaémoua, qui repose dans le sein d'Osiris, pour occuper le trône d'Egypte quand je ne serai plus. Approche, comte Amenmsès !

Le cousin de Séti s'avança. Pharaon ôta de son front sa double couronne et la lui mit sur la tête.

— Par cet acte et ce signe, Amenmsès, je t'institue Prince royal d'Egypte, à la place de mon fils, le Prince Séti, déposé. Retire-toi, Prince royal d'Egypte, j'ai parlé.

— Vie, santé, force ! clamèrent les assistants en s'inclinant devant Pharaon.

Mais le prince Séti ne s'était pas courbé, n'avait pas bougé de sa place. Il s'écria :

— Et moi aussi, j'ai entendu. Plaise à Pharaon de déclarer si, avec mon héritage royal, il me prend la vie. Si oui, que ce soit tout de suite ! Mon cousin Amenmsès porte un glaive.

— Non, Fils, repartit tristement Méneptah. Je te laisse la vie et avec elle ton rang privé, tous tes biens, de quelque nature et en quelque lieu qu'ils soient.

— Que la volonté de Pharaon soit faite, répliqua Séti avec indifférence, en cela comme en toute chose ! Pharaon épargne ma vie jusqu'au jour où Amenmsès, son successeur, prendra sa place ; alors elle me sera ôtée.

Méneptah fut frappé. Cette pensée était nouvelle pour lui.

— Approche, Amenmsès, ordonna-t-il, et jure par le triple serment que nul ne peut rompre, jure par Ammon, par Phtah, et par Osiris, dieu de la mort, que jamais tu n'essayeras de nuire au prince Séti, ton cousin, soit dans son corps, soit dans la dignité et les prérogatives qui lui restent. Que Roy, prêtre d'Ammon, préside tout de suite devant nous à la prestation du serment !

Roy prononça le serment sous sa forme antique, qu'on n'entendait pas sans frémir, et Amenmsès, d'assez mauvais gré, je crois, le répéta après lui, ajoutant néanmoins ces mots pour finir :

— Je jure toutes ces choses, et j'appelle sur ma tête tous ces châtiments dans ce monde et dans l'autre si je manque à mon serment, pourvu toutefois que, le temps venu, le prince Séti me laisse en paix sur le trône qu'il a plu à Pharaon de me transmettre.

Quelques-uns murmurèrent qu'un tel serment n'était pas assez sûr, car parmi les assistants, il y en avait peu qui n'aimaient pas Séti dans leur cœur. La plupart le voyaient avec chagrin dépouillé de son héritage royal parce qu'il n'était pas du même avis que Pharaon sur une question de politique. Mais Séti ne fit qu'en rire et dit dédaigneusement :

— Laissez ! Que valent de tels serments ! Pharaon sur son trône est au-dessus de tous les serments, lui qui ne doit compte de ses actes qu'aux dieux. Et il y a des cœurs dont les dieux sont loin. Amenmsès n'a pas à redouter que je lui cherche querelle à propos d'une couronne, moi, qui, en vérité, n'ai jamais aspiré à la pompe ni aux soucis de la royauté et qui, privé d'eux, possède encore tout ce que je peux désirer. Je suivrai dorénavant mon chemin comme un simple noble d'Egypte, et si un jour il plaît au futur Pharaon d'abréger mon passage sur la terre, je ne

suis pas sûr que même alors j'en serai très affligé.
Je me soumets avec résignation au jugement des
dieux comme, à la fin, il sera lui-même forcé de
le faire. Pharaon, mon père, avant de nous séparer, je te demande la permission d'exprimer
les pensées qui s'éveillent en moi.

— Parle ! murmura Méneptah.

— Pharaon, ayant ta permission, je te déclare
que tu as fait une œuvre très mauvaise aujour-
d'hui, une œuvre réprouvée par les puissances,
quelles qu'elles soient, qui gouvernent le monde,
une aussi dont découleront des malheurs sans
nombre. Je crois que ces Hébreux sur lesquels tu
te proposes injustement d'appesantir ta main
exterminatrice, adorent un dieu aussi grand ou
plus grand que les nôtres et qu'ils triompheront
avec lui de l'Egypte. Je crois aussi que l'héritage
puissant dont tu m'as dépossédé ne procurera ni
joie ni honneur à celui qui le recueillera.

Ici, Amenmsès fit un mouvement comme pour
prendre la parole, mais Méneptah leva la main
pour lui imposer silence.

— Je crois (hélas ! pourquoi ai-je à le dire) que
tes jours sur la terre sont comptés et que nous
nous rencontrons pour la dernière fois en cette
vie. Adieu, Pharaon, mon père, que j'aime peut-
être plus encore à l'heure de la séparation ! Adieu,
Amenmsès, Prince d'Egypte ! Prends cet ornement, qui sera dorénavant porté par toi seul.

Et, ôtant le bandeau royal qui désigne l'héritier
du trône, Séti le tendit à Amenmsès, qui le prit et
le déposa sur son front avec un sourire de triomphe.

— Adieu, seigneurs et conseillers ! Je vous souhaite de trouver un meilleur maître que moi.
Viens, Ana, mon ami, s'il te plaît encore de t'attacher à moi, pour un peu de temps, maintenant
que je n'ai plus rien à donner !

Il s'interrompit, considérant gravement son
père, qui répondait à son regard avec des larmes
dans ses yeux caves et flétris.

Enfin, ne prêtant aucune attention (était-ce par
simple inadvertance) à la princesse Userti, qui
l'observait, perplexe et irritée, Séti se redressa, en
criant, selon le rite antique :

— Vie, santé, force ! Pharaon ! Pharaon ! Pharaon !

Et il s'inclina presque jusqu'à terre.

Méneptah entendit et murmura d'une voix
étouffée :

— O Séti, mon fils, mon bien-aimé fils !

Il étendit les bras comme pour rappeler Séti ou
peut-être pour l'étreindre, et, comme il faisait ce
geste, je vis son visage changer. L'instant d'après,
il tombait en avant et restait étendu inerte. L'assemblée était frappée d'horreur. Le médecin royal
courut à Pharaon, tandis que Roy et les autres
prêtres qui étaient là commençaient à murmurer
des prières.

— Le dieu bon a-t-il été recueilli dans le sein
d'Osiris ? demanda alors Amenmsès d'une voix
rauque. En ce cas, je suis Pharaon.

— Non, Amenmsès ! exclama Userti. Les décrets
n'ont été ni scellés ni promulgués, ils n'ont pas
force de loi !

Il n'eut pas le temps de répondre, le médecin
s'écriait :

— Paix ! Pharaon n'est pas mort, son cœur bat,
ce n'est qu'une crise qui peut se résoudre. Que
tout le monde s'en aille, il lui faut du calme.

Nous sortîmes, mais Séti avant de s'éloigner
s'agenouilla et baisa tendrement son père sur le
front.

Une heure plus tard, la princesse Userti faisait
irruption dans la pièce où nous étions en conversation, le prince et moi.

— Séti, commença-t-elle, Pharaon est encore vivant, quoique les médecins disent qu'il sera mort
à l'aube. Nous avons encore du temps devant
nous. Voici, j'ai un écrit scellé du sceau de Pharaon, par lequel il annule le décret qu'il a rendu à
la cour aujourd'hui et te proclame, toi son fils,
seul héritier authentique du trône d'Egypte.

— Est-il vrai, royale Epouse ? Explique-moi
comment un moribond sans connaissance a fait
pour dicter et sceller ce document ?

— Il est revenu à lui pour quelques instants,
Néhési te le dira, répliqua Userti en soutenant
froidement le regard du prince.

Puis, sans attendre la réponse, elle ajouta :

— Ne perds pas ton temps à m'interroger, mais
agis et tout de suite. Le commandant de la
garde attend en bas, il est ton fidèle serviteur. Par sa voix, j'ai promis une gratifica-
tion à tous les soldats pour le jour de ton
couronnement. Néhési et la plupart des officiers
sont de notre côté. Seuls, les prêtres sont contre
nous, à cause de cette femme israélite que tu pro-
tèges et de sa tribu à laquelle tu accordes ta
faveur. Mais ils n'ont pas eu le temps de soulever
le peuple et ils n'essayeront pas de se révolter.
Agis, Séti, agis ! car personne ne bougera sans un
ordre exprès de toi. Après cela, du reste, ta légi-
timité ne sera pas contestée ; de Thèbes à la mer
et dans le monde entier, tu es reconnu comme
l'héritier d'Egypte.

— Epouse, que veux-tu donc que je fasse ? demanda Séti comme la princesse s'interrompait
pour reprendre haleine.

— Ne le devines-tu pas ? Dois-je te mettre l'é-
nergie de gouverner dans la tête et un glaive dans
la main ? Ce scribe qui marche sur tes talons
comme un chien favori, ferait un meilleur élève.
Ecoute donc ! Amenmsès cherche à rassembler des
forces, mais il n'a pas trouvé jusqu'ici cinquante
hommes auxquels il puisse se fier.

Elle se pencha pour murmurer d'un ton farouche :

— Fais mettre à mort le traître Amenmsès, tout
le monde tiendra cette exécution pour un acte de
justice et le commandant de la garde n'attend
qu'un mot de toi.

— Non ! repartit Séti. S'il a plu à Pharaon de
désigner, comme il en a le droit, un personnage
de sang royal pour lui succéder, en quoi un tel
acte fait-il de ce personnage un traître envers
Pharaon, qui vit encore ? Quoi qu'il en soit, je
n'assassinerai pas mon cousin Amenmsès, traître
ou non.

— Alors, c'est lui qui t'assassinera.

— Peut-être. C'est une affaire que je le laisse
débattre avec Dieu. Le serment qu'il a prêté aujourd'hui n'est pas de ceux que l'on trahit à la
légère. Mais, qu'il l'observe ou non, j'en ai prêté

un, moi aussi, au moins dans mon cœur : je me suis juré de ne pas faire obstacle à la volonté de Pharaon, que j'aime en tant que père et honore en tant que roi, Pharaon, qui est encore en vie et se rétablira, je l'espère. Que lui dirais-je s'il recouvrait la santé, ou, dans une pire conjoncture, quand nous nous rencontrerons plus tard dans un autre monde ?

— Pharaon ne guérira pas. J'en ai parlé aux médecins, qui me l'ont déclaré. Déjà on lui perce le crâne pour faire sortir l'esprit pernicieux de la maladie et il n'est pas d'exemple qu'après une telle opération, personne de notre famille ait vécu bien longtemps.

— Parce qu'à mon avis, quoi que les prêtres et les médecins puissent dire, on fait entrer par ce moyen le bon esprit de la mort. Ana, je t'en prie, si...

— Epoux, interrompit Userti en frappant sur la table auprès de laquelle elle se tenait, ne comprends-tu pas que ta couronne est en train de t'échapper pendant que tu t'amuses à ratiociner ?

— Elle m'a déjà échappé, Femme. Ne m'as-tu pas vu la donner à Amenmsès ?

— Songes-y, toi qui pourrais être le plus grand roi du monde, tu ne seras plus dans quelques heures, si on te laisse la vie, qu'un citoyen privé, dont les mendiants eux-mêmes se riront et n'auront rien à redouter.

— Il est vrai !... Ce n'est pas par vertu que j'agis ainsi, puisqu'en somme je préfère cette perspective et consens à courir le risque d'être retranché d'un monde mauvais. Ecoute, ajouta-t-il, en changeant de ton et d'attitude, tu me crois faible et insensé ; tu me prends aussi pour un rêveur, toi, la femme d'Etat à l'œil clair, au cœur dur, qui ne vois que l'intérêt immédiat, qui es prête à l'acheter avec du sang et ne devines rien de ce qu'il y a au-delà. Mais je ne suis ni faible, ni insensé. Rêveur, oui, peut-être. Je m'efforce d'être juste et de faire le bien comme je crois le comprendre. Si je rêve, c'est en bien. non en mal. Tu es persuadée que mes rêves me conduiront ici-bas à la ruine et à la honte. Pour moi, je n'en suis pas certain. Je me figure qu'ils peuvent au contraire me conduire à la conquête de ces hochets dont la possession te tient tellement au cœur, mais par un chemin semé de fleurs et embaumé, non par un sentier jonché d'ossements humains où régnerait une odeur de sang. Les couronnes que l'on achète avec du sang et que l'on conquiert par la cruauté se perdent aussi dans le sang, Userti.

Elle leva la main :

— Epargne-moi le reste, je t'en prie, Séti, car je n'ai pas le temps de t'écouter. Si j'avais besoin de prophéties, je m'adresserais plutôt à Ki et à ceux qui consacrent leur vie à ce genre d'étude. Pour moi, ce jour appartient à l'action et non à la rêverie. Puisque tu refuses mon aide, et te comportes comme une fille malade, à l'humeur fantasque, je dois veiller à mon propre salut. Tant que tu es vivant, je ne peux ni régner seule, ni déclarer la guerre en mon propre nom. Je traiterai donc avec Amenmsès, qui me paiera la paix un bon prix.

— Va... et reviendras-tu, Userti ?

Elle se redressa de toute sa taille, avec une majesté vraiment royale, et répliqua :

— Je ne reviendrai pas. Moi, la Princesse d'Egypte, je ne peux pas vivre comme la femme d'un homme ordinaire, qui tombe d'un trône pour s'asseoir par terre, et remplace sur son front par de la boue l'uræus dont il était couronné. Quand tes prophéties se réaliseront, Séti, et que tu te relèveras de ta poussière, peut-être alors pourrons-nous reprendre cet entretien.

— Bien, Userti ! Reste à savoir ce que nous nous dirons.

— D'ici là, ajouta-t-elle en se dirigeant vers la porte, je te laisse à tes conseillers favoris... à ce scribe, que la folie et non la sagesse a blanchi avant le temps, à cette sorcière israélite, dont les lèvres perfides te donneront à boire des rayons de lune. Adieu, Séti, naguère prince et mon époux !

— Adieu, Userti, qui, je le crains, ne sera jamais que ma sœur.

Il la regarda partir et, se tournant vers moi, déclara :

— Aujourd'hui, Ana, j'ai perdu une couronne et une épouse ; mais, c'est étrange à dire, je ne sais pas lequel de ces malheurs me frappe le moins. Allons, il est temps que la fortune change ! Mais peut-être la série n'est-elle pas terminée. Ne voudras-tu pas me quitter aussi, Ana ? Bien qu'elle te raille dans sa colère, la Princesse pense du bien de toi et te prendrait à son service. Quoi qu'il arrive en Egypte, elle sera grande jusqu'à la fin.

— Oh ! Prince, répondis-je, n'en ai-je pas assez supporté aujourd'hui, que tu ajoutes l'insulte à mon fardeau, toi avec qui j'ai brisé la coupe et prêté le serment !

— Quoi ! fit-il en riant, il y a encore un homme en Egypte qui, pour son malheur, se souvient de ses serments ? Je te remercie, Ana.

Et, prenant ma main, il l'étreignit.

A ce moment, la porte s'ouvrit et le vieux Pambasa parut en disant :

— La femme israélite, Mérapi, voudrait te voir avec deux Hébreux.

— Introduis-les, ordonna Séti. Remarques-tu, Ana, comme ce vieil opportuniste se détourne du soleil couchant ? Ce matin, il aurait prononcé : « voudrait voir Son Altesse », en se courbant si bas que sa barbe aurait balayé le sol ; maintenant, il dit : « voudrait te voir », et il ne fait qu'une inclination de tête, un signe de politesse banale. Pourtant, ce drôle m'a pillé une année après l'autre, il s'est enrichi par ses prévarications ! Voici la première d'une série de leçons amères, ou plutôt la seconde... car la première m'est venue de Son Altesse Userti. Fasse le ciel que je les reçoive avec humilité !

Tandis qu'il méditait ainsi et que, n'ayant nul réconfort à lui offrir, je l'écoutais, triste en mon cœur, Mérapi entra, suivie du messager à la mine farouche, qui s'était présenté à la cour de Pharaon, et de son oncle Jabez, le rusé marchand. Ce dernier s'inclina très bas devant Séti et me sourit

Les deux Hébreux s'avancèrent et, après un léger salut, le messager prit la parole :

— Tu connais ma requête, Prince, dit-il. Que

cette femme retourne parmi son peuple ! Jabez, son oncle, l'emmènera.

— Et tu connais ma réponse, Israélite, répliqua Séti. Je n'ai pas le pouvoir de régler les pas et les démarches de Mérapi. Adresse-toi à elle !

— Que désires-tu de moi, prêtre ? demanda Mérapi.

— Retourne à Goshen, fille de Nathan. N'as-tu pas des oreilles pour entendre ?

— J'entends. Mais, si je retourne, qu'attends-tu de moi ?

— Que, t'étant révélée prophétesse dans le temple d'Ammon, tu mettes ton pouvoir au service de ton peuple. Tu recevras, en retour, le pardon des mauvaises actions dont tu t'es rendue coupable envers lui, comme nous te le promettons par serment au nom de Dieu.

— Je ne suis pas prophétesse, et je ne me suis rendue coupable d'aucune mauvaise action envers mon peuple. J'ai seulement empêché les miens de commettre un crime en assassinant un personnage qui s'est montré leur ami au point de risquer sa couronne pour les défendre.

— C'est aux Pères d'Israël et non à toi de juger, femme... Ta réponse !

— Le jugement n'appartient ni à eux ni à moi, mais à Dieu seul.

Mérapi fit une pause, puis ajouta :

— Est-ce tout ce que tu as à me demander ?

— C'est tout ce que demandent les pères. Mais Laban réclame sa fiancée.

— Et dois-je appartenir en mariage à... cet assassin ?

— Sans doute, tu dois appartenir à ce vaillant soldat, étant déjà sienne.

— Et si je refuse ?

— Alors, fille de Nathan, j'ai mission de te maudire au nom de Dieu, de te déclarer retranchée de la communauté de notre Seigneur, bannie de notre peuple. J'ai mission de t'annoncer, en outre, que ta vie est condamnée, et que tout Hébreu a le droit de te tuer en tout temps et en tout lieu sans encourir de blâme.

Mérapi pâlit un peu et, se tournant vers Jabez, demanda :

— Tu as entendu, mon oncle. Qu'en dis-tu ?

Jabez promena autour de lui son regard rusé, et dit avec onction :

— Ma nièce, tu ne peux refuser d'obéir au commandement des anciens d'Israël, qui parlent au nom du Seigneur, comme tu leur as obéi quand tu as défié la puissance d'Ammon.

— Tu me donnais hier un conseil différent, mon oncle. Tu me disais que je ferais mieux de rester où j'étais.

Le messager se tourna vers Jabez et le scruta d'un regard soupçonneux.

— Il y a une grande différence entre hier et aujourd'hui, repartit Jabez. Hier, tu étais protégée par un grand personnage qui devait devenir Pharaon, et tu aurais pu incliner son esprit en faveur de ton peuple. Aujourd'hui, il est privé de sa grandeur, et sa volonté n'a plus de poids en Égypte. Un lion mort n'est plus à redouter, ma nièce.

Séti sourit à cette insulte, mais le rouge de l'indignation couvrit le visage de Mérapi comme le mien.

— Il est arrivé, mon oncle, que l'on prenne pour morts des lions en sommeil, et ceux qui les ont frappés du pied l'ont appris à leurs dépens. Prince Séti, n'as-tu aucun avis à me donner dans mon embarras ?

— Quel embarras ? Si tu désires retourner parmi ton peuple... et auprès de Laban, qui, à ce que je vois, est remis de ses blessures, il n'y a rien entre toi et moi, sinon ma gratitude, qui me donne le droit de te conseiller de ne pas partir. Si, d'autre part, tu préfères rester, je ne suis peut-être pas si impuissant à protéger ou à frapper que ce digne Jabez se le figure, car je reste le plus grand seigneur d'Égypte avec un cœur fidèle à ceux que j'aime. Donc, si tu veux demeurer ici, tu peux le faire sans avoir à craindre d'être molestée par qui que ce soit, surtout par cet ami dans l'ombre duquel il te plaira de vivre.

— Ce sont là de bonnes paroles, murmura Mérapi, des paroles comme peu de gens en diraient à une femme dont on n'exige rien et qui n'a rien à donner.

— Trêve de bavardage ! gronda le messager. Obéis-tu ou dois-je te considérer comme rebelle ? Réponds.

Soutenant son regard, Mérapi déclara :

— Je ne retournerai pas à Goshen ni auprès de Laban, dont je n'ai pas envie de revoir le glaive.

— Peut-être le reverras-tu avant peu. Pour la dernière fois, réfléchis avant que la malédiction de ton Dieu et de ton peuple tombe sur toi, et, après elle, la mort. Car je te prédis la malédiction et la mort, moi qui ne suis pas un faux prophète, comme Pharaon le sait aujourd'hui, et comme le prince le sait aussi.

— Je ne crois pas que mon Dieu, qui lit dans le cœur de ses créatures, fera tomber sa vengeance sur une femme parce qu'elle refuse d'épouser un assassin, surtout quand elle ne l'a pas choisi de sa propre volonté. Car tel est, prêtre, le sort que tu m'offres. Je laisse au grand Juge de toutes choses le soin de me juger. Pour le reste, je te défie, toi et tes commandements. Si je dois mourir, tue-moi donc ! mais laisse-moi du moins maîtresse de moi-même et libre, moi qui ne suis ni l'amante, ni la femme, ni l'esclave d'aucun homme.

— Bien parlé ! me dit tout bas Séti.

Alors le prêtre devint terrible. Agitant les bras, roulant des yeux farouches, il lança sur la tête de cette pauvre fille, une hideuse malédiction dont nous ne comprenions pas grand'chose, car il parlait très vite dans un hébreu archaïque. Il la maudit, vivante et morte. Il la maudit dans l'amour et dans la haine ; dans l'enfantement ou dans la stérilité. Il maudit ses enfants et les enfants de ses enfants, jusqu'à la dernière génération. Enfin il la déclara exclue de la communauté des fidèles, rejetée par le Dieu qu'elle adorait, et la condamna à mourir de la main de quiconque pourrait l'abattre. Cette malédiction était si horrible que Mérapi reculait en frémissant, tandis que Jabez s'accroupissait sur le sol en se couvrant les yeux de sa main et que moi-même je sentais mon sang se glacer. A la fin il se tut, l'écume aux lèvres. Mais soudain il se remit à vociférer :

— Après le jugement, l'exécution !

Il tira un couteau de sa tunique et s'élança sur la jeune fille.

Elle se réfugia derrière nous. Il la poursuivit. Mais Séti lui barra le passage en criant :

— Ah ! je m'y attendais !

Il saisit le glaive de fer qu'il portait avec son costume de cérémonie, se jeta sur l'Hébreu. Et la première chose que je vis ensuite fut la pointe rougie du glaive sortant derrière les épaules du prêtre.

L'homme s'affaissa en râlant :

— Est-ce ainsi que tu prouves ton amour pour Israël, Prince ?

— C'est ainsi que je prouve ma haine pour les assassins !

— Oh ! s'écria Mérapi en se tordant les mains, voici encore que le sang d'un Hébreu est répandu à cause de moi ! Toute cette malédiction tombera sur ma tête.

— Non ! sur la mienne, femme, si les malédictions ont une vertu, ce dont je doute. Car, cette action, c'est moi qui l'ai accomplie. Du moins tu as échappé au couteau de cette brute furieuse.

— Oui, la vie m'est laissée, quoique peut-être pour peu de temps. Si ce n'était à cause de toi, Prince, à présent je...

Elle frissonna.

— Et si ce n'était à cause de toi, Lune d'Israël, à présent je...

Il sourit en ajoutant :

— Les fileuses du destin sont certainement en train de tisser autour de nous un étrange réseau. Tu m'as sauvé du glaive, puis je te sauve. Je pense, femme, qu'à la fin nous devrons mourir ensemble et donner à Ana que voici une matière pour la meilleure de toutes ses histoires.

« Ami Jabez, poursuivit-il en se tournant vers l'Israélite, qui était encore accroupi dans un coin, les yeux hors de la tête, retourne vers ton peuple au cœur tendre et fais-lui comprendre que Mérapi ne peut pas t'accompagner. Emporte cette charogne pour preuve de la véracité de ton récit. Dis aux gens d'Israël que, s'ils envoient d'autres brutes pour molester ta nièce, le même sort les attend ; mais que je ne leur tourne pas le dos, à cause des forfaits de quelques fous ou de quelques criminels : je leur en ai donné la preuve aujourd'hui. Ana, prépare-toi, car je pars pour Memphis. Veille à ce que Mérapi, qui voyagera seule, soit pourvue d'une escorte, si toutefois il lui plaît de quitter Tanis.

CHAPITRE XI

LE COURONNEMENT D'AMENMSÈS

En dépit de tous les maux qui fondaient sur l'Egypte et d'un certain chagrin secret dont j'étais affligé, les plus heureux des jours que les dieux m'ont donnés commencèrent pour moi. Nous allâmes à Mennefer, ou Memphis, la cité aux blanches murailles, où j'étais né, la ville que j'ai-

mais. Je n'avais plus pour logis une petite maison près de l'enceinte du temple de Phtah, qui est plus vaste et plus splendide que tous ceux de Thèbes ou de Tanis. Je demeurais dans le magnifique palais de Séti, qu'il avait hérité de sa mère, la grande épouse royale. Il s'élevait et s'élève certainement encore sur un monticule, hors des remparts, près du temple de la déesse Neit, dont le sanctuaire est toujours situé au nord de la cité (pourquoi ? je n'en sais rien, car ses prêtres ont été incapables de me le dire). Devant ce palais, face au nord, s'étend un grand portique dont le toit est supporté par des colonnes peintes, aux chapiteaux ornés de palmes. De là, on a la plus belle vue de toute l'Egypte. On découvre d'abord les jardins, puis les avenues de palmiers, puis les terres cultivées, puis le Nil, large et paisible, et, dans le lointain, le désert.

Nous habitions là, presque sans garde et menant un train modeste, mais vivant dans l'abondance et le confort. Nous passions le temps dans la bibliothèque du palais et dans celles des temples, ou, quand nous étions las d'étudier, dans les jardins ravissants ou en bateau sur le Nil. Mérapi demeurait là aussi, mais dans une aile séparée du palais, avec des esclaves et des suivantes que Séti lui avait donnés. Nous la rencontrions dans les jardins, où elle aimait à se promener aux mêmes heures que nous, avant la grande chaleur du jour ou dans la fraîcheur du soir, et, de temps en temps, la nuit, quand la lune brillait. Alors nous marchions ensemble tous les trois, car Séti ne cherchait jamais à se rencontrer seul avec elle ou à l'accompagner en promenade hors des murs du palais.

Ces entretiens étaient très agréables. Avec le temps ils devinrent de plus en plus fréquents. Mérapi avait soif de s'instruire, et le prince lui apportait des rouleaux à lire dans un pavillon d'été où nous pouvions nous asseoir. Si la chaleur était grande, nous nous installions au dehors, à l'ombre de deux arbres touffus qui étendaient leurs branches au-dessus du toit du petit abri. Séti commentait le texte des rouleaux et enseignait à Mérapi le secret de notre écriture. Parfois aussi, je lisais des histoires de ma composition, qu'ils se plaisaient tous deux à écouter ; ils le disaient du moins, et, dans ma vanité, je les croyais. Nous parlions des mystères et des merveilles du monde, des Hébreux et de leur destin ou de ce qui se passait en Egypte et dans les pays voisins.

Mérapi n'était pas non plus isolée, car il y avait à Memphis des dames qui avaient du sang hébreu dans les veines ou étaient nées israélites et avaient épousé des Egyptiens en violation de leur loi. Mérapi se faisait des amies parmi elles, et ces femmes se forgeaient ensemble une religion à leur façon sans avoir à en rendre compte à personne, car il n'y avait pas de prêtres pour les troubler.

Pour notre part, nous entretenions des rapports avec autant de gens qu'il nous plaisait. On n'oubliait pas que Séti était prince d'Egypte par la naissance, c'est-à-dire presque un demi-dieu, et tout le monde était impatient de lui apporter son hommage. Il était très aimé, particulièrement par les pauvres, dont il s'efforçait de soulager la misère autant que sa fortune le lui permettait. Aussi, quand il sortait ou qu'il était contraint de voyager, était-il reçu partout avec des honneurs presque royaux : si Pharaon avait pu lui ôter la couronne, il n'avait pas été capable de le priver en même temps du sang qui coulait dans ses veines.

En de telles occasions je tremblais pour sa sûreté, car, j'en étais persuadé, Amenmsès était informé par ses espions de tout ce qui concernait Séti, et il devait être jaloux d'un prince détrôné qui restait adoré de ceux sur lesquels il aurait dû régner. Je faisais part à Séti de mes doutes et lui conseillais de se faire garder par des hommes en armes quand il allait par les rues. Mais il riait et répliquait que, si les Hébreux n'avaient pas réussi à l'assassiner, il ne croyait pas que personne en fût capable. Il ne pensait pas non plus qu'il y eût dans tout le pays un Egyptien prêt à lever le glaive sur lui ou à lui verser du poison, si grassement payé qu'il fût pour le faire. Il ajoutait :

— Le meilleur moyen d'échapper à la mort est de n'en avoir pas peur, car Osiris alors nous évite.

J'ai à raconter les événements qui survinrent à Tanis. Le Pharaon Méneptah n'avait survécu que quelques heures, il n'avait même pas repris connaissance. Ce fut un grand deuil dans le pays, car, si Méneptah n'était pas aimé, on l'honorait du moins et on le craignait. Les Israélites furent seuls à manifester ouvertement leur joie, parce que le roi défunt avait été leur ennemi et que leurs prophètes avaient prédit sa mort. Ils déclaraient que Méneptah avait été frappé par leur dieu, ce qui surexcitait davantage la haine des Egyptiens à leur égard.

On était aussi dans le doute et la perplexité, car, en dépit de la proclamation qui avait été publiée dans tout le pays et qui déclarait le prince Séti déchu de ses droits à la couronne, le peuple, surtout dans les provinces du sud, ne pouvait pas comprendre comment ce décret avait été rendu pour une matière de si peu d'importance qu'une contestation à propos des esclaves pasteurs du pays de Goshen. Le prince n'aurait eu qu'à lever la main pour voir accourir aussitôt sous sa bannière des myriades de partisans. Mais il refusait de le faire, au grand étonnement de la foule, qui trouvait extraordinaire qu'il refusât un trône dont la possession l'aurait élevé presque au rang d'un dieu. Pour éviter les importunités de ses partisans, le prince s'était retiré tout de suite à Memphis et s'y était tenu dans une retraite sévère pendant la durée de son deuil. Il advint ainsi qu'Amenmsès succéda sans obstacle à Méneptah, car Userti ne voulait ou ne pouvait pas agir sans son mari.

Quand les pratiques de l'embaumement furent terminées, on fit remonter le Nil au corps de Pharaon Méneptah, afin de le déposer dans sa maison éternelle, le magnifique hypogée qu'il s'était fait creuser et aménager dans la Vallée des Rois, près de Thèbes. Le prince Séti ne fut pas invité à cette grande cérémonie, de peur que sa présence, comme me le confia plus tard Baknikhonsou, ne causât quelque soulèvement en sa faveur, avec ou sans son assentiment. Pour cette même

raison, Méneptah, le dieu défunt, accomplit d'une seule traite son dernier voyage sur le Nil, sans s'arrêter à Memphis.

Déguisé en homme du peuple, le prince regarda passer le bateau funèbre qui transportait le corps de son père, veillé par des prêtres en robe blanche, à la tête rasée, et qui formait le centre d'un cortège magnifique. En avant, cinglaient des galères chargées de soldats, de grands officiers, de magistrats. Derrière, venait le nouveau Pharaon et tous les hauts personnages d'Egypte. Une rumeur de lamentations se propageait sur la surface des eaux. La flottille parut, passa, et, quand on eut cessé de l'apercevoir, Séti pleura, car il aimait son père.

— De quoi sert d'être un roi et un demi-dieu, Ana, me dit-il, puisque de telles divinités finissent comme les mendiants qui traînent devant les portes du palais ?

— Prince, répondis-je, un roi peut faire plus de bien qu'un mendiant tant que le souffle ne lui est pas ravi, et laisser derrière lui un grand exemple pour les autres.

— Il peut faire plus de mal, Ana. Le mendiant qui subit ses épreuves avec résignation laisse aussi un grand exemple. Si j'étais sûr de ne jamais faire que le bien, peut-être souhaiterais-je être roi. Mais ceux qui ont envie de faire le plus de bien sont souvent ceux qui font le plus de mal.

— Si c'était vrai, ce serait une raison pour chercher à faire le mal.

— Non ! le bien finit par triompher. Car le bien se confond avec la vérité, et la vérité gouverne la terre et le ciel.

— En ce cas, tu devrais aspirer à devenir roi.

— Je me souviendrai de cet argument, Ana, si jamais le temps m'offre une occasion de prendre le sceptre sans répandre le sang.

Les obsèques de Pharaon terminées, Amenmsès rentra à Tanis et y fut couronné. Je me rendis à cette grande cérémonie, chargé de remettre des dons d'avènement et certains ornements royaux que le prince envoyait à Pharaon ; car, en tant que personnage privé, il ne pouvait, disait-il, les porter. Je les présentai à Pharaon, qui les reçut avec hésitation, ne comprenant pas, disait-il, la pensée ni la conduite du prince Séti.

— Son attitude ne cache aucune trahison, ô Pharaon, expliquai-je. De même que tu te réjouis dans la gloire que les dieux t'envoient, de même mon maître se réjouit dans le repos et la paix que les dieux lui ont donnés, et il ne réclame rien de plus.

— C'est possible, scribe ! Mais je trouve cela si étrange, que je crois parfois deviner sous les fleurs superbes de ma gloire quelque serpent caché, dont le prince connaît l'existence s'il ne l'y a pas placé lui-même.

— Le Prince, ô Pharaon, ignore l'astuce, mais il n'est certes pas un homme comme les autres. Son esprit est large et profond.

— Trop profond pour moi, grommela Amenmsès. Dis néanmoins à mon royal cousin que je le remercie de ses dons, spécialement des insignes qu'a portés, quand il était héritier d'Egypte, mon père Khaémoua, dont je voudrais que la sagesse m'eût été transmise comme il m'a transmis son sang. Dis-lui aussi que je ne ferai rien contre lui dans la situation qu'il a choisie tant qu'il n'essayera pas de me nuire et restera loyal envers moi.

Je vis aussi la princesse Userti, qui me posa maintes questions concernant son seigneur. Je lui répondis sans rien lui cacher. Elle écouta et demanda :

— Et qu'est-il advenu de cette femme, Lune d'Israël ? Sans doute elle a pris ma place.

— Non, Princesse, répondis-je. Le prince vit seul. Ta place n'a été prise ni par elle ni par une autre. Il traite Mérapi en amie, pas davantage.

— En amie ! Nous savons comment finissent de telles amitiés. Oh ! le prince a certainement été frappé de folie par les dieux.

— Il se peut, Altesse. Mais je pense que si les dieux frappaient beaucoup de gens d'une semblable folie, le monde serait meilleur qu'il ne l'est.

— Le monde est le monde, et la mission de ceux qui sont nés dans la grandeur est de le gouverner tel qu'il est, non de se cacher dans la retraite au milieu des livres et des fleurs, et d'y gaspiller son temps en vains bavardages avec une belle étrangère et un scribe, si savant soit-il, répliqua-t-elle avec amertume.

Et elle ajouta :

— Oh ! si le prince n'est pas fou, il en pousse du moins d'autres à la folie. Et moi, son épouse, parmi eux. Le trône est le sien... le sien. Il tolère pourtant qu'un bâtard grossier prenne sa place, il lui envoie des dons et des félicitations !

— Que Ton Altesse attende la fin de cette histoire avant de se faire une opinion !

Elle me scruta du regard.

— Que veux-tu dire ? La conduite du prince serait-elle moins insensée qu'elle ne paraît ? Lui et toi, qui semblez si simples d'esprit, seriez-vous par hasard en train de conduire secrètement une grande machination ? J'ai vu des hommes feindre la folie ou la sottise pour exécuter plus sûrement leurs desseins. Cette sorcière israélite posséderait-elle une science mystérieuse dans laquelle elle vous instruit, comme il serait assez vraisemblable de la part d'une femme qui a anéanti la statue d'Ammon ? Tu fais semblant de ne rien savoir pour ne pas avoir à répondre. Scribe Ana, si j'en étais sûre, je trouverais bien le moyen de t'arracher la vérité, quoique tu affectes l'innocence d'un enfant.

— Il te plaît de me menacer, Altesse, mais tu le fais sans raison.

— Non, je ne te menace pas, répliqua-t-elle en changeant de voix et d'attitude, mais j'ai pris la folie de Séti. N'ai-je pas, en vérité, de quoi devenir folle quand je vois qu'une autre femme sera couronnée demain à ma place parce que... parce que...

Et elle se mit à pleurer, ce dont je fus encore plus effrayé que de toutes ses paroles dures.

Elle sécha pourtant ses larmes et reprit :

— Dis à mon seigneur que je me réjouis de le savoir en bonne santé et lui envoie mon salut, mais que jamais, de ma propre volonté, je ne poserai mon regard sur sa face vivante, à moins qu'il ne change de décision et ne se mette en devoir de reconquérir ce qui lui appartient. Quoiqu'il se soucie peu de moi, et ne prête aucune attention à mes désirs, dis-lui que je veille pourtant de mon mieux sur son bonheur et sa sûreté. Adieu !

— Sa sûreté, princesse ! Pharaon m'a déclaré, il n'y a pas une heure, que le prince n'a rien à redouter.

— Oh ! lequel de vous deux est le plus insensé ? exclama Userti en frappant du pied, le serviteur ou son maître ? Tu crois que le prince n'a rien à redouter, parce que l'usurpateur le lui dit et le croit du reste lui-même, étant pour lors en sécurité. Oui, ton maître peut dormir en paix pendant quelque temps. Mais qu'une calamité quelconque s'abatte sur l'Égypte, le peuple, comprenant que les dieux la lui envoient, à cause de la grande injustice que mon père a commise quand la mort le tenait à la gorge et que son esprit était obscurci, commencera à tourner les yeux vers son roi légitime. Alors l'usurpateur sentira s'éveiller sa jalousie et, s'il en a le pouvoir, fera en sorte que le prince dorme en paix pour toujours. Si le couteau épargne la gorge de ton maître, ce sera seulement parce que j'aurai retenu la main de l'assassin. Porte-toi bien ! Je ne peux en dire davantage. J'ai la tête en feu... Quand je pense que demain il aurait pu être couronné et moi avec lui !

Et elle s'éloigna, toujours royale, me laissant méditer sur ses allusions à des calamités dont l'Égypte serait menacée.

Après cela, je soupai avec Baknikhonsou au collège du temple de Phtah, dont on l'appelait le père à cause de son âge. J'eus alors de nouveaux aperçus sur cette question.

— Ana, me dit-il, le ciel est sombre sur l'Égypte, sombre comme je ne l'ai jamais vu, même au temps où les barbares de Ninive ont failli conquérir le pays et nous réduire en esclavage. Amenmsès sera le cinquième Pharaon au couronnement duquel j'aurai assisté. J'ai vu le premier quand je n'étais encore qu'un petit enfant, cramponné à la robe de ma mère, et je ne me suis jamais senti aussi triste.

— C'est peut-être parce que celui qui prend la couronne n'était pas désigné pour la porter, Baknikhonsou.

Il secoua la tête.

— Ce n'est pas tout à fait cela. Ce sentiment nous vient d'en haut. Les hommes ont peur sans savoir pourquoi.

— Peur des Israélites, suggérai-je.

— Cette fois, tu es près de la vérité, Ana, car les Israélites sont sans doute pour beaucoup dans cette affaire. Sans eux, ce n'est pas Amenmsès mais Séti qui aurait été couronné demain. Puis il y a l'histoire du prodige que la belle Israélite a accompli dans le temple. Elle s'est répandue dans le pays et on la considère comme un mauvais présage. T'ai-je dit qu'on a consacré, il y a six jours, une belle statue neuve du dieu, et que, le lendemain matin, on l'a trouvée gisant sur le côté, ou plutôt la tête reposant sur le sein de Mout ?

— On né peut, cette fois, faire aucun reproche à Mérapi, puisqu'elle n'est plus à Tanis.

— Naturellement! Mais notre nouveau divin maître a peur; il a le cauchemar, Ana, déclara Baknikhonsou en baissant la voix. Il s'est adressé à Ki, le Kherheb, pour interpréter ses visions.

— Et que lui a répondu Ki?

Après avoir rassemblé le collège des prêtres, qui ont consulté leurs doubles, il a déclaré que le règne du dieu Amenmsès serait très court et se terminerait avec la vie de celui qui va l'exercer.

— Ce qui peut-être n'a pas plu au dieu, Baknikhonsou.

— Ce qui ne lui a pas plu du tout; il a menacé Ki, et c'est une chose insensée que de menacer un grand magicien, Ana. Le Kherheb le lui a dit en le regardant dans les yeux. Alors Pharaon a demandé pardon et a voulu savoir qui lui succéderait sur le trône, mais Ki lui a répondu qu'il l'ignorait: un Kherheb menacé ne se souvient jamais de rien, il ne peut que rendre menace pour menace.

— Et le sait-il, pourtant, Baknikhonsou?

En manière de réponse, le vieux conseiller émietta du pain sur la table et dessina du doigt parmi les miettes l'image grossière d'un dieu à tête de chacal et de deux plumes. Après quoi, d'un mouvement vif, il fit tomber le pain sur le sol.

— Séti! murmurai-je en lisant les hiéroglyphes qui représentaient le nom du prince.

Il fit une inclination de tête et rit de son rire sonore.

— Il y a des gens qui, n'aspirant pas à reconquérir leurs biens, n'en redeviennent pas moins les maîtres; mais, si les choses se passent de la sorte, nous assisterons d'abord à des événements terribles. Le nouveau Pharaon n'est pas seul à rêver, Ana. J'ai depuis des années le sommeil léger et je fais quelquefois des songes, quoique je n'aie pas le pouvoir magique de Ki.

— Qu'as-tu rêvé?

— J'ai rêvé d'une grande multitude marchant comme des sauterelles sur l'Egypte. Cette foule était précédée d'une colonne de feu de laquelle sortaient deux mains. L'une de ces mains tenait Ammon par la gorge et l'autre tenait de la même façon le nouveau Pharaon.

« Derrière la multitude traînait une nuée, dans laquelle je distinguais confusément la forme d'une momie dépouillée de ses voiles et de ses bandelettes; une image de la mort debout sur une étendue d'eau, où flottaient des cadavres sans nombre.

Je me souvins alors de la vision que, le prince et moi, nous avions eue en regardant le ciel à l'horizon du pays de Goshen. Mais je n'en dis rien. Baknikhonsou pourtant devait lire dans ma pensée, car il me demanda:

— Ne rêves-tu jamais, ami? Tu as des visions qui se vérifient... Amenmsès sur le trône, par exemple. N'as-tu pas aussi des songes? Non? Eh bien, alors, et le prince? Vous avez l'air capables d'agir et le temps est mûr, gros d'événements! Oh! je me rappelle. Vous êtes en train de rêver tous les deux, non des images qui traversent le regard terrible de Ki, mais de celles que la lune reflète sur les eaux de Memphis, la Lune d'Israël.

Ana, laisse-moi te donner un conseil: Dompte la chair et fortifie l'esprit, car c'est en lui seul que réside le bonheur. La femme et toutes nos jouissances ne sont que des symboles terrestres, des ombres projetées par ce nuage mortel qui nous cache la lumière d'en haut. Je vois que tu me comprends, parce qu'un rayon de cette lumière a pénétré jusqu'à ton cœur. Tu te souviens de l'avoir vue luire à l'heure où ta petite fille est morte. Oui, je le pensais bien! C'est le don qu'elle t'a laissé, un don qui se développera et se développera encore dans une poitrine comme la tienne, si seulement tu réussis à dompter la chair et à faire de la place pour lui dans ton cœur, Ana. Homme, ne pleure pas... ris, comme moi, ho! ho! ho! Donne-moi mon bâton. Et bonne nuit! N'oublie pas que nous serons assis côte à côte demain, au couronnement, car tu es compagnon du roi, et ce titre, une fois qu'il a été conféré, est un de ceux qu'un nouveau Pharaon ne peut pas retirer. Il est comme le don de l'esprit, Ana, difficile à conquérir; mais, une fois conquis, plus éternel que les étoiles. Oh! pourquoi ai-je vécu si longtemps, moi qui voudrais me baigner dans l'esprit, comme je me baignais dans le Nil quand j'étais enfant!

Le jour suivant, à l'heure fixée, je me rendis à la grande salle du palais, celle dans laquelle j'avais vu Méneptah pour la première fois, et je pris la place qui m'avait été réservée. Elle était un peu en arrière. Sans doute avait-on voulu que je ne fusse pas trop en vue, moi que l'on connaissait comme le scribe privé de Séti et qui aurais pu rappeler à l'Egypte le souvenir du prince.

Malgré ses vastes dimensions, la salle contenait à peine la foule qui s'y pressait. Pourtant il n'y avait là que des nobles et des grands prêtres, accompagnés de leurs femmes et de leurs filles. Dans cet espace sombre, on voyait briller l'or et les pierres précieuses sur les habits de tête. J'attendais, quand je vis le vieux Baknikhonsou arriver en boitillant. La foule s'ouvrait devant lui. Le rire se lisait dans ses yeux caves.

— Nous sommes mal placés, Ana, dit-il. Mais, s'il prenait à l'un des nombreux dieux que nous avons en Egypte, la fantaisie de faire pleuvoir du feu sur Pharaon, nous serions en sûreté. A propos de dieux, poursuivit-il tout bas, sais-tu ce qui est arrivé, il y a une heure, dans le temple de Phtah, d'où je viens justement? Pharaon et toute la famille royale (sauf un de ses membres) passaient selon la coutume devant la statue du dieu qui doit, comme tu le sais, incliner la tête pour montrer qu'il choisit et accepte le roi. La princesse Userti marchait devant Amenmsès et, quand elle passa, la tête du dieu se pencha. Je l'ai très bien vu, quoique les autres prétendent qu'ils ne l'ont pas remarqué. Pharaon, venant à son tour, s'arrêta devant Phtah, mais celui-ci refusa de saluer, en dépit des prêtres qui l'invoquaient par l'antique formule: « Le dieu accueille le roi! »

« A bout de patience, Pharaon s'éloigna enfin, la mine sombre comme la nuit. Les autres représentants de la lignée de Ramsès suivirent dans l'ordre Saptah arriva clopin-clopant le dernier de tous, et voici que le dieu inclina de nouveau la tête.

— Comment et pourquoi a-t-il fait cela ? pourquoi a-t-il salué à faux ?

— Demande-le aux prêtres, Ana, ou à Userti, ou à Saptah. Il y a peut-être trop longtemps que la nuque divine n'a été huilée. A moins que l'on n'ait mis trop d'huile ou pas assez. Ou bien les prières... ou les ficelles... ont mal joué. Pharaon s'est peut-être montré avare dans ses dons au collège du temple. Qui suis-je pour connaître les secrets des dieux ? Celui du temple où je servais à Thèbes, il y a cinquante ans, ne prétendait ni saluer, ni se déranger, sous prétexte qu'un personnage de la race royale montait sur le trône... Ah ! voici Pharaon !

Alors, dans un cortège magnifique, entourés de princes, de conseillers, de dames, de prêtres et de gardes, Amenmsès et l'épouse royale, Urnure, une grande femme à la démarche gauche, firent leur entrée. Le grand prêtre Roy et le vizir Néhési reçurent Pharaon et le conduisirent à son trône. La foule se prosterna et l'antique formule de salutation : Vie, santé, force ! Pharaon ! Pharaon ! Pharaon ! fit trois fois retentir la salle.

Amenmsès se leva et salua, et je vis l'anxiété se refléter sur son visage aux traits lourds. Il semblait vieilli. Il prêta serment aux dieux et aux hommes, sous la dictée de Roy. Puis il posa la double couronne sur son front, revêtit les autres emblèmes, saisit le fouet et la faucille d'or. La cérémonie de l'hommage commença. La princesse Userti passa la première et baisa la main de Pharaon, mais sans plier le genou. Elle parla un moment avec lui. Nous ne pouvions entendre ce qu'elle disait, mais nous sûmes plus tard qu'elle lui avait demandé de répéter publiquement les promesses de son père Méneptah et de s'engager solennellement à conserver à la princesse royale son titre et ses droits. Il le fit en effet à la fin de la cérémonie, mais j'eus l'impression que c'était à contre-cœur.

Il y eut beaucoup de formalités et de rites antiques. Tout le monde était las et attendait impatiemment la harangue que Pharaon devait adresser au peuple. Or, cette harangue ne fut jamais prononcée, car je vis devant nous, se frayant un passage à travers la foule, les deux prophètes israélites qui étaient venus dans cette même salle proclamer leurs exigences devant Méneptah. On s'écartait pour les laisser passer. Ils marchèrent tout droit jusqu'au trône et les gardes eux-mêmes n'essayèrent pas de leur barrer la route. De l'endroit où j'étais, je n'entendais pas ce qu'ils disaient, mais ils demandaient, je crois, pour leur peuple, l'autorisation de quitter le pays pour adorer leur dieu, selon leur coutume. Amenmsès le leur refusa comme Méneptah l'avait fait. Alors l'un d'eux jeta par terre un bâton qui se changea en serpent, et le reptile se dressa en sifflant contre Pharaon. Sur quoi le Kherheb, Ki, et les prêtres de sa suite, jetèrent à leur tour des verges qui se changèrent en serpents. Pour moi, je pouvais seulement entendre les sifflements.

Après cela, une ombre épaisse se répandit dans la salle, si bien que les gens ne pouvaient plus se voir les uns les autres. Chacun se mit à parler tout haut, la foule se bouscula vers les portes dans une grande confusion. Baknikhonsou et moi, nous

fûmes entraînés au dehors, où nous nous trouvâmes heureux de revoir le ciel.

Ainsi se termina le couronnement d'Amenmsès.

CHAPITRE XII

Il n'y eut pas de réjouissances cette nuit-là dans les rues de la ville et personne ne festoya, si ce n'est au palais et chez les hauts personnages de la cour.

Je flânai sur la place du marché. Les gens allaient et venaient, la mine sombre, et parlant entre eux à voix basse. Un homme dissimulait son visage sous un capuchon, m'adressa la parole, disant qu'il avait un message pour mon maître, le prince Séti. Je lui répondis que je n'acceptais aucun message d'un étranger masqué. Sur quoi, il rejeta son capuchon sur ses épaules, et je reconnus Jabez, l'oncle de Mérapi. Je lui demandai s'il avait obéi au prince et ramené à Goshen le corps de ce prophète qui avait essayé d'assassiner la jeune femme, et s'il avait raconté aux anciens comment l'homme avait été tué.

— Oui, me répondit-il, et les anciens ne se sont pas montrés irrités contre le prince. Ils ont déclaré que leur porte-parole avait excédé ses pouvoirs, car on ne l'avait pas chargé de maudire Mérapi, encore moins d'attenter à sa vie, que le prince avait bien fait d'abattre un homme qui osait commettre un assassinat sous son regard royal. Ils ont ajouté toutefois que la malédiction, ayant été prononcée par un prêtre, retomberait sur Mérapi d'une manière ou d'une autre.

— Que devrait-elle donc faire, Jabez ?

— Je n'en sais rien, scribe. Si elle retourne au milieu de ses frères, elle recevra peut-être l'absolution, mais elle sera contrainte alors d'épouser Laban. A elle de choisir.

— Et que ferais-tu si tu étais à sa place, Jabez ?

— Je resterais où je suis et je me rendrais très chère à Séti, espérant qu'une malédiction injustement prononcée resterait sans effet. Quel que soit le chemin qu'elle choisisse, elle doit s'attendre à des épreuves. Après tout, une femme peut aspirer à satisfaire son cœur avant d'être frappée par le destin, surtout si ce cœur a de l'inclination pour un personnage qui sera Pharaon.

— Pourquoi dis-tu « qui sera Pharaon », Jabez ? Nous nous étions arrêtés en un endroit désert.

— Je ne peux te l'expliquer, répondit-il, cauteleux. Celui qui est assis sur le trône est insensé comme Méneptah. Il essayera de lutter contre une puissance plus grande que la sienne jusqu'au jour où il sera terrassé. C'est seulement dans le cœur du prince que brille la lumière de la sagesse. Ce que tu as vu aujourd'hui n'est que le premier d'une série de miracles, scribe Ana. Je ne peux pas m'exprimer plus clairement.

— Quel est donc ton message, Jabez ?

— Voici. Comme le prince s'est efforcé de traiter

le peuple d'Israël avec justice et a perdu sa couronne pour avoir étendu sur lui sa protection, quoi qu'il arrive à d'autres, il n'a pour sa part rien à craindre. Il ne lui sera fait aucun mal ni à lui ni à ses amis, tels que toi, scribe Ana, qui t'es comporté aussi avec justice à notre égard. Néanmoins, il peut se faire que ma nièce, Mérapi, sur la tête de qui la mauvaise parole est tombée, soit pour lui, par sa propre infortune, la cause d'un grand chagrin. Pesant le pour et le contre, je dis que, s'il peut être sage de la part de Mérapi de rester dans la maison de Séti, il peut être sage de la part de Séti de la mettre hors de chez lui.

— Quel chagrin ? demandai-je, agacé par ce verbiage obscur.

Mais je ne reçus pas de réponse, Jabez s'était éloigné.

Comme je rentrais au logis, je rencontrai un autre personnage, et je reconnus au clair de lune les yeux terribles de Ki.

— Scribe Ana, tu partiras pour Memphis demain à l'aube et non pas dans deux jours comme tu en avais l'intention, me dit-il.

— Comment le sais-tu, magicien ? répliquai-je, étonné, car je n'avais dit à personne que j'avais changé d'avis, pas même à Baknikhonsou, n'ayant pris cette détermination qu'après mon entretien avec Jabez.

— Un serviteur fidèle, qui a appris tant de choses aujourd'hui, se hâtera d'aller en faire le rapport à son maître, surtout si, auprès de ce dernier, se trouve une autre personne qu'il est également pressé d'avertir, comme le pense Baknikhonsou.

— Quoi qu'il pense, Baknikhonsou en dit trop ! exclamai-je avec humeur. Le vieux devient bavard.

— Tu étais au couronnement aujourd'hui, n'est-ce pas ?

— Oui, et, si j'ai bien vu de loin, les prophètes hébreux m'ont l'air de t'avoir vaincu sur ton propre terrain, Kherheb. Cela doit t'être aussi pénible que les incidents du temple d'Ammon, le jour où la statue du dieu s'est effondrée.

— Cela ne m'est nullement pénible, Ana. Si je possède un pouvoir, d'autres peuvent en avoir un plus fort, comme je l'ai constaté dans le temple d'Ammon. Pourquoi me sentirais-je humilié ?

— Un pouvoir ! répliquai-je en riant. « Adresse » ne serait-il pas un meilleur mot ? Comment fais-tu pour changer un bâton en serpent, chose qui est impossible à l'homme ?

— « Adresse » est peut-être un meilleur mot, car il désigne la science aussi bien que la tromperie. Impossible à l'homme ! Après ce que tu as vu, il y a quelque temps, dans le temple d'Ammon, crois-tu encore qu'il y a quelque chose d'impossible à l'homme ou à la femme ? Tu pourrais peut-être en faire autant.

— Pourquoi te moquer de moi, Ki ! J'étudie des manuscrits et non des tours de charmeur de serpents.

Il me regardait fixement comme s'il lisait, non sur mon visage, mais à travers mon front dans mes pensées. Puis il considéra la verge de cèdre qu'il avait à la main et me la donna en disant :

— Examine ceci, Ana, et dis-moi ce que c'est.

— Suis-je un enfant, répondis-je avec impatience, pour ne pas reconnaître la baguette d'un prêtre ?

— Oui, je pense que tu as quelque chose d'un enfant, Ana, murmura-t-il, les yeux toujours fixés sur mon visage.

Soudain je frémis d'horreur, car le bâton avait commencé de s'agiter dans ma main, et, baissant les yeux, je vis que c'était un grand serpent jaune que je tenais par la queue. Je jetai le reptile en criant, car il tournait la tête comme pour me mordre. Il se tordit dans la poussière et, s'éloignant de moi, rampa vers Ki. L'instant d'après, ce n'était plus qu'un bâton de bois de cèdre jaune et pourtant il y avait dans le sable, entre Ki et moi, la trace d'un serpent.

— Honte à toi, Ana ! dit Ki en ramassant le bâton, à toi qui m'accuses de tromperie, tandis que tu essaies toi-même de confondre un pauvre jongleur avec de tels tours.

Je ne me rappelle pas bien ce que je lui dis alors, si ce n'est qu'en finissant j'exprimai l'espoir qu'il m'apprendrait la prochaine fois à faire régner les ténèbres dans une salle en plein midi et de plonger une foule dans la terreur.

Son visage et sa voix changèrent soudain.

— Trêve de plaisanteries ! dit-il, quoiqu'elles soient assez bien à leur place. Veux-tu reprendre ce bâton et en diriger la pointe vers la lune ? Tu refuses et tu fais bien, car ni toi ni moi nous ne pouvons cacher la face de la lune. Tu es sage à ta manière, Ana, et tu es le commensal d'un homme qui est plus sage que toi. Tu étais présent dans le temple quand la statue d'Ammon a été anéantie par une sorcière qui a mesuré son pouvoir avec le mien et m'a vaincu. Eh bien, moi, le grand magicien, je suis venu te demander à toi d'où sont descendues ces ténèbres aujourd'hui dans la salle ?

— De Dieu, je pense, répondis-je dans un murmure d'épouvante.

— Je le pense aussi, Ana. Mais dis-moi ou demande à Mérapi, Lune d'Israël, de me dire de quel dieu ? Car, je te le déclare, une puissance terrible a pris le pied sur ce pays. Le prince Séti a bien fait de refuser le trône d'Egypte et de se réfugier à Memphis. Répète-le-lui, Ana.

Il s'éloigna.

Je retournai à Memphis et rapportai toutes ces nouvelles au prince, qui les écouta avec avidité. Une fois seulement, il se montra très ému. Ce fut quand je lui redis les paroles d'Userti : qu'elle ne lèverait jamais plus les yeux sur sa face à moins qu'il ne lui plût de se tourner vers le trône. Les larmes lui montèrent aux yeux et, se levant, il se mit à marcher dans la chambre.

— L'homme déchu ne doit pas s'attendre à de la générosité, dit-il, et tu trouves sans doute, Ana, que j'ai tort de me faire de la peine parce que je suis ainsi abandonné.

— Non, Prince, car moi aussi j'ai été abandonné par une femme, et je n'en suis pas encore consolé.

— Ce n'est pas à l'épouse que je pense, Ana ; car, en vérité, Son Altesse n'est pas une épouse pour moi. Quelles que soient les antiques lois d'Egypte, comment pouvait-il en arriver autrement, dans mon cas et le sien ? C'est à la sœur que je pense. Quoique nous ne soyons pas de la même mère, nous avons été élevés ensemble et nous nous aimions. Elle a toujours pris plaisir à me dominer ; le mien était de faire semblant de me soumettre et de me venger par des railleries. Elle est exaspérée parce que je me suis affranchi de sa tyrannie pour agir à ma guise et lui ai ainsi fait perdre le trône.

— Le devoir de l'héritière royale d'Égypte a toujours été d'épouser le Pharaon d'Égypte, Prince, et, comme elle avait, fidèle à ce devoir, épousé celui qui devait être Pharaon, le coup la touche profondément.

— Alors elle ferait mieux d'épouser celui qui est Pharaon, après avoir écarté de lui la femme stupide à laquelle il est uni. Mais elle n'y consentira jamais ; elle a pour Amenmsès une telle haine, qu'il lui répugnerait d'être assise sur le trône avec lui. Et il ne l'épouserait pas non plus, lui, qui aspire à gouverner pour lui-même, non pour une femme dont les titres à la couronne sont meilleurs que les siens. Eh bien, elle m'a rejeté, c'est une fin. Dorénavant, je dois aller solitaire dans la vie, à moins que... à moins... Continue ton histoire, ami. C'est bien de sa part, dans sa grandeur, de promettre protection à un personnage si humble. Je m'en souviendrai. Quoique, à vrai dire, il arrive que les têtes abaissées se redressent, ajouta-t-il amèrement.

— C'est du moins la pensée de Jabez, Prince.

Et je lui dis comment les Israélites étaient persuadés qu'il deviendrait Pharaon.

Il se mit à rire et repartit :

— Peut-être ont-ils raison, car ce sont de bons prophètes. Pour ma part, je ne m'en soucie pas. Mais Jabez a pu trouver un avantage à parler ainsi ; car c'est un malin, comme tu sais.

— Un avantage, je ne le pense pas, répondis-je. Et je m'interrompis.

— Jabez avait-il autre chose à dire, Ana ? Avait-il par exemple à te parler de Mérapi ?

Alors, sentant que c'était mon devoir, je lui répétai, mot pour mot, ma conversation avec Jabez, quoique avec une certaine confusion.

— Cet Hébreu a des idées bien arrêtées, Ana, même sur celui que la Lune d'Israël aspirerait à éclairer de sa lumière. Eh bien, ami, c'est peut-être toi qu'elle désire toucher de ses rayons, ou un jeune homme du pays de Goshen... pas Laban !... ou personne.

— Moi, Prince ! moi ! exclamai-je.

— J'étais sûr que tu le prendrais ainsi. Suis mon conseil et demande-lui, à elle, son avis sur cette question. Ne sois pas si confus. Pour quelqu'un qui a été marié, tu es trop timide. Allons, raconte-moi ce couronnement.

Heureux de ne plus avoir à parler de Mérapi, je fis tout au long le récit de ce qui s'était passé depuis le moment où Pharaon Amenmsès s'était assis sur le trône. Quand je dis comment la baguette du prophète hébreu s'était changée en serpent et comment Ki et ses compagnons avaient réalisé la même métamorphose, le prince rit et déclara que c'étaient là de simples tours de jongleurs. Mais, quand je lui parlai des ténèbres qui avaient envahi la salle, et de l'oppression qui pesait sur tous les cœurs, du rêve effrayant de Bakenkhonsou, ainsi que des paroles de Ki et du tour qu'il m'avait joué, il m'écouta gravement et répondit :

— Je suis de l'avis de Ki. Je crois aussi qu'une puissance terrible, une puissance qui réside dans le pays de Goshen, a posé le pied sur l'Égypte et que j'ai bien fait de refuser le trône. Mais de quel dieu viennent ces prodiges, je n'en sais rien. Le temps nous l'apprendra peut-être. En attendant, s'il y a quelque chose de vrai dans les prophéties de ces Hébreux, telles que Jabez les interprète, nous pouvons, toi et moi, dormir en paix. C'est une satisfaction dont ne jouira pas Pharaon sur le trône qu'Userti convoite. Allons, les événements vaudront la peine d'être observés. Tu as bien rempli ta mission, Ana. Va te reposer, tandis que je médite sur tout ce que tu m'as dit.

C'était le soir et, comme il faisait très chaud dans le palais, je me dirigeai vers ce petit pavillon où, Séti et moi, nous aimions à nous adonner à l'étude. Là je m'assis et, pris de sommeil, je m'endormis. Je me réveillai d'un songe qui m'avait fait voir une femme en pleurs. La nuit était tombée ; la pleine lune brillait, répandant ses rayons sur le jardin.

Or, devant le petit pavillon, il y avait, comme je l'ai dit, des arbres qui, en cette saison, étaient couverts de fleurs blanches au calice profond. Entre ces arbres, il y avait un banc de briques séchées au soleil. Là, une femme était assise et je reconnus la silhouette de Mérapi. Elle était triste, elle aussi ; elle tenait la tête penchée, ses longs cheveux lui voilaient le visage et je l'entendais soupirer.

Sa vue me troubla profondément et je me souvins que le prince m'avait conseillé de demander à la jeune fille si elle avait quelque pensée à mon sujet. Je n'aurais donc pas encouru de blâme en avouant mes sentiments à Mérapi. Pourtant, j'en étais certain, ce n'était pas vers moi que son cœur s'inclinait. Comment aurait-elle fait attention à l'ibis qui pataugeait dans le marais, quand l'aigle aux longues ailes planait à sa vue dans le ciel ?

Une mauvaise pensée, inspirée par Set, me vint à l'esprit.

Supposé que la jeune fille ait les yeux fixés sur l'aigle, seigneur de l'air ; supposé qu'elle adore cet aigle, qu'elle l'aime parce qu'il habite le ciel, parce qu'il est pour elle le roi de tous les oiseaux ! Si quelqu'un venait lui révéler qu'en l'attirant à terre, en le faisant descendre de la glorieuse sécurité des cieux, elle le livrerait à la captivité ou à la mort, cette amante ne dirait-elle pas : « Qu'il s'en aille libre et heureux, même si je ne dois jamais le revoir ! » Et, quand l'aigle aurait disparu à sa vue, peut-être tournerait-elle les yeux vers l'humble ibis qui patauge dans la vase.

Jabez m'avait déclaré que, si cette femme et le prince s'éprenaient l'un de l'autre, elle serait pour lui la cause d'un grand chagrin. Pourquoi ne le répéterais-je pas à Mérapi ? Elle qui avait foi dans les prophéties des Hébreux, elle me croirait certainement. Alors, quelles que fussent les suggestions de son cœur, étant d'un si noble caractère, elle ne consentirait jamais à attirer le malheur sur la tête de Séti, dût-elle, en s'écartant de lui, se précipiter elle-même dans le désespoir. Elle ne retournerait pourtant pas chez les Hébreux pour s'y livrer à l'homme qu'elle haïssait. Peut-être alors, moi...

Le lui dirais-je ? Si Jabez n'avait pas voulu que ces choses vinssent aux oreilles de Mérapi, en aurait-il seulement parlé ? Bref, n'étais-je pas tenu par mon devoir envers elle et peut-être aussi envers le prince, d'essayer de leur épargner à tous deux les épreuves qui les menaçaient si de telles prédictions étaient autre chose que de vaines divagations ?

Tel était le raisonnement spécieux dont Set assaillait mon esprit. Comment je le repoussai, je n'en sais rien. Ce ne fut certes pas par bonté, car je brûlais d'amour pour la belle et douce créature qui était assise devant moi, et, dans ma folie, j'aurais, je crois, donné ma vie pour lui baiser la main. Ce n'était pas non plus pour son salut, car la passion est égoïste. Non, ce fut sans doute parce que mon amour pour le prince était plus profond et plus vrai que celui que je pouvais ressentir pour aucune femme. Du reste, si Mérapi n'avait pas été là sous mes yeux, une telle pensée de trahison ne se serait jamais insinuée dans mon cœur.

J'en étais certain, quoiqu'il ne me l'eût jamais dit. Séti aimait Mérapi, la plaçait au-dessus de tous les biens de la terre et aspirait à faire d'elle sa compagne. Elle ne consentirait jamais à lui appartenir, si je prononçais une telle révélation, que j'eusse à y gagner ou à y perdre, et quel que fût son désir secret. Je me dominai donc ; mais la victoire me laissa tremblant comme un enfant et souhaitant de n'être jamais né pour connaître les tourments de l'amour refusé, comme j'avais connu ceux de l'amour trahi.

Ma récompense ne se fit pas attendre, car, à ce moment, Mérapi détacha de sa robe blanche un joyau qu'elle présenta à la clarté de la lune. Je reconnus tout de suite cet objet : c'était le scarabée royal en lapis-lazuli, dont le prince s'était servi, au pays de Goshen, pour fixer le pansement sur le pied blessé de la jeune fille, et qui avait été arraché du sein de Mérapi par une puissance surnaturelle, la nuit où la statue d'Ammon avait été détruite dans le temple.

Elle le considéra longuement avec gravité, puis, s'étant persuadée d'un coup d'œil que personne ne l'observait, pressa le scarabée sur ses lèvres, le baisa trois fois avec passion en murmurant je ne sais quelles paroles entre ses baisers.

Maintenant les écailles me tombaient des yeux et je comprenais qu'elle aimait Séti. Oh ! comme je rendais grâce à mon dieu gardien, qui m'avait sauvé d'une honte inutile !

J'épongeais la sueur froide qui me couvrait le front et me disposais à m'éloigner en toute hâte, en m'excusant le plus brièvement possible, quand, levant les yeux, je vis, debout derrière Mérapi, la silhouette d'un homme qui la regardait remettre l'agrafe sur sa gorge. J'hésitais encore lorsque l'homme éleva la voix. Je reconnus l'accent de Séti. Timide par nature, j'eus peur de me montrer quand il était trop tard, pensant qu'après cela le prince me prendrait pour cible de ses railleries.

Je restai donc immobile et silencieux, écoutant et voyant tout, en dépit de moi-même.

— Quel est donc, noble Mérapi, ce bijou que tu admires et baises si tendrement ? demanda Séti de sa voix tranquille, qui se nuançait si souvent d'ironie.

Elle proféra un léger cri et, se levant brusquement, vit le prince.

— Oh ! mon seigneur, exclama-t-elle, pardonne à ta servante. Je prenais le frais ici, comme tu m'as permis de le faire. La lune est si claire... que... j'essayais de déchiffrer l'inscription que porte ce scarabée.

« C'est la première fois, pensai-je en moi-même, que je vois quelqu'un lire avec ses lèvres ; quoique, à vrai dire, elle se soit d'abord servi de ses yeux. »

— Y as-tu réussi, Mérapi ? demanda Séti. Veux-tu me permettre d'essayer ?

Lentement et en rougissant, autant que je pouvais m'en rendre compte à la clarté de la lune, elle détacha de nouveau la fibule et la tendit au prince.

— Il me semble que je connais ce bijou. Ne l'ai-je pas déjà vu ? demanda-t-il.

— Peut-être. Je le portais dans le temple, la nuit de l'épreuve, Altesse.

— Tu ne dois plus m'appeler Altesse, Mérapi. J'ai perdu mon rang en Egypte.

— Je le sais... à cause de... mon peuple. Oh ! comme tu as été noble !

— Pour ce qui est de ce scarabée, interrompit-il avec un geste de la main, n'est-ce pas celui qui a servi à fixer le pansement sur ta blessure ?... lors de mon voyage à Goshen ?

— Oui, c'est lui, répondit-elle en baissant les yeux.

— Je le pensais. Quand je te l'ai donné, j'ai prononcé des paroles qui me semblaient justes à l'époque. Quelles étaient-elles ? Je ne m'en souviens plus. Les as-tu oubliées aussi ?

— Oui... c'est-à-dire, non. Tu m'as dit que j'avais toute l'Egypte à mes pieds, à cause du cartouche royal gravé sur le scarabée.

— Ah ! je me le rappelle. Combien vrai et pourtant combien faux était ce jeu d'esprit... ou cette prophétie !

— Comment une chose peut-elle être vraie et fausse à la fois, Prince ?

— Je pourrais t'en démontrer très facilement la possibilité ; mais cela prendrait une heure ou davantage ; ce sera pour une autre fois. Ce scarabée est un pauvre bijou. Rends-le-moi et je t'en donnerai un plus beau. Ou préférerais-tu cette bague ? Comme je ne suis plus prince d'Egypte, elle est désormais sans utilité pour moi.

— Garde le scarabée, Prince, il est à toi. Mais je ne prendrai pas l'anneau royal parce que...

— Parce qu'il est sans utilité pour moi et que tu ne voudrais pas d'une chose à laquelle le donateur n'attache pas de prix ? Oh ! voilà une mauvaise parole ! Ce n'est pas ce que je voulais dire.

— Non, Prince ! C'est parce que ton anneau d'or est trop grand pour une main si petite.

— Comment peux-tu dire cela avant de l'avoir essayé ? Mais c'est un oubli auquel nous pouvons remédier.

Il rit et elle rit aussi, mais, quant à présent, ne prit pas la bague.

— As-tu vu Ana ? reprit Séti. Je crois qu'il est sorti à ta recherche, et, avec tant de hâte, qu'il a à peine achevé son rapport.

— T'a-t-il dit qu'il voulait me voir ?

— Non ! J'ai cru lire cette intention sur sa mine. Je lui avais suggéré aussi de te parler tout de suite. Il m'a répondu qu'il allait se reposer après son long voyage, ou je lui ai peut-être conseillé de le faire, cela m'est sorti de la tête : cette nuit magnifique éveille en moi des pensées trop différentes.

— Pourquoi Ana voulait-il me parler, Prince ?

— Comment dire ? Pourquoi un homme, qui est encore jeune, aspire-t-il à s'entretenir avec une femme belle et charmante ? Oh ! je m'en souviens. Il a rencontré à Tanis ton oncle, qui s'est enquis de ta santé. C'est peut-être pour ça qu'il désirait te parler.

— Je ne tiens pas à apprendre ce que fait mon oncle à Tanis. Il me rappelle trop de choses qui me font de la peine et il y a des nuits où l'on voudrait échapper à la peine, qu'il sera toujours temps de retrouver le matin.

— Es-tu encore dans les mêmes intentions concernant ton retour parmi les gens de ta race ? demanda Séti avec plus de gravité.

— Assurément ! Oh ! ne dis pas que tu veux me renvoyer à...

— Laban ?

— Laban parmi d'autres. Souviens-toi, Prince, qu'une malédiction pèse sur moi. Si je retourne à Goshen, je mourrai bientôt d'une manière ou d'une autre.

— Au dire d'Ana, ton oncle Jabez déclare que le misérable fou qui a essayé de t'assassiner n'avait pas mission de te maudire, encore moins de te tuer.

— La malédiction n'en est pas moins sur moi et elle finira par m'écraser. Comment puis-je, femme isolée, défier la puissance du peuple d'Israël et de ses prêtres !

— Es-tu donc isolée ?

— Comment peut-il en être autrement d'une réprouvée, Prince ?

— Non, il ne peut en être autrement. Je le sais, moi qui suis aussi un réprouvé.

— Tu as du moins Son Altesse, ton épouse, qui viendra sans doute te réconforter, dit la jeune fille en baissant les yeux.

— Son Altesse ne viendra pas. Si tu avais vu Ana, il t'aurait peut-être dit qu'elle a juré de ne pas reposer son regard sur ma face, tant qu'une couronne ne brillera pas sur mon front.

— Oh ! comment une femme peut-elle être aussi cruelle ? Prince, un tel coup a dû te percer le cœur ! exclama la jeune fille avec un accent de pitié.

— Son Altesse n'est pas seulement une femme, elle est princesse d'Egypte. Au reste, cela me perce le cœur que ma sœur royale m'ait abandonnée parce qu'elle me préfère le pouvoir avec sa pompe. C'est ainsi pourtant, à moins qu'Ana n'ait rêvé. Nous sommes donc dans la même situation, toi et moi : on nous abandonne, on nous rejette.

Elle ne répondit pas, elle continuait à fixer le sol. Il poursuivit, posément :

— Il me vient une pensée, sur laquelle je voudrais te demander ton avis. Si deux créatures délaissées s'unissaient, ne se sentiraient-elles pas moins délaissées ?

— Sans doute, Prince, moins que si elles restaient tout à fait solitaires. Mais je ne comprends pas cette énigme.

— Pourtant tu en as fourni la solution. Nous sommes solitaires chacun de notre côté ; mais nous la serions moins, dis-tu, si nous l'étions ensemble.

— Prince, murmura la jeune fille en s'écartant de lui avec un frémissement, je n'ai pas dit cela.

— Non, c'est moi qui le dis pour toi. Écoute-moi, Mérapi. Je passe en Egypte pour un homme bizarre parce que je n'ai jamais aimé aucune femme, n'en ayant pas trouvé que je jugeasse digne de l'être.

Il s'interrompit pour la regarder, puis ajouta :

— Avant mon voyage pour le pays de Goshen (Ana peut te le raconter, car il a dû le noter par écrit), Ki et le vieux Baknikhonsou sont venus me voir. Ki est un grand magicien, quoique sans doute moins grand que les prophètes de ta race. Il avait, disait-il, interrogé l'avenir : je rencontrerais à Goshen une femme qu'il était dans ma destinée d'aimer et qui m'apporterait beaucoup de joie.

Là, Séti fit une pause, se rappelant sans doute que ce n'était pas tout ce que lui avait dit le magicien, ni Jabez non plus.

— Ki me déclara aussi, poursuivit-il, que j'ai déjà connu cette femme il y a des milliers d'années.

Mérapi releva la tête. Son visage avait pris une expression étrange.

— Comment cela pourrait-il se faire, Prince ?

— C'est ce que je lui ai demandé et il ne m'a pas donné de bonne réponse. Au reste, il m'a dit la même chose de mon ami Ana, qui serait capable de t'expliquer bien des mystères. Les autres magiciens m'ont parlé dans le même sens. Alors je suis allé au pays de Goshen et j'y ai vu une femme...

— Pour la première fois, Prince ?

— Non, pour la troisième...

La jeune fille s'affaissa sur le banc et se plongea le visage dans ses mains.

— ... et je l'ai aimée et j'ai eu le sentiment de l'aimer depuis des milliers d'années.

— Ce n'est pas vrai ! Tu te moques de moi, ce n'est pas vrai !

— C'est vrai ! Si je ne m'en suis pas rendu compte sur le moment, je l'ai compris plus tard, quoique cela ne soit devenu parfaitement clair pour moi qu'aujourd'hui, quand j'ai appris qu'Userti m'avait abandonné. Lune d'Israël, tu es cette femme ! Je ne te dirai pas, poursuivit Séti avec passion, que tu es plus belle que toutes les autres femmes ou plus séduisante, ou plus intelligente, quoique je le pense, je le dis seulement que je t'aime. Oui, je t'aime telle que tu es. Je ne peux pas t'offrir le trône d'Egypte, même si la loi le permettait, mais je t'offre le trône de mon cœur. Mérapi, qu'as-tu à répondre ? Avant de parler, souviens-toi que tu n'as rien à craindre de moi, quoique tu aies l'air d'être ma prisonnière ici, à Memphis. Quelle que soit ta décision, tu jouiras, tant que je vivrai, de ma protection et de mon amitié, et je n'essayerai jamais de m'imposer à toi par la violence, si douloureux qu'il me soit d'être privé de toi. Je ne connais pas l'avenir. Il peut se faire que je te donne un jour une haute situation et la puissance, il peut se faire que je ne te donne jamais rien que la pauvreté et l'exil, que même je t'entraîne dans la mort. Mais ce sera toujours en te rendant le culte de mon corps et de mon esprit.

Elle écarta ses mains de son visage et le regarda. Des larmes brillaient dans ses beaux yeux.

— Cela ne peut pas être, Prince, murmura-t-elle.

— Veux-tu dire que tu ne le souhaites pas ?

— Je dis que cela ne peut pas être. De tels nœuds entre un Egyptien et une Israélite ne sont pas admis par la loi.

— En cette ville comme en d'autres, il y a pourtant des gens qui les reconnaissent.

— Et je suis mariée... c'est du moins comme si je l'étais, car je suis promise à Laban.

— Moi aussi, je suis marié...

— C'est différent, Prince !... Il y a une autre raison, la plus importante de toutes : une malédiction pèse sur moi et je t'apporterais non de la joie, comme le disait Ki, mais du chagrin, ou un mélange de joie et de chagrin.

Il ne la quittait pas du regard.

— Ana t'a-t-il expliqué... commença-t-il.

Mais, interrompant sa phrase, il demanda :

— Tout, dans cette vie, n'est-il pas un mélange de joie et de chagrin ?

— Sans doute ! Mais les tourments que je t'apporterais dépasseraient la somme de tes joies. La malédiction de mon peuple pèse sur moi, la loi de mon peuple me sépare de toi comme un glaive et, si je m'unissais à toi, la menace grandirait non seulement sur ma tête, ce qui importe peu, mais aussi sur la tienne, seigneur Séti.

— Une question seulement, dit-il en lui prenant la main, et si ta réponse est : non, je ne t'importunerai plus. Ton cœur m'appartient-il, Mérapi ?

— Oui, soupira-t-elle, il t'appartient depuis le jour où mes yeux sont tombés sur toi dans les rues de Tanis. Oh ! alors un changement est survenu en moi et j'ai haï Laban, qui, jusque-là, m'était seulement indifférent. J'ai éprouvé aussi ce sentiment dont Ki t'a parlé, le sentiment de te connaître depuis des milliers d'années. Mon cœur est à toi, mon amour est à toi, tout ce qui me fait femme est à toi, et jamais, jamais, ne pourra se détourner de toi pour un autre. Cependant nous devons rester séparés, pour ton salut, mon Prince, pour ton salut !

— Alors, si ce n'était pas pour moi, tu serais prête à en courir les risques ?

— Assurément ! Ne suis-je pas une femme qui aime ?

— S'il en est ainsi, dit-il avec un léger rire, étant en âge de me conduire et doué d'un jugement que certains ont jugé clair, avec ta permission, je les courrai aussi. O femme insensée, ne comprends-tu pas qu'il n'y a qu'une chose bonne en ce monde, une chose qui permet d'oublier

toutes les misères d'ici-bas et que cette chose est l'amour ? Il se peut que nous ayons des épreuves à subir. Eh bien, qu'elles viennent ! que nous importe, s'il nous reste l'amour ou sa mémoire, que nous importe si nous avons cueilli cette fleur magnifique, et l'avons pressée une heure sur notre sein. Tu parles de la rivalité entre les dieux que nous adorons. Peut-être existe-elle. Mais tous les dieux dispensent à la terre les dons de l'amour, sans lesquels le monde cesserait d'exister. Ma foi m'enseigne aussi, plus clairement que la tienne, que la vie ne finit pas avec la mort et que l'amour, étant l'âme de la vie, doit durer autant qu'elle. Enfin je pense, comme tu le penses, qu'il y a, sous une forme obscure, une part de vérité dans ce que disent les magiciens ; je pense que nous avons été, il y a très longtemps, dans le passé, unis comme nous allons l'être aujourd'hui, que la force de ce lien invisible nous a ramenés l'un à l'autre à travers le monde entier et nous rassemblera encore après la fin du monde. Il ne s'agit pas de savoir ce que nous devons décider, Mérapi, il s'agit de savoir ce que la destinée a décrété que nous ferions. Maintenant j'attends encore ta réponse.

Mais elle ne lui fit pas de réponse. Quand je relevai les yeux sur eux au bout d'un moment, elle était dans les bras de Séti, lèvres contre lèvres.

Ainsi furent unis à Memphis le prince Séti d'Egypte et Mérapi, Lune d'Israël.

CHAPITRE XIII

LE NIL ROUGE

Le matin je trouvai l'occasion d'entretenir un moment le prince en particulier. Je lui remis en mémoire certains manuscrits anciens qu'il avait exprimé le désir de lire et qu'on ne pouvait consulter qu'à Thèbes, où je devais aller les copier, et certains autres qui étaient à vendre dans cette même ville. Il me répondit que cela pouvait attendre. J'insistai : les manuscrits pouvaient trouver d'autres acheteurs si je ne partais pas tout de suite.

— Tu aimes à entreprendre de longs voyages pour mon service, Ana, me dit-il.

Il me scruta du regard et, habitué à lire sur mon visage comme je lisais sur le sien, il comprit que je savais tout. Il ajouta d'un ton affable :

— Pourquoi n'as-tu pas fait comme je te l'avais dit et parlé d'abord ? Si tu avais suivi mon conseil, qui sait...

— Mais c'est toi qui as parlé, Prince, répondis-je, toi et quelqu'un d'autre.

— Va ! et que les dieux soient avec toi, ami. Mais ne t'attarde pas trop longtemps à copier ces rouleaux, ce soin peut être laissé à n'importe quel scribe. Nous devons nous attendre, en Egypte, à de graves événements et j'aurai besoin de t'avoir auprès de moi. Une autre personne à qui tu es cher, aura besoin de toi aussi.

— Merci à mon Seigneur et à cette autre personne, dis-je en m'inclinant.

Et je m'en allai.

Comme je m'occupais de préparer d'humbles provisions pour mon voyage, je fus averti que c'était inutile. Un esclave vint me dire que la barque du prince m'attendait pour mettre à la voile.

Ainsi je remontai le Nil à bord de ce bateau jusqu'à Thèbes, comme un grand noble ou une momie royale qu'on transporte à sa demeure funèbre. Seulement, au lieu de prêtres en prières, j'avais des musiciens assis à la proue et des danseuses pour amuser mes loisirs ou me servir à table sous des voiles tissés de fils d'or.

Je voyageais ainsi avec le même train que le prince. Comme du reste j'étais connu pour avoir sa confiance, les gouverneurs des nomes, les notables des villes et les grands prêtres des temples me témoignaient la plus grande considération partout où je m'arrêtais. Bien que le trône fût occupé par Amenmsès, Séti régnait sur le cœur des Egyptiens. Au fur et à mesure que je remontais le Nil vers des régions où l'on ne savait pas grand'chose des Israélites et des troubles qu'ils apportaient dans le pays, la popularité du prince semblait grandir d'escale en escale.

— Pourquoi, me demandaient à l'oreille les grands personnages, Son Altesse, le Prince Séti, n'occupe-t-il pas le trône de son père?

Je leur parlais des Hébreux. Ils riaient et disaient :

— Que le prince vienne déployer sa bannière ici et nous lui montrerons ce que nous pensons de la question des esclaves israélites. L'héritier d'Egypte n'a-t-il pas le droit de se former sa propre opinion sur eux et de dire s'il juge bon de les envoyer vivre dans le Nord ou de les laisser partir dans le désert comme ils le réclament?

A de tels discours, je répondais seulement que j'en ferais le rapport à mon maître. Je n'aurais pas osé en dire davantage, car je constatais partout que j'étais suivi et surveillé par les espions de Pharaon.

Enfin j'arrivai à Thèbes, où je me logeai dans une belle maison qui appartenait au prince et qu'un messager avait fait préparer pour moi. Elle était située à l'entrée de l'avenue des Sphinx, qui conduit au plus grand de tous les temples thébains, avec sa puissante colonnade bâtie par Séti Ier et son fils Ramsès II, le grand-père du prince.

Ayant accès en ce lieu sacré, j'y errais souvent la nuit et j'y élevais mon esprit vers le ciel. D'autres fois, je passais sur la rive occidentale du Nil pour visiter la vallée désolée où les anciens souverains de l'Egypte gisent dans l'éternel repos. La tombe de Pharaon Méneptah était encore ouverte. Accompagné d'un prêtre avec des torches, je descendis dans les salles ornées de fresques et contemplai le sarcophage de celui que j'avais vu naguère assis dans sa gloire sur le trône, me demandant s'il était encore instruit du cours des événements dans cette Egypte qu'il avait quittée.

Cependant je copiais les papyrus que j'étais venu consulter et dans lesquels il n'y avait rien qui fût digne d'être conservé, quelques-uns aussi de réelle valeur, que je découvrais dans les antiques bibliothèques des temples. J'en achetais d'autres. L'un de ces derniers contenait un étrange récit qui m'a donné beaucoup à réfléchir, surtout plus tard quand tous mes amis ont été morts. Je le transcrirai peut-être.

Je passai deux mois dans ces occupations et je serais resté plus longtemps si des messagers du prince n'étaient venus me presser de hâter mon retour. Il en arriva deux, à trois jours d'intervalle, et le second me répéta ainsi les paroles de Séti :

— T'imagines-tu, scribe Ana, que tu ne dois plus m'obéir parce que je ne suis plus prince d'Egypte? En ce cas, réfléchis que les dieux peuvent décréter de m'élever plus haut que je n'ai jamais été auparavant; sois sûr qu'alors je me rappellerai ta désobéissance et te raccourcirai de la tête. Reviens vite, mon ami, car je me sens seul, j'ai besoin de la société d'un homme.

A quoi je répliquai que je retournerais aussi vite que la barque serait capable de me porter avec la lourde cargaison de manuscrits que j'avais copiés et achetés.

Je me mis donc en route, étant, à parler franc, heureux de repartir à cause d'une rencontre pénible que j'avais faite.

Rentrant, une nuit, du grand temple à la maison où je logeais, je croisai une femme habillée de couleurs vives, qui m'accosta comme le font de telles créatures perdues. J'essayai de me débarrasser d'elle, mais elle se cramponnait à moi et je vis qu'elle avait bu plus que de raison. Elle me demanda soudain, d'une voix qui me parut familière, si je connaissais le fonctionnaire qui était arrivé à Thèbes, en mission pour le compte d'un membre de la famille royale et qui logeait dans la maison du prince Séti? Je répondis que le nom de cet homme était Ana.

— J'ai très bien connu autrefois un Ana, dit-elle, mais je l'ai quitté.

— Pourquoi? demandai-je.

Un frisson me courut sur l'échine, car, bien que ne pouvant voir le visage de cette femme, à cause d'un capuchon qu'elle portait, je commençais à avoir peur.

— Parce que c'était un pauvre fou, répondit-elle. Il n'avait rien d'un homme. Il passait son temps à écrire et à rêver. Un jour j'ai rencontré un autre homme à qui j'étais mieux assortie... mais il m'a abandonnée depuis.

— Et qu'est-il advenu de cet Ana? demandai-je.

— Je n'en sais rien. Je suppose qu'il a continué à rêver ou peut-être a-t-il pris une autre femme. En ce cas j'en suis fâchée pour elle. Toutefois, si c'est lui par hasard qui est venu à Thèbes, il doit être riche à présent. J'irai le trouver, je réclamerai son aide et obtiendrai qu'il me mette à l'aise.

— As-tu des enfants?

— Je n'en ai eu qu'un, Dieu merci, et il est mort, Dieu merci encore, car s'il avait vécu, il serait peut-être devenu ce que je suis.

Elle se mit à sangloter amèrement, puis elle recommença ses honteuses provocations.

Cependant son chaperon glissa sur ses épaules et je reconnus le visage de ma femme, encore

Photo: Sascha.

— *Le voici venu, ce chagrin que mon oncle t'avait prédit.*

— Mon enfant, qui a été frappé avec les autres, était pour moi tout l'univers.

XIII.

belle avec son air hardi, mais rendue odieuse par
l'ivresse et le vice. Je tremblais de la tête aux
pieds. Je lui dis, en déguisant ma voix, comme je
l'avais fait dès le début :

— Femme, j'ai connu cet Ana. Il est mort et
c'est toi qui l'as poussé dans la tombe. Toutefois,
comme j'étais son ami, je ne veux pas te laisser
sans secours. Prends ceci et tâche de revenir au
bien.

Je lui donnai une bourse lestée d'un poids d'or
respectable.

Sa main s'en empara comme la serre d'un épervier. Se rendant compte de la valeur du présent,
la malheureuse me remercia en ajoutant :

— Ana mort vaut certainement mieux qu'Ana
vivant. C'est aussi une bonne chose pour lui qu'il
soit mort, car il a rejoint là-bas notre petite fille,
qu'il aimait plus que sa vie, au point de me négliger pour elle et de me pousser ainsi à devenir
ce que je suis. Et puis, s'il avait vécu, étant,
comme je te l'ai dit, une tête folle, il aurait eu
d'autres mésaventures avec les femmes, car il ne
les a jamais comprises. Porte-toi bien, ami d'Ana,
qui m'as donné de quoi me trouver un autre mari !

Et, riant bruyamment, elle trébucha derrière un
sphinx. Sa forme s'évanouit dans les ténèbres.

Ainsi, j'étais heureux de m'éloigner de Thèbes.
Cette misérable m'avait cruellement blessé en
achevant de me convaincre de ce que je soupçonnais seulement, à savoir qu'avec les femmes je
n'étais qu'un sot. Je jurai encore par mon dieu
gardien que je ne m'aviserais jamais d'en regarder une avec amour. C'est un serment que j'ai
bien tenu, s'il m'est arrivé d'en trahir d'autres.
Elle m'avait fait mal aussi en me parlant de notre
petite fille morte, car il est vrai que mon cœur
s'était brisé au point de n'en jamais guérir lorsque
la douce créature avait été recueillie dans le sein
d'Osiris. Enfin, je me demandais avec angoisse
s'il était vrai que j'avais négligé la mère pour
l'amour de cette enfant et l'avais ainsi poussée à
la honte. Cette pensée me causait un tel tourment
que je fis verser par un agent de confiance à cette
créature déchue de quoi la mettre à l'abri du besoin.

Elle se remaria avec un marchand qu'elle avait
pris dans ses filets et eut bientôt fait de le réduire
à la ruine. Son bien dissipé, il la quitta. Quant à
elle, elle mourut, usée par la débauche, dans la
troisième année du règne de Séti II. Mais, grâce
aux dieux, elle ne sut jamais que le scribe privé
de la chambre de Pharaon était cet Ana qui avait
été son mari.

Je descendais le Nil, le cœur plus lourd que la
grosse pierre qui servait à amarrer la barque.
Nous mouillâmes, le troisième soir, au crépuscule,
à côté d'un vaisseau qui remontait le fleuve. Il y
avait à bord de ce bateau un fonctionnaire que j'avais connu à la cour de Pharaon Méneptah et qui
se rendait à Thèbes pour son service. Cet homme
avait l'air si troublé, que je lui demandai s'il
avait quelque sujet de souci. Alors il m'emmena
sur la rive, sous un bosquet de palmiers, et, s'asseyant sur l'axe d'une noria à bœufs, me confia
qu'il se passait à Tanis des choses étranges.

Les prophètes hébreux s'étaient, paraît-il, présentés devant Pharaon, qui, depuis son avène-

ment, avait laissé les Israélites en paix, n'entreprenant pas de les exterminer par le glaive comme
Méneptah voulait le faire, de peur sans doute de
partager son sort. Ils avaient encore sollicité pour
le peuple d'Israël la permission d'aller dans le
désert, afin de sacrifier à leur dieu, et Pharaon la
leur avait refusée. Alors, un matin qu'Amenmsès
montait en bateau sur le Nil, les prophètes avaient
surgi ; l'un d'eux avait frappé l'eau de sa baguette
et l'eau s'était changée en sang. Là-dessus, Ki, le
Kherheb, et les prêtres de son collège avaient
frappé aussi de l'eau avec leurs baguettes pour la
changer en sang. Il y avait six jours de cela et le
fonctionnaire me jurait que le sang était en train
de remonter le Nil. Une histoire dont je ne fis que
rire !

— Viens donc et vois, me dit-il.

Et il me ramena à son bateau, où tout l'équipage semblait aussi effrayé que lui. Il me conduisit devant une grande jarre d'eau qui était posée
à la proue et elle semblait en effet pleine de sang.
Il y avait dedans un poisson mort.

— Cette eau, me dit-il, je l'ai puisée dans le Nil,
de mes propres mains, à moins de cinq heures
d'ici au nord. Mais maintenant nous avons dépassé le sang, qui nous suit. Regarde encore.

Et, prenant une lampe, il la tint en dehors de la
proue. Je vis que le bordage était tout éclaboussé,
comme avec du sang.

— Laisse-moi te donner un conseil, savant
scribe, ajouta-t-il, et remplis d'eau douce toutes
les jarres et les cruches que tu pourras dénicher,
de peur que demain vous n'ayez à souffrir de la
soif, toi et tes compagnons.

Et il rit d'un rire qui sonnait faux.

Nous nous séparâmes sans rien ajouter. Nous
ne savions que dire. Vers minuit, il remit à la
voile, au risque de s'échouer sur un banc de sable
dans l'obscurité.

Pour ma part, je suivis son conseil, sans écouter
les objections de mes rameurs, qui, n'ayant pas
parlé avec son équipage, ne savaient rien et trouvaient insensé de charger le bateau avec une telle
quantité d'eau.

A la première lueur de l'aube, je donnai l'ordre
de larguer les amarres. Accoudé sur le bordage,
je croyais voir la rougeur de l'aurore se refléter
dans le Nil. L'eau avait pris une teinte rose. Cette
coloration devenait de plus en plus vive et remontait le courant en dépit des lois naturelles :
elle ne pouvait donc pas provenir d'impuretés
rouges, qui auraient été entraînées par les eaux
depuis les provinces du sud. Les mariniers regardaient et marmottaient entre eux. L'un se pencha
sur le bord, puisa de l'eau dans le creux de sa
main et en huma une gorgée pour la recracher
aussitôt en jetant une exclamation d'horreur.

— Du sang ! s'écria-t-il, du sang ! Osiris a été
tué de nouveau et son sang sacré coule entre les
rives du Nil !

Mes gens étaient tellement effrayés que, si je ne
m'y étais opposé avec énergie, ils auraient viré
de bord et remonté le courant ou échoué le bateau
pour fuir dans le désert. Mais je leur ordonnai
de cingler vers le nord, car nous serions peut-être
ainsi plus tôt délivrés de cette horreur, et ils
m'obéirent. Plus nous allions toutefois, plus la

nuance rouge de l'eau devenait foncée, passant
presque au noir. A la fin, il semblait que nous
voguions dans une mer de sang où des poissons
morts flottaient par milliers, tandis que d'autres
agonisaient à la surface. Le fleuve exhalait une
puanteur si épouvantable, que nous dûmes nous
attacher des bandeaux de toile sur les narines
pour filtrer l'air fétide.

Nous passâmes en vue d'une ville. De ses rues
montait une grande clameur d'épouvante. Des
hommes se tenaient sur le bord, le regard fixe,
hébétés comme des gens ivres, considérant leurs
bras rouges qu'ils avaient trempés dans le courant. Les femmes couraient sur la berge, en s'arrachant les cheveux, déchirant leurs vêtements,
jetant des cris :

— Sorcellerie ! Malédiction !... Les dieux se sont
entre-tués et maintenant les hommes vont mourir !

Nous voyions aussi des paysans creuser des
trous à quelque distance de la rive dans l'espoir
d'obtenir de l'eau potable. Nous cinglâmes ainsi
tout le jour à travers cet horrible flot, tandis que
les embruns soulevés par la forte brise du nord
nous tachaient les mains et le visage, maculaient
nos vêtements. Nous ressemblions à des bouchers
sortant de l'abattoir. Nous ne pouvions rien manger à cause de ces embruns qui communiquaient
aux aliments un goût fade comme celui du sang
frais. Nous avions seulement la ressource de boire
de l'eau que j'avais fait mettre en réserve et les
rameurs, qui m'avaient d'abord traité de fou, me
considéraient maintenant comme le plus sage des
hommes, capable de lire dans l'avenir.

Vers le soir, nous remarquâmes enfin que l'eau
devenait de moins en moins rouge d'heure en
heure, ce qui était un autre prodige, car, au-
dessus de nous, en amont, elle était de la couleur
du jaspe. Alors les bateliers lâchèrent leurs avi-
rons et, tout souillés comme nous l'étions, nous
élevâmes un hymne à Hapi, dieu du Nil, le Grand,
le Secret, le Caché. Avant le coucher du soleil, le
fleuve était complètement éclairci. On voyait seulement encore sur la rive, où nous nous amar-
râmes, les pierres et les roseaux tout tachés ; et
d'innombrables poissons morts empestaient l'atmosphère. Pour échapper à cette puanteur, nous
fîmes l'ascension d'une falaise, qui se dressait
là, tout près du Nil, et où nous apercevions les
ouvertures d'anciens hypogées depuis longtemps
violés et vidés par les voleurs. Nous avions l'intention de passer la nuit dans une de ces demeures
souterraines.

Un sentier usé par le pied des hommes nous
conduisit à la plus grande de ces tombes. Comme
nous approchions, nous entendîmes des gémisse-
ments. Une femme et des enfants étaient accroupis par terre dans l'hypogée, la tête couverte de
poussière. Quand ils nous aperçurent, ils se mirent
à crier encore plus fort avec des voix rauques,
discordantes, nous prenant sans doute pour des
brigands ou pour de mauvais esprits à cause
de nos habits tachés de sang. Il y avait
encore un autre enfant tout petit, qui ne criait
pas, car il était mort. Je demandai à cette femme
ce qui lui était arrivé, mais, même quand elle eut
compris que nous n'étions que des hommes et

n'avions pas l'intention de lui faire du mal, elle
fut encore incapable de parler. C'est à peine si
elle pouvait gémir : de l'eau ! de l'eau ! Nous la
fîmes boire, ainsi que les enfants, aux jarres que
nous avions emportées. Ils se désaltérèrent avec
avidité. Après quoi, je réussis enfin à obtenir une
explication.

Cette malheureuse était la femme d'un pêcheur
qui avait établi son logis dans la caverne. Elle
disait que le Nil s'était changé en sang sept jours
auparavant. Impossible de s'y désaltérer et la famille n'avait qu'une toute petite réserve d'eau
dans un pot. Elle ne pouvait creuser pour en trouver, car en cet endroit le sol était rocheux. La
mère et ses enfants n'avaient pu échapper non
plus, car, lorsqu'il avait vu le prodige, le mari,
affolé par la terreur, avait sauté de son bateau et
gagné la terre en pataugeant dans l'eau peu profonde. L'embarcation était partie à la dérive.

Je demandai où était le mari. Elle me montra le
fond de la caverne. Je m'avançai pour regarder
et découvris un homme pendu au chapiteau d'une
colonne de l'hypogée. Il était mort et refroidi.
Bouleversé, je revins questionner la femme. Elle
me fit un récit lamentable. Quand il avait vu que
tout le poisson était détruit et qu'il perdait ainsi
ses moyens d'existence, quand, par surcroît, la
soif avait tué son plus jeune enfant, l'homme était
devenu fou et, se glissant au fond de l'hypogée
pendant que sa femme ne faisait pas attention à
lui, il s'était pendu avec la corde de son filet.

Nous donnâmes des vivres à la veuve et nous
allâmes dormir dans une autre tombe, ne goû-
tant guère la compagnie de ces morts.

Le lendemain, à l'aube, nous prîmes la femme
et ses enfants à bord de notre bateau. Trois heures
plus tard, nous les débarquions dans une ville où
la mère avait une sœur. Nous avions laissé dans
la tombe le mari et l'enfant, car mes hommes ne
voulaient pas se souiller en les touchant. C'est
ainsi qu'ayant assisté à maints spectacles de misère et de terreur, nous arrivâmes enfin, sains et
saufs, à Memphis.

Laissant mes hommes tirer la barque au sec, je
me rendis droit au palais sans parler à personne
et fus introduit tout de suite auprès du prince. Je
le trouvai dans une chambre où régnait une ombre
douce, assis côte à côte avec Mérapi et lui tenant
les mains. Ils formaient ainsi un couple qui me
rappelait les doubles, sculptés en grandeur natu-
relle, d'un homme et de sa femme tels que je les
ai vus dans les tombes anciennes, datant de
l'époque où les artistes savaient atteindre à la res-
semblance parfaite des formes humaines. Les
sculpteurs ne travaillent plus ainsi de nos jours,
probablement parce que les prêtres leur ont enseigné que ce n'est pas conforme aux rites. Séti
parlait à voix basse à la jeune fille; elle l'écoutait avec son beau sourire habituel, mais le regard
fixe, perdu dans le vague, et je croyais voir dans
ses yeux l'expression de la peur. Je la trouvai très
belle avec ses cheveux épars sur sa robe blanche
et maintenus sur les tempes par un mince bandeau d'or. Mais, en la regardant, je constatai avec
joie que mon cœur ne battait plus pour elle,
comme le soir où elle était venue s'asseoir sous
les arbres devant le pavillon. Elle m'inspirait

maintenant de l'amitié, rien de plus. Et ce fut seulement de l'amitié que mon cœur lui garda jusqu'à ce que le destin fût révolu.

Quand il me vit, Séti s'élança de son siège pour me souhaiter la bienvenue, comme à un ami très cher. Je lui baisai la main et, allant à Mérapi, lui rendis le même hommage. Elle portait maintenant au doigt, j'eus alors l'occasion de le remarquer, l'anneau royal qu'elle avait d'abord refusé sous prétexte qu'il était trop large.

— Raconte-moi, Ana, tout ce qui t'est arrivé, dit le prince d'un ton affable qui trahissait pourtant son impatience.

— J'ai vu bien des choses, Prince, dont l'une fort étrange et terrible, répondis-je.

— Il est arrivé ici aussi des choses étranges et terribles, observa Mérapi, et ce n'est, hélas ! que le commencement des calamités.

En parlant ainsi, elle se leva comme si elle voulait se garder d'en dire davantage, s'inclina d'abord devant son seigneur, puis devant moi et quitta la chambre.

J'interrogeai le prince du regard, et, lisant dans mes yeux, il déclara :

— Jabez est venu ici et lui a rempli le cœur de pressentiments. Si Pharaon ne veut pas laisser partir les Israélites, par Ammon, je souhaite du moins qu'il laisse aller Jabez en quelque lieu d'où on ne le voie jamais retourner. Mais, dis-moi, as-tu rencontré aussi le flot de sang qui remontait le cours du Nil ? On le dirait, ajouta-t-il en jetant un coup d'œil sur les taches rougeâtres que le lavage n'avait pas réussi à faire disparaître de mes vêtements.

Je fis un signe affirmatif et nous discutâmes longuement et gravement. Mais à la fin nous n'en étions pas plus instruits, car nous ne savions ni l'un ni l'autre comment le prophète hébreu et Ki avaient pu, en frappant l'eau avec une baguette, la changer en quelque chose qui ressemblait à du sang, ou comment ce sang pouvait remonter le cours du Nil et persister pendant sept jours, oui, et se répandre aussi dans tous les canaux de l'Egypte, si bien qu'on devait creuser des puits pour recueillir de l'eau potable et en creuser tous les jours de nouveaux parce que le sang finissait par s'y infiltrer et les empoisonnait. Nous pensions tous les deux que c'était l'œuvre des dieux et avant tout de ce dieu qu'adorent les Hébreux.

— Te rappelles-tu, Ana, dit le prince, le message que tu m'as rapporté de la part de Jabez, à savoir que je n'aurais pas à souffrir à cause de ces Israélites et de leurs malédictions ? Eh bien, jusqu'ici, il ne m'est pas arrivé de mal, si ce n'est celui que Jabez a causé en venant. La veille du jour où nous reçûmes la nouvelle de cette plaie de sang, Jabez se présenta, déguisé en marchand, avec une pacotille d'articles de Syrie, qu'il me vendit trois fois leur valeur. Il réussit à se faire admettre dans l'appartement de Mérapi, et, sous prétexte de lui montrer sa marchandise, il s'entretint avec elle. Il lui révéla, je le crains, ce que toi et moi avions pris tant de soin de lui cacher : qu'elle attirerait le malheur sur moi. Elle n'a jamais été depuis tout à fait la même avec moi et j'ai jugé prudent de lui faire jurer par un serment, auquel je sais qu'elle ne manquera pas, de

ne jamais essayer de se séparer de moi tant que nous serons en vie l'un et l'autre.

— A-t-il demandé à Mérapi de partir avec lui, Prince ?

— Je n'en sais rien. Elle ne me l'a pas répété. Je suis sûr pourtant que, s'il était venu avant ton retour de Tanis, elle serait partie. Il y a maintenant des raisons qui la retiendront, j'espère, où elle est.

— Et à toi, qu'a-t-il donc dit, Prince ?

— A peu près ce qu'il avait déjà conté au sujet des grandes calamités qui vont sévir en Egypte. Il était envoyé, ajouta-t-il, pour me sauver avec les miens de ces fléaux, parce que je m'étais montré, autant qu'il était possible, l'ami des Hébreux.

« Après cela, il déambula dans la maison et tout autour des jardins, en récitant des formules qu'il lisait sur un papyrus et dont je ne pouvais comprendre le sens. De temps à autre, il se prosternait et invoquait son dieu. Il s'arrêta ainsi pour prier, à l'endroit où le canal pénètre dans le jardin et au point où il en sort. Il s'arrêta au puits qui fournit l'eau potable. En outre, sous la conduite de Mérapi, il visita tous mes champs de blé et les prés où mon bétail est parqué, récitant et priant, si bien que les serviteurs le prenaient pour un fou. Enfin il revint avec elle et je surpris les paroles qu'ils échangèrent en se séparant. Elle lui dit :

« — Tu as béni la maison et elle est protégée ; tu as béni les champs et les palmeraies, et ils sont protégés ; ne me béniras-tu pas aussi, ô mon oncle, et tous ceux qui naîtront de moi ? »

« Il répondit en secouant la tête :

« — Je n'ai, ma nièce, mission ni de te bénir ni de te maudire, comme l'a fait ce fou que le prince a tué. Tu as choisi ton propre sentier à l'écart de ton peuple. Il se peut que ce soit bien, comme il se peut que ce soit mal, et tu dois aller seule au terme de ta route, quel qu'il soit. Adieu ! Nous ne nous reverrons peut-être jamais. »

« Parlant ainsi, ils s'éloignèrent et je cessai de les entendre ; mais je pouvais voir que Mérapi continuait à plaider sa cause et que Jabez secouait obstinément la tête. A la fin, néanmoins, elle lui fit offrande de tout ce qu'elle avait sur elle. J'ignore si cette aubaine est allée au temple des Hébreux ou est demeurée dans la poche de Jabez ; du moins le vieux en fut attendri, car il baisa Mérapi sur le front et s'en alla avec l'air d'un marchand heureux qui a fait une bonne vente. Mais de tout ce qui s'était passé entre eux, Mérapi ne m'a rien confié et je ne lui ai pas parlé non plus de la conversation que j'ai surprise.

— Et après cela, Prince ?

— Nous avons eu l'histoire du prophète hébreu, qui a changé l'eau en sang, et de Ki et de ses disciples, qui ont accompli le même prodige. Je ne crois pas toutefois à ce second exploit, car je prétends qu'il eût été plus raisonnable de la part de Ki de rétablir les choses en changeant le sang en eau, au lieu de faire encore plus de sang quand il y en avait déjà trop.

— Je pense qu'il n'y a pas de raison dans la cervelle des magiciens.

— Ou qu'ils ne sont capables d'accomplir que des prodiges malfaisants, Ana. Quoi qu'il en soit, le sang se répandit partout pendant sept jours pleins et laisse en se retirant beaucoup de maladies, à cause de la puanteur du poisson en putréfaction. Maintenant, pour en revenir au prodige, sache qu'il n'y a pas eu de sang, ici, chez moi, quoique, en amont comme en aval, le canal en fût plein. L'eau est demeurée aussi claire que d'habitude, le poisson a continué à y frétiller comme toujours. Le puits a, de même, conservé sa pureté. Quand la nouvelle s'en répandit, des milliers de gens accoururent, réclamant de l'eau. Mais, dès qu'ils en emportaient au dehors, elle rougissait dans les amphores. Après cela, ceux qui venaient encore buvaient l'eau sur place.

— Et que dit-on de cela à Memphis, Prince ? demandai-je, étonné.

— On dit que ce n'est pas Ki, mais moi, qui suis le plus grand magicien d'Egypte. Jamais, Ana, renommée n'a été plus injustement acquise ! D'autres prétendent que Mérapi, dont ils ont entendu raconter la victoire dans le temple de Tanis, est la vraie magicienne ; car elle appartient à la tribu des prophètes hébreux... Ah ! la voici !

CHAPITRE XIV

KI A MEMPHIS

De tous les fléaux dont cette métamorphose de l'eau en sang fut le commencement en Egypte, moi, Ana, le scribe, je n'écrirai rien, car, si je tentais de le faire, jamais, étant déjà vieux, je ne trouverais le temps d'en achever le récit pendant les jours qui me restent à vivre. Durant une période de beaucoup et de beaucoup de lunes, ces plaies sévirent l'une après l'autre, poussant le peuple au désespoir, à force de misère et de chagrin. C'était toujours la même histoire : les prophètes hébreux se présentaient devant Pharaon, à Tanis, et lui demandaient de laisser partir leur peuple, le menaçant de la vengeance de Dieu, s'il refusait. Il refusait pourtant, car une espèce de folie s'était emparée de lui, ou peut-être le dieu des Israélites l'avait-il soumis, je ne sais pourquoi, à un enchantement.

C'est ainsi que, peu de temps après la plaie de sang, survint celle des grenouilles, qui envahirent l'Egypte du nord au sud et, quand elles moururent, infectèrent l'atmosphère. Ki et son collègue répétèrent ce miracle en envoyant des grenouilles dans le pays de Goshen, où elles tourmentèrent les Israélites, mais, quoique l'invasion en eût gagné les abords, le palais de Séti à Memphis et les terres qui en dépendaient furent exempts de grenouilles. On entendait seulement la nuit monter des champs voisins la rumeur de leurs coassements, si forte qu'elle ressemblait à un grand roulement de tambours.

Puis vint une plaie de vermine. Ki et ses disciples voulurent aussi l'appeler sur les Hébreux, mais, cette fois, ils échouèrent. Dès lors, ils n'essayèrent plus de lutter contre la magie des Israé-

lites. Une plaie de mouches sévit ensuite, l'air en était noir et aucun aliment ne pouvait être abrité de leurs atteintes. Il n'y a que dans le palais de Séti que l'on ne vit pas de mouches et les jardins n'en contenaient guère. Après cela, une peste terrible décima le bétail ; des milliers d'animaux périrent. Mais, dans le troupeau de Séti, pas une bête ne fut malade. Cette peste ne se répandit pas non plus dans le pays de Goshen.

A cette époque, Mérapi venait de donner le jour à un fils, un très bel enfant, qui avait les yeux de sa mère et qui reçut le nom de Séti comme son père.

Or la protection miraculeuse qui s'étendait sur le prince et sa famille, sur sa maison et tous ses biens étonnait toute l'Egypte et faisait beaucoup parler. On venait examiner de près cette chose stupéfiante.

Le vieux Baknikhonsou arriva l'un des premiers avec un message de Pharaon et un autre, privé, que m'adressait la princesse Userti, dont l'orgueil ne voulait pas s'abaisser à demander quelque chose à Séti. Nous ne pûmes rien lui dire de plus que ce que je viens d'écrire. Il ne nous crut pas d'abord ; puis, s'étant persuadé que nous disions la vérité, il feignit de tomber malade et prétendit qu'il ne pouvait pas retourner à Tanis. Il demandait donc au prince la permission de séjourner pour quelque temps dans son palais, lui qui avait été l'ami de son père, de son grand-père et de son arrière-grand-père. Séti rit, comme le fit lui-même le malin vieillard, et Baknikhonsou demeura avec nous jusqu'à la fin, à notre grande joie, car il était le plus agréable des compagnons et le plus savant. Quant à son message, un serviteur fut chargé d'en porter la réponse à Pharaon et à Userti avec la nouvelle que son maître était gravement malade.

Huit jours plus tard, un matin que j'étais près de la grille des jardins du palais en face du temple de Phtah, occupé à me chauffer au soleil tout en regardant la procession des prêtres traverser la cour du temple (je sortais rarement à cause des maladies qui régnaient dans la ville), je vis approcher un personnage de haute taille, drapé dans un manteau qui le défendait de la fraîcheur du matin. S'adressant à moi par-dessus la tête du garde, cet homme me demanda s'il pouvait voir la noble Mérapi. Je répondis que non, car elle était en train de donner le sein à son fils.

— Alors, reprit-il d'une voix qui me semblait familière, puis-je obtenir audience du prince Séti ? Je répondis qu'il était occupé, lui aussi.

— A nourrir son âme, à étudier les yeux de la noble Mérapi, le sourire de son enfant, la sagesse du scribe Ana et les attributs des cent et un dieux qu'il connaît y compris celui d'Israël ! dit la voix familière en ajoutant : Alors puis-je parler à ce scribe Ana, qui, à ce que je comprends, ayant eu de la chance, se prend pour un savant ?

Irrité par l'insolence de cet étranger (que j'avais pourtant l'impression de connaître), je répondis que le scribe Ana s'efforçait de remplacer la chance qui lui manquait en poursuivant la déesse de la science.

— Qu'il la poursuive donc ! railla l'étranger,

c'est la seule femme qu'il sera jamais capable d'attraper. Il est vrai toutefois qu'il s'est fait un jour attraper par une femme. Si tu le connais, interroge-le donc sur sa conversation avec elle dans l'avenue des Sphinx, devant le grand temple de Thèbes, et sur ce que cela lui a coûté en or et en larmes.

En entendant cela, je me frottai les yeux, persuadé que je devais m'être endormi au soleil et que j'étais en train de rêver. Quand je regardai de nouveau, tout était comme auparavant : là se tenait le factionnaire, indifférent à ce qui ne le concernait pas directement. Le coq, qui était en train de muer et avait perdu sa queue, grattait le sable. La huppe empanachée était toujours perchée sur la tête d'une des deux grandes statues de Ramsès qui encadraient la grille et s'occupait d'étirer ses ailes. Un marchand d'eau lançait son cri dans le lointain. Mais l'étranger avait disparu.

Alors, certain d'avoir rêvé, je me disposais à m'en aller aussi, quand, en me retournant, je me trouvai nez à nez avec mon homme.

— Au nom de Phtah et de tous ses prêtres, m'écriai-je avec indignation, comment es-tu passé devant le factionnaire et as-tu traversé la grille sans que je te voie !

— Ne t'embarrasse pas d'un nouveau problème quand tu as déjà tant de motifs de perplexité, ami Ana. Dis, as-tu résolu maintenant celui de la métamorphose d'un bâton comme celui-ci, qui s'est changé en serpent dans ta main ?

Et il rejeta son capuchon, révélant la tête rasée et les yeux vifs de Ki, le Kherheb.

— Non, répondis-je. Je te remercie, ajoutai-je comme il me présentait le bâton, mais je préfère ne pas essayer ce tour une seconde fois. La bête pourrait mordre. Voyons, Ki, puisque tu peux pénétrer ici sans ma permission, pourquoi me la demandes-tu ? Bref, que désires-tu de moi, maintenant que ces prophètes hébreux se sont joués de toi ?

— Prends garde, Ana ! il ne faut jamais se mettre en colère, cela gaspille de l'énergie dont nous n'avons malheureusement pas assez en réserve ; car tu sais ou devrais savoir, étant si sage, que les dieux, lors de notre naissance, nous en donnent une certaine provision. Quand nous l'avons toute employée, nous mourrons, et il nous faut aller autre part pour en récolter une nouvelle dose. A ce train, ta vie sera courte, Ana, car tu la gaspilles en passions.

— Que désires-tu ? répétai-je, trop irrité pour discuter avec lui.

— Je désire obtenir une réponse à la question que tu as posée si rudement. Pourquoi les prophètes hébreux se sont-ils joués de moi, comme tu dis ?

— N'étant pas magicien comme tu prétends l'être, je ne peux te donner aucune réponse, Ki.

— Je ne me suis jamais figuré que tu le pourrais, répliqua-t-il d'un ton mielleux en étendant les mains et laissant le bâton posé debout devant lui (je m'avisai seulement plus tard que ce maudit morceau de bois se tenait debout de lui-même, sans support visible, sur le pavé du chemin), mais il se trouve que vous avez dans cette maison,

comme tout le monde en Egypte le sait aujourd'hui, le maître ou plutôt la maîtresse de tous les magiciens, la noble Mérapi. Je voudrais la voir.

— Pourquoi l'appelles-tu maîtresse de magiciens ?

— Pourquoi un oiseau reconnaît-il un autre oiseau ?

« Pourquoi l'eau reste-t-elle pure ici quand partout ailleurs elle se change en sang ? Pourquoi les grenouilles ne coassent-elles pas dans la maison de Séti et pourquoi les mouches évitent-elles ses aliments ? Pourquoi la statue d'Ammon s'est-elle anéantie sous le regard de Mérapi, quand toute ma magie reste impuissante contre sa poitrine mortelle comme des flèches contre une cotte de mailles ? Voilà mes questions auxquelles l'Egypte demande une réponse et cette réponse je veux la réclamer à celle qui est chère à Séti ou au dieu Set, celle que l'on nomme Lune d'Israël.

— Pourquoi ne vas-tu pas la rejoindre, Ki ? Ce serait sans doute un jeu pour toi que de prendre la forme d'un serpent, d'un rat ou d'un oiseau et de ramper, courir ou voler jusqu'à Mérapi.

— Ce ne serait peut-être pas difficile en effet, Ana. Je pourrais même faire mieux et visiter Mérapi dans son sommeil, comme je t'ai visité une certaine nuit à Thèbes quand tu m'as parlé d'une conversation que tu avais eue avec une femme dans l'avenue des Sphinx et de l'or et des larmes qu'elle t'a coûtés. Mais je désire me présenter sous ma figure humaine et en ami, et demeurer quelque temps. Baknikhonsou me dit qu'il trouve l'existence très agréable ici, à Memphis, qu'on y est à l'abri des maladies qui sont devenues si communes en Egypte. Pourquoi ne serais-je pas de son avis ?

Je considérais sa figure ronde, au sourire figé, pareil à celui que l'on peint sur les masques des sarcophages en bois, et qu'il devait avoir copié. Je rencontrai le regard froid de ses yeux profonds et me sentis frémir. J'avais peur de cet homme, que je sentais en contact avec des présences et des choses qui ne sont pas de notre monde. Je jugeai plus prudent de ne pas lui résister davantage.

— C'est une question que tu feras mieux de poser à mon maître Séti, le propriétaire de cette maison. Viens, je te conduirai auprès de lui.

Nous nous dirigeâmes vers le grand portique du palais et je fis passer Ki entre les colonnes peintes pour gagner mon appartement, d'où je me proposais d'envoyer un messager au prince. Mais nous aperçûmes Séti assis sous une petite baie à l'abri des rayons du soleil. Mérapi était à son côté, et entre eux, sur une natte, était couché leur enfant endormi, qu'ils contemplaient tous les deux avec adoration.

— Etrange que ce cœur de mère cache plus de puissance que n'en peuvent mettre en œuvre tous les dieux d'Egypte ! Etrange que ces yeux de mère puissent réduire en poussière la gloire antique d'Ammon ! me dit Ki, parlant si bas que je croyais entendre sa pensée plutôt que ses paroles, ce qui était peut-être la réalité.

Nous nous arrêtâmes devant ces trois êtres, avec le soleil derrière nous. L'ombre de Ki, enveloppé de son manteau, tomba sur l'enfant et le couvrit,

J'eus l'impression de voir la forme voilée d'un embaumeur penché sur un mort !

Le bébé sentit cette présence, ouvrit ses grands yeux et se mit à pleurer. Mérapi prit l'enfant dans ses bras. Séti se leva en exclamant :

— Qui est là !

Ki se prosterna et prononça les paroles de salutation que l'on adresse au roi d'Egypte : Vie santé, force ! Pharaon ! Pharaon ! Pharaon !

— Qui ose me saluer de la sorte ? dit Séti. Ana, quel fou nous amènes-tu là ?

— Plaise au Prince ! c'est lui qui m'a amené, répliquai-je timidement.

— Drôle, dis-moi qui t'a chargé de me saluer en des termes qui ne me sont nullement agréables.

— Ceux que je sers, Prince.

— Et qui donc sers-tu ?

— Les dieux d'Egypte.

— En ce cas, les dieux doivent avoir besoin de la compagnie. Pharaon ne réside pas à Memphis et, s'il entendait cela...

— Pharaon n'entendra jamais cela. Prince, avant le jour du moins où toutes choses lui seront dévoilées.

Ils se regardèrent, puis comme je l'avais fait à la grille, Séti se frotta les yeux et dit :

— Sûrement, c'est Ki ! Mais voilà qui est bizarre, tu changes de figure.

— Les dieux peuvent, s'il leur plaît, changer l'apparence de leurs messagers mille fois pendant la durée d'un éclair, ô Prince.

Alors la colère de Séti s'apaisa et fit place à l'hilarité.

— Ki ! exclama-t-il, tu devrais garder tes jongleries pour la cour. Mais, puisque tu es en train, quelles salutations décerneras-tu à cette dame qui est à mon côté ?

Ki la considéra et Mérapi, qui avait toujours craint et détesté cet homme, frémit sous son regard.

— Couronne de Hathor, je te salue ! Aimée d'Isis, luis, parfaite, dans le ciel, répandant la clarté et la sagesse avant de te coucher.

Je ne compris pleinement le sens de cette invocation que plus tard, lorsque Baknikhonsou me fit observer que Mérapi avait été surnommée Lune d'Israël, que Hathor, déesse de l'amour, est couronnée du disque de la lune, qu'Isis est la reine des mystères et de la sagesse. Ki, jugeant Mérapi parfaite en amour et en beauté, et la considérant comme la plus grande de toutes les magiciennes, la comparait à ces déesses.

— Oui, répondis-je, mais que voulait-il dire quand il parlait de son coucher ?

— La lune ne se couche-t-elle pas ? et n'est-elle pas quelquefois éclipsée ? dit Baknikhonsou.

— Ainsi arrive-t-il au soleil.

— C'est vrai. Tu deviens de plus en plus sage, très sage en vérité, ami Ana. Ho ! ho ! ho !

Séti, quand il entendit les paroles du Kherheb, les accueillit par un éclat de rire.

— Le ton de ta formule est un peu outré, Ki, mais il est clair que tu possèdes l'art de la louange. N'est-ce pas, Mérapi, couronne de Hathor, dépositaire de la sagesse d'Isis ?

Mérapi, cependant, qui voyait, j'imagine, plus loin que nous, avait pâli. Elle recula, sortant de l'ombre du portique, en plein soleil.

— Eh bien, Ki, poursuivit Séti, tes salutations sont-elles finies ? Que dis-tu de l'enfant ?

Ki regardait le bébé dans les bras de sa mère.

— Maintenant qu'il n'est plus dans l'ombre, je vois ce rejeton de la souche royale pousser si vite et si haut que mon regard ne peut plus atteindre sa couronne. Il est trop élevé et trop grand pour que des salutations montent jusqu'à lui, Prince.

Alors Mérapi proféra un léger cri et emporta l'enfant.

— Elle a peur des magiciens et de leurs discours obscurs, déclara Séti avec un sourire troublé, en la regardant s'éloigner.

— Elle ne devrait pas avoir peur, Prince, car elle est la reine de toute notre corporation.

— Mérapi, une magicienne ! Eh bien, oui, en un sens, quand il s'agit de charmer le cœur des hommes, n'est-ce pas, Ana ? Mais parle plus clairement, Ki. Il est encore de bonne heure et j'aime mieux les énigmes le soir.

— Comment ! si elle n'était pas magicienne, aurait-elle défié la puissance d'Ammon et la sainteté du temple où la majesté du dieu réside sur la terre ? Les prophètes des Hébreux eux-mêmes ne l'auraient pas pu, j'en suis sûr. Qui aurait, comme elle, protégé ces jardins des malédictions qui se sont abattues sur l'Egypte ? demanda Ki avec gravité, car il avait maintenant renoncé à ses manières railleuses.

— Je ne crois pas que ce soit elle qui ait fait ces choses, Ki. Elle n'a été du moins que l'instrument d'une puissance supérieure. Si elle a osé affronter Ammon dans son temple, c'est qu'elle y avait été invitée par les prêtres de son peuple.

— Prince, répondit le Kherheb avec un rire bref, je t'ai adressé il y a quelque temps un message par Ana, qui, occupé d'autres pensées, en a peut-être perdu la mémoire. Il s'agissait de la nature de cette puissance dont tu parles. Je te croyais sage, mais à présent je m'aperçois que tu manques de sagesse comme nous tous, sinon tu saurais que le ciseau qui sculpte n'est pas la main qui guide et que la foudre qui frappe n'est pas la force qui lance. Il en est ainsi de ton bel amour et ainsi de moi et de tous ceux qui font des prodiges ou empruntent leur pouvoir à la divinité. Ce n'est pas nous qui faisons les choses que nous avons l'air de faire, nous ne sommes que l'outil et la foudre. Je voudrais savoir ce qui guide la main de Mérapi et lui donne le pouvoir de protéger ou de détruire.

— La question est immense. Elle me le paraît du moins à moi, qui, dis-tu, possède peu de sagesse. Celui qui pourrait y répondre tiendrait la clé de la connaissance. Ta magie est une petite chose, elle n'a l'air grande que parce que peu de gens sont capables de la manier. Quel miracle fait épanouir la fleur, naître l'enfant, grossir le Nil, briller le soleil et les étoiles ? Qu'est-ce qui fait que l'homme est mi-bête, mi-dieu, et s'abaisse au rang de la bête ou s'élève à celui des dieux, ou monte et descend à la fois ? D'où vient la foi et d'où vient l'incrédulité ? Qui a fait ces choses, afin de manifester par elles les fins de la vie, de la mort et de l'éternité ? Tu secoues la tête, tu n'en sais rien. Comment alors puis-je savoir tout cela, moi qui ne suis, dis-tu, qu'un esprit léger ! Tâche d'obtenir la réponse de Mérapi elle-même, si tes questions ne sont pas rejetées.

— J'en courrai le risque. Grâce soit rendue au seigneur de Mérapi. Mais accorde-moi une faveur, ô Prince, puisque tu ne veux pas accepter cet autre titre, plus facile aux lèvres d'un homme qui est parfois tenté de mettre sur le même plan le présent et le futur.

Séti le scruta du regard, et je remarquai, pour la première fois, l'expression de la peur dans ses yeux.

— Laissons le futur à lui-même, Ki ! exclama-t-il. Quelle que soit l'opinion de l'Egypte, le présent me suffit.

Son regard se posa d'abord sur la chaise que Mérapi venait de quitter, puis sur la natte qui avait servi de couchette à son fils.

— Je retire mes paroles. Le prince est plus sage que je ne le pensais. Les devins connaissent l'avenir parce qu'ils en ont malgré eux la révélation. Cela fait d'eux des solitaires, car ils ne peuvent pas dire tout ce qu'ils savent. Il n'y a que des insensés d'ailleurs pour l'exiger d'eux.

— Pourtant il arrive à ces devins de soulever de temps en temps un coin du voile, Ki. Ainsi je me souviens de certaine prédiction à propos de quelqu'un qui trouverait un grand trésor dans le pays de Goshen, serait ensuite lésé dans ses droits, et... j'ai oublié le reste ! Homme, cesse de sourire ainsi de tes lèvres énigmatiques et de me percer de tes regards comme avec des poignards ! Tu commandes à tout. Quelle faveur désires-tu donc de moi ?

— De loger ici quelque temps, Prince, en compagnie d'Ana et de Bakinkhonsou. Ecoute, je ne suis plus Kherheb, je me suis querellé avec Pharaon, peut-être parce qu'un souffle précurseur du grand vent des tempêtes futures a soufflé dans mon âme ; peut-être parce que Pharaon ne me traite pas comme il sied à mes mérites... Qu'importe !... J'ai fini par être de ton opinion, Prince, et je pense que le roi Amenmsès ferait bien de laisser partir les Hébreux. Je n'essayerai donc pas plus longtemps d'opposer ma magie à la leur. Mais Pharaon refuse de leur rendre l'indépendance. Nous nous sommes donc séparés.

— Pourquoi refuse-t-il, Ki ?

— Peut-être parce qu'il est écrit qu'il doit refuser. Peut-être parce que, se croyant le plus grand de tous les rois quand il n'est qu'un représentant de Dieu, il ferme par orgueil les portes de son cœur, que la tempête du futur finira par anéantir. Je ne sais pas pourquoi il refuse, mais Son Altesse Userti le soutient et elle est pour beaucoup dans son attitude.

— Pour quelqu'un qui ne sait pas, tu fournis beaucoup de raisons et toutes différentes, ô Ki le renseigné ! répliqua Séti.

Il se tut et se promena en silence sous le portique. Moi qui le connaissais, je devinais assez le sens de sa méditation. Il se demandait s'il devait permettre au magicien, qu'il redoutait parfois à cause de ses desseins secrets et de ses résolutions inflexibles, d'habiter dans sa maison, ou s'il ne ferait pas mieux de le renvoyer. Ki frissonna un peu, comme s'il sentait la fraîcheur de l'ombre, et descendit du portique dans l'allée ensoleillée. Là, il étendit la main. Un grand papillon de nuit s'envola du toit et vint se poser sur son doigt. Il l'éleva à la hauteur de ses lèvres qui remuèrent comme s'il parlait tout bas.

— Que dois-je faire ? murmura Séti en passant auprès de moi.

— Je n'aime pas sa compagnie, répondis-je, et je crois que la noble Mérapi ne l'aime pas non plus. Mais c'est un homme qu'il est dangereux d'offenser, Prince. Regarde, il est en train de converser avec son esprit familier.

Séti vint se rasseoir. Ki chassa le papillon, qui ne pouvait se décider à le quitter et revenait toujours se poser sur sa tête, et remonta sous l'ombre du portique.

— De quoi te sert-il de me poser des questions, Ki, puisque, de ton propre aveu, tu sais déjà quelle réponse je te ferai ? Que vais-je répondre ?

— Cette créature bigarrée qui s'était posée sur ma main me chuchotait ce que tu me dirais, ô Prince. Reste, Ki, et sois mon fidèle serviteur ; sers-toi de la petite science que tu possèdes pour mettre ma maison à l'abri du malheur.

Alors Séti fit entendre un rire insouciant et répliqua :

— Que ton désir soit satisfait, puisqu'il est de règle qu'un personnage de la race royale d'Egypte ne refuse jamais l'hospitalité à ceux qui la demandent et qui se sont montrés ses amis. Et je ne veux pas opposer aux avis de ton papillon ce qu'une chauve-souris m'a chuchoté à l'oreille la nuit dernière... Non ! point de tes salutations dictées par des insectes ou par la voix de l'avenir.

Et il lui donna sa main à baiser.

Lorsque Ki fut parti, j'observai :

— Je dis que cette bestiole nocturne était son esprit familier.

— Tu divagues, Ana ! Ki ne tire pas sa science des papillons de nuit ni des hannetons. Mais, maintenant qu'il est trop tard, je regrette de n'avoir pas demandé à Mérapi son avis sur cette question. Tu aurais dû y penser, Ana, au lieu de te laisser distraire par un insecte. C'est précisément pour détourner ton attention que Ki a joué cette petite farce. Eh bien, ta punition sera d'avoir sous les yeux, jour après jour, un homme dont la mine me rappelle... rappelle quoi ?

— L'expression que j'ai vue sur le sarcophage du dieu bon, ton divin père Méneptah, qu'on avait confectionné de son vivant et que l'on conservait dans l'officine de l'embaumeur à Tanis, répondis-je.

— Oui, dit le prince. Une face souriant éternellement au néant, qui est la vie et la mort, et dont les yeux, sous certains éclairages, luisaient comme du feu.

Le jour suivant, sur l'invitation de Mérapi, je me promenais avec elle dans le jardin. La nourrice marchait derrière nous, portant l'enfant royal dans ses bras.

— Je voudrais te parler de Ki, ami Ana, dit l'Israélite. Tu sais qu'il est mon ennemi, car tu as dû entendre comme il m'a menacée dans le temple d'Ammon, à Tanis. Il paraît que mon Seigneur a accepté de lui donner l'hospitalité dans cette maison... Oh ! regarde !

Et elle tendit le doigt.

Je regardai et vis, à quelques pas de là, à l'endroit où l'ombre des grandes palmes était le plus épaisse, Ki arrêté dans une allée. Il s'appuyait sur son bâton, celui-là même qu'il avait changé en serpent dans ma main. Il regardait en l'air comme un homme perdu dans ses pensées ou qui écoute le chant des oiseaux. Mérapi se détourna pour fuir sa présence, mais à ce moment Ki nous aperçut.

— Salut, ô Lune d'Israël ! dit-il en s'inclinant. Salut, ô vainqueur de Ki !

Elle fit un signe de tête en réponse et demeura immobile comme un petit oiseau fasciné par un serpent. Il y eut un long silence, que le magicien rompit en demandant :

— Pourquoi réclamer à Ana ce que Ki lui-même est impatient de donner ? Ana est savant, mais son cœur est-il le cœur de Ki ? Et surtout pourquoi lui dire que Ki, le plus humble de tes serviteurs, est ton ennemi ?

Mérapi fit un effort pour se ressaisir et, soutenant le regard du Kherheb, elle répliqua :

— Ai-je révélé à Ana quelque chose qu'il ne savait pas ? N'a-t-il pas entendu ce que tu m'as dit dans le temple d'Ammon à Tanis ?

— Sans doute il l'a entendu, noble dame. Je suis heureux qu'il soit ici pour en apprendre le sens : Noble Mérapi, à ce moment, moi, le sacrificateur d'Ammon, j'étais habité non par mon propre esprit, mais par l'esprit irrité du dieu que tu avais humilié comme cela ne lui était jamais arrivé en Egypte. Le dieu te demandait par mon entremise le secret de ta magie et te menaçait de sa haine, si tu refusais. Noble dame, tu as sa haine, mais tu n'as pas la mienne, car j'ai encouru aussi sa colère pour n'avoir pas su me défendre et le défendre avec moi contre tes prophètes. Nous voyageons de compagnie dans la vallée du souci.

Elle le regardait fixement et je me rendais compte qu'elle ne croyais pas un mot de ce qui passait par ses lèvres. Sans daigner lui répondre, ni parler de ce qu'il avait dit au sujet d'Ammon, elle demanda seulement :

— Pourquoi viens-tu ici afin de me nuire, à moi qui ne t'ai rien fait ?

— Tu te trompes, noble dame, répondit-il. Je suis venu chercher ici un refuge contre Ammon et son serviteur Pharaon, qu'Ammon pousse à la ruine. Je sais bien que, si tu le veux, tu peux parler tout bas à l'oreille du prince et qu'alors il me chassera. Mais dans ce cas...

Et il regarda par dessus la tête de Mérapi dans la direction de la nourrice qui berçait l'enfant endormi.

Il se retourna vers moi.

— Savant Ana, te souviens-tu de m'avoir rencontré un soir à Tanis ?

Je secouai la tête, devinant cependant bien de quel soir il voulait parler.

— Ta mémoire chancelle, savant Ana, ou plutôt elle est confuse, car nous nous rencontrons souvent, n'est-ce pas ?

Il regarda son bâton ; je le regardai aussi, malgré moi, et vis ou crus voir le bois mort enfler et

se courber. C'en était assez pour moi et je m'exclamai vivement :

— Si tu veux parler du soir du couronnement, je m'en souviens...

— Toi qui, comme tous les scribes, sais si bien observer, tu auras remarqué comme de petits détails, le parfum d'une fleur, le passage d'un oiseau ou la trace d'un serpent dans la poussière, rappellent souvent à l'esprit des événements ou des paroles depuis longtemps oubliés.

— Oui... et que voulais-tu dire à propos de notre rencontre ? interrompis-je.

— Juste avant de me rencontrer, tu t'entretenais avec l'Hébreu Jabez, l'oncle de Mérapi, n'est-ce pas ?

— Nous parlions ensemble sur une place où nous étions seuls.

— Savant scribe, tu le sais, nous ne sommes jamais seuls... tout à fait. Si ton regard était assez perçant, tu verrais que chaque grain de sable possède une oreille.

— Qu'il te plaise de t'expliquer, ô Ki !

— Non, Ana, ce serait trop long et les plaisanteries les plus courtes sont les meilleures. Comme je te l'ai dit, vous n'étiez pas seuls. Quoique certaines paroles m'aient échappé, j'ai entendu une grande partie de la conversation avec Jabez.

— Qu'as-tu donc entendu ? demandai-je en frémissant.

Et l'instant d'après j'aurais voulu m'être coupé la langue avec les dents, plutôt que de prononcer cette question.

— Bien des choses ! Laisse-moi réfléchir. Vous parliez de la noble Mérapi et vous vous demandiez si elle ferait mieux de rester à Memphis dans l'ombre du prince ou de retourner à Goshen dans celle d'un certain... j'ai oublié le nom. Jabez, un homme bien renseigné, disait qu'à son avis elle serait plus heureuse à Memphis, quoique peut-être sa présence en ce lieu dût attirer un grand chagrin sur elle et... un autre.

Il regarda encore dans la direction de l'enfant, qui eut l'air de le sentir, car il s'éveilla et battit l'air de ses petites mains.

La nourrice le sentit aussi, quoiqu'elle fût tournée d'un autre côté. Elle tressaillit et alla s'abriter derrière le tronc d'un palmier. Mérapi dit alors :

— Je sais de quoi tu veux parler, magicien ; car j'ai vu depuis mon oncle Jabez.

— Je l'ai vu moi-même plusieurs fois, noble dame, et cela t'explique ce qu'Ana trouve si étonnant : comment j'ai été instruit de ce qu'ils se sont dit quand ils se croyaient seuls. L'Egypte est le pays des esprits aux écoutes...

— Et des sorciers aux aguets ! exclamai-je.

— ... Et des sorciers aux aguets, répéta-t-il, et des scribes qui rédigent des notes afin de les apprendre par cœur, et des prêtres avec des oreilles aussi grandes que des oreilles d'âne, et des feuilles qui murmurent, et des dieux qui se font la guerre...

— Assez de plaisanteries, et dis ce que tu as à dire, ordonna Mérapi de la même voix tremblante.

Il ne répondit pas, se contentant de regarder l'arbre derrière lequel la nourrice avait disparu avec l'enfant.

— Oh ! je sais ! je sais ! exclama-t-elle, dans un

gémissement. Mon enfant est menacé, tu menaces mon enfant parce que tu me hais !

— Pardonne-moi. Il est vrai que cet enfant royal est menacé ; du moins Jabez, qui est instruit de tant de choses, me l'a laissé entendre. Mais ce n'est pas moi qui le menace, pas plus que je ne te hais, toi en qui je reconnais une magicienne comme moi, plus grande que moi, à laquelle mon devoir est d'obéir.

— Finissons-en ! Pourquoi me tourmentes-tu ?

— Les prêtres de la déesse de la lune peuvent-ils tourmenter Isis, Mère de la Magie, avec leurs prières et leurs offrandes, et le puis-je, moi, qui voudrais faire une prière et une offrande...

— Quelle prière et quelle offrande ?

— La prière est que tu me laisses chercher refuge dans cette maison contre la fureur de Pharaon et des prophètes de ton peuple. Et en offrande, je t'apporte l'aide de mon art et de mes connaissances contre les sinistres menaces qui sont suspendues sur la tête... d'une autre créature

Il regarda encore du côté de l'arbre, derrière lequel j'entendais pleurer l'enfant.

— Et si je consens ? demanda Mérapi, la voix rauque.

— Alors, noble dame, je m'efforcerai de protéger certain petit être contre une malédiction qui, au dire de Jabez, a été lancée sur lui et plusieurs autres personnes en qui se transmet le sang d'Egypte. Je m'y efforcerai, s'il m'est permis de demeurer ici... Je ne dis pas que je réussirai, car mon pouvoir est plus faible que celui des prophètes et des prophétesses d'Israël, comme ton seigneur me l'a rappelé et comme tu me l'as prouvé dans le temple d'Ammon.

— Et si je refuse ?

— Alors, noble dame, répondit Ki d'une voix qui sonnait comme le fer, sois-en sûre, un être que tu aimes comme les mères savent aimer sera bientôt ravi dans les bras du dieu que nous nommons Osiris.

— Arrête ! s'écria Mérapi et, se détournant, elle s'enfuit.

— Pourquoi est-elle partie, Ana ? exclama le magicien, et avant que je puisse réclamer ma récompense ? Je serai donc forcé de traiter cette question avec toi. Comme les femmes sont bizarres ! Voici l'une des plus grandes de son sexe, nous l'avons constaté dans le temple d'Ammon ; pourtant elle s'épanouit au soleil de l'espérance et se replie à l'ombre de la peur, comme les feuilles de cette plante sensible qui croît sur les berges du Nil, alors que, les yeux fixés sur les mystères de l'au-delà, écoutant le vent murmurer les secrets de l'univers, elle pourrait fouler aux pieds la crainte et l'espérance d'ici-bas ou s'en faire des marches de gloire ! Si elle était un homme, c'est ainsi qu'elle agirait ; mais son sexe la pousse à la ruine, elle qui fait plus de cas des baisers d'un petit enfant que de toutes les splendeurs qu'elle peut accueillir dans son cœur. Oui, un bébé, un simple bébé pitoyable ! Tu en as eu un autrefois, n'est-ce pas, Ana ?

— Oh ! que le feu de Set te dévore avec ton maudit bavardage ! criai-je en m'éloignant de lui.

Quand j'eus fait quelques pas, je me retournai et vis le Kherheb rire en jouant avec son bâton, qu'il jetait en l'air et rattrapait ensuite.

— Le feu de Set, ricana-t-il, je me demande à quoi il ressemble. Nous l'apprendrons peut-être un jour, toi et moi, scribe Ana.

Ki s'installa donc parmi nous, dans le même appartement que Baknikhonsou, et presque tous les jours, je rencontrais nos deux hôtes se promenant ensemble dans le jardin ; car, étant le commensal du prince à sa table, sauf quand il prenait son repas avec Mérapi, je ne mangeais pas en leur compagnie. Nous nous entretenions de maints sujets. Pour ceux qui avaient trait à la science et même à la religion, je l'emportais sur le magicien qui n'était ni un grand savant ni un maître en théologie. Mais toujours, avant de se séparer de moi, il trouvait moyen de me lancer quelques traits acérés qui faisaient rire le vieux Baknikhonsou, toujours prêt cependant à m'apporter le secours de sa vénérable sagesse, car il m'aimait.

C'est après cela que la peste décima le bétail d'Egypte. Les animaux mouraient par milliers, mais les troupeaux de Séti furent épargnés, ainsi que ceux des Israélites, dans le pays de Goshen. L'Egypte était dans une affreuse misère. Mais Ki souriait, car il avait, disait-il, été averti de ce qui arriverait et prophétisait les pires calamités. J'étais exaspéré quand je l'entendais parler ainsi : je l'aurais assommé avec son propre bâton, si je n'avais pas eu peur que ce bout de bois ne se changeât encore en serpent dans mes mains.

Le vieux Baknikhonsou voyait les choses sous un autre jour. Il disait que, depuis la mort de sa femme, c'est-à-dire depuis quelque cinquante ans, il avait trouvé l'existence très ennuyeuse, car il était privé des joies et des distractions que sa femme lui procurait, avec son caractère original et son habitude de présenter les choses comme jamais personne ne l'avait fait ni ne le ferait. Or il trouvait que la vie redevenait intéressante, car les prodiges dont l'Egypte était le théâtre, étant tout à fait contraires à l'ordre de la nature, lui rappelaient sa femme défunte et ses arguments. C'était sa façon de dire que nous nous trouvions alors dans une ère de miracles, auxquels semblait, aux yeux des Egyptiens, présider Set, le dieu malin.

Pourtant Pharaon ne se décidait pas à laisser partir les Hébreux, peut-être par respect pour la mémoire de Méneptah qui l'avait placé sur le trône, peut-être pour l'une ou l'autre des raisons que Ki avait exposées au prince.

On commençait à comparer le sort de ceux qui demeuraient dans le domaine de Séti, et qui restaient indemnes, avec celui des habitants du reste du pays dont nul homme, femme ou enfant, n'était épargné par les calamités qui sévissaient sur l'Egypte. Par exemple, le gardien qui vivait avec sa famille hors les limites du domaine, avait à pâtir avec les siens, tandis que celui qui habitait en deçà des grilles, à vingt pas du premier, était protégé. Il en résultait de l'animosité entre leurs femmes. De même, Ki, hôte du prince à Memphis, était à l'abri du fléau, tandis que les prêtres de son collège qui étaient restés à Tanis étaient plus cruellement frappés que quiconque, au point que plusieurs d'entre eux succombèrent. Quand il l'apprit, Ki ne fit qu'en rire, disant qu'il les avait prévenus de ce qui leur arriverait.

Pharaon lui-même et aussi Son Altesse Userti, furent frappés, cette dernière d'un ulcère à la joue qui la défigura pour un temps. Baknikhonsou apprit, je ne sais comment, que, dans son affolement, la princesse avait songé à revenir auprès de son seigneur Séti, dans le palais duquel elle savait que tout le monde était en bonne santé et que la beauté de Lune d'Israël, sa rivale, loin d'être altérée, s'épanouissait plus magnifiquement. Son orgueil ou sa jalousie l'emportèrent à la fin et elle demeura à Tanis auprès de Pharaon.

Le cœur de l'Egypte commençait à se tourner vers Séti avec ferveur. Le prince, disait-on, s'était opposé à la politique d'oppression de son père à l'égard des Hébreux et, n'ayant pu faire prévaloir son opinion, avait préféré renoncer à ses droits sur le trône, que le Pharaon Amenmsès avait payé de l'acceptation de cette politique désastreuse.

Si, donc, raisonnait-on, Amenmsès était déposé et le prince élevé au pouvoir, les misères du peuple seraient soulagées. Le prince reçut des députations secrètes qui le suppliaient de se lever contre Amenmsès et lui promettaient l'appui de l'Egypte. Mais il ne voulait rien entendre, étant, disait-il, heureux comme il était, et n'aspirant pas à un autre état. Pharaon pourtant était jaloux, car il était tenu au courant de ces événements par ses espions, et il méditait des machinations pour perdre Séti.

Je fus averti de la première par un messager qu'Userti m'expédia. La seconde, qui était plus redoutable, fut découverte par Ki d'une étrange façon, de sorte que l'assassin fut arrêté à l'entrée du domaine et abattu par le gardien. Après cela, Séti déclara qu'il se félicitait d'avoir donné l'hospitalité à Ki, si toutefois quelqu'un pouvait se féliciter d'être conservé à la vie.

La noble Mérapi m'en dit autant, mais cela ne l'empêchait pas de continuer à éviter Ki, qu'elle regardait toujours avec méfiance.

CHAPITRE XV

LA NUIT D'ÉPOUVANTE

Puis, vint la grêle et, quelques mois après la grêle, les sauterelles. L'Egypte était affolée de misère et de terreur. Nous savions, car nous étions tenus au courant de tout, dans le palais, par Ki et Baknikhonsou, que les prophètes hébreux avaient prédit cette grêle parce que Pharaon avait refusé de les entendre. Séti fit proclamer par toute l'Egypte que les habitants devaient mettre leur bétail et tout ce qu'ils possédaient encore à l'abri au premier signe d'orage. Mais Pharaon l'apprit et défendit de suivre ce conseil, qui était une insulte aux dieux de l'Egypte. Il y eut néanmoins beaucoup de gens qui lui désobéirent et sauvèrent ainsi leur bétail. C'était une chose étrange que ce mur de glace croulante qui s'éten-

dait de la terre jusqu'au ciel et hachait tout en tombant. La grêle arrachait les palmes des grands dattiers et les dépouillait même de leur écorce. La terre était labourée ; les hommes et les bêtes qui se risquaient au dehors, tués ou blessés.

J'observais le cataclysme derrière la grille du jardin. De l'autre côté, à un pas de moi, la grêle s'abattait, semant la ruine, tandis qu'en deçà de la grille, il ne tombait pas un seul grêlon. Mérapi regardait aussi. Ki vint à son tour, accompagné de Baknikhonsou, qui, pour une fois, n'avait jamais rien vu de pareil dans toute sa longue vie. Mais Ki observait Mérapi plus attentivement que la grêle : je le voyais essayer de scruter l'âme de la jeune femme de son regard impitoyable.

— Noble dame, dit-il enfin, explique à ton serviteur, je t'en prie, comment tu accomplis cela ?

Et il montra d'abord les arbres et les fleurs dans le jardin, puis au dehors le spectacle de la destruction.

Sur le moment, je crus qu'elle ne l'avait pas entendu à cause du grondement de la grêle, car elle s'avança et ouvrit la petite porte latérale pour laisser entrer un pauvre chacal qui grattait aux barreaux. Pourtant elle se retourna et dit :

— Le Kherheb, le plus grand magicien d'Egypte, demande-t-il à une femme ignorante de l'instruire sur la nature de ces prodiges ? J'en suis incapable, Ki. Ce n'est pas moi qui fais cela et je ne sais pas comment cela s'accomplit.

Baknikhonsou ricana et le sourire figé de Ki me sembla plus épanoui.

— Ce n'est pas ce que l'on dit au pays de Goshen, noble dame, répondit le magicien, ni ce que les femmes israélites disent ici à Memphis, et non plus ce que prétendent les prêtres d'Ammon. Ceux-ci déclarent que tu es plus versée dans la science de la magie que tous les sorciers du Nil. En voici la preuve, ajouta-t-il en montrant la campagne saccagée d'une part, le jardin épargné par le fléau d'autre part. Si tu peux protéger ta propre maison, pourquoi ne protèges-tu pas le peuple innocent d'Egypte ?

— Parce que je ne le peux pas, répliqua Mérapi avec humeur. Si j'ai jamais possédé un tel pouvoir, je l'ai perdu, moi qui suis aujourd'hui la mère d'un enfant égyptien. Non, je ne le peux pas. J'ai été dans le temple d'Ammon l'instrument d'une puissance supérieure, qui ne me visitera plus jamais à cause de mon péché.

— Quel péché, noble dame ?

— Le péché d'avoir pris pour seigneur le prince Séti. Maintenant si un dieu parlait à travers moi, ce serait un de ceux des Egyptiens, car celui d'Israël m'a rejetée.

Ki redressa la tête comme si une idée nouvelle venait de le frapper. A ce moment Mérapi se détourna et s'en alla.

— Que n'est-elle grande prêtresse d'Isis, observa-t-il, afin de travailler pour nous et non contre nous !

Baknikhonsou secoua la tête.

— Sois sûr, dit-il, que jamais une femme israélite ne consentira à sacrifier à ce qui est à ses yeux l'abomination de l'Egypte.

— Si elle ne se sacrifie pas pour sauver le peuple, qu'elle prenne garde que le peuple ne la sacri-

fle pour se sauver lui-même, répliqua froidement
Ki.

Il s'en alla aussi.

— Je pense, ricana Baknikhonsou, que, si pareille chose arrive, Ki y aura sa part. Que penser d'un berger qui se tient ici à l'abri tandis que son troupeau périt au dehors ?

Ce fut ensuite la plaie des sauterelles qui dévorèrent tout ce qui restait à manger en Egypte, si bien que les pauvres gens, qui n'avaient rien fait de mal et ne pouvaient mais aux démêlés de Pharaon avec les Israélites, mouraient par milliers.

Puis vint la plaie des ténèbres et ce fut alors que Laban arriva. Les ténèbres se répandirent sur le pays en brouillards épais pendant trois jours et trois nuits. Néanmoins, elles ne régnaient pas vraiment sur la maison de Séti, à Memphis, qui était surmontée d'une immense cheminée de lumière grise, s'étendant de la terre jusqu'au ciel.

La terreur était à son comble. On aurait dit que tous les habitants de Memphis et des environs, par centaines de mille, s'étaient rassemblés derrière nos murs pour apercevoir au moins la lumière. Séti aurait voulu en recueillir dans son domaine autant qu'il en pouvait contenir ; mais Ki le lui déconseilla, de peur qu'en entrant la foule ne fît entrer les ténèbres avec elle. Cependant, Mérapi donnait asile aux femmes israélites qui avaient épousé des Egyptiens : elle n'en fut d'ailleurs récompensée qu'en se faisant traiter de sorcière. Désormais, la plupart des habitants de Memphis étaient persuadés que c'était elle qui, tout en se mettant à l'abri, avait attiré toutes ces calamités sur eux, parce qu'elle adorait un dieu étranger.

— Elle qui est l'amante de l'héritier d'Egypte, si elle voulait sacrifier aux dieux d'Egypte, nous serions délivrés de ces horreurs ! disaient-ils, ayant, je pense, appris leur leçon des lèvres de Ki, à moins qu'ils ne fussent inspirés par des émissaires d'Userti.

Une fois, nous étions près des portes, regardant les gens glisser comme des ombres dans le brouillard opaque. Cette vue fascinait Mérapi. C'est alors que Laban fit son apparition. Je reconnus son nez busqué et ses yeux d'oiseau de proie, et la jeune femme reconnut aussi son ancien fiancé.

— Viens avec moi, Lune d'Israël, cria-t-il, et tout te sera pardonné. Mais, si tu ne veux pas me suivre, des malheurs terribles s'abattront sur toi.

Elle le regardait sans répondre. A ce moment, le prince Séti survint et aperçut l'Hébreu.

— Qu'on se saisisse de ce drôle ! ordonna-t-il avec colère.

Les gardes s'élancèrent dans le brouillard, mais Laban était parti.

Le second jour de la plaie des ténèbres, le tumulte fut grand ; le troisième, il fut terrible. La foule repoussa les gardes, abattit les grilles et envahit le palais, demandant humblement que la noble dame Mérapi consentît à prier pour le peuple, montrant du reste par son attitude que, si elle refusait, on l'entraînerait de force.

— Que faut-il faire ? demanda Séti à Ki et à Baknikhonsou.

— C'est au prince d'en juger, dit Ki. Quoique je ne voie pas quel mal il y aurait à ce que la noble dame Mérapi priât pour nous sur la place de Memphis.

— Qu'elle y aille, dit Baknikhonsou, de peur que nous n'allions tous plus loin que nous ne le voudrions.

— Non, non, je n'irai pas, s'écria Mérapi, ne sachant ni comment, ni pour qui j'ai à prier.

— Fais selon ta volonté, dit Séti de sa voix grave et douce. Mais écoute les clameurs de la foule. Si tu refuses, je pense que nous serons tous bientôt dans un pays où nous n'aurons plus besoin de prier.

Et il regarda l'enfant qu'elle tenait dans ses bras.

Elle sortit, portant l'enfant, et je la suivis. Le prince nous accompagnait, mais il fut séparé de nous par une bousculade et je le perdis de vue dans les ténèbres. Baknikhonsou s'appuyait à mon bras. Ki était parti devant nous, pour veiller sans doute à l'exécution de ses desseins. Des milliers de gens se mouvaient dans le brouillard opaque, où des lumières flottaient çà et là comme des fanaux sur une mer calme. Je ne savais pas où nous allions. Mais, à la fin, la lueur d'une lampe me révéla les genoux de la statue colossale de Ramsès le Grand avec le cartouche du Pharaon. Alors, je me rendis compte que nous étions parvenus à l'entrée du grand temple de Memphis, le plus vaste peut-être du monde entier.

Des prêtres, qui nous guidaient par la main, nous firent traverser des cours et des portiques, et nous arrivâmes devant un sanctuaire autour duquel se pressaient des hommes et des femmes. C'était le sanctuaire d'Isis, qui porte sur son sein l'enfant Horus.

— O ami Ana, me cria Mérapi, viens à mon secours ; on est en train de m'affubler d'un étrange costume.

J'essayai de m'approcher davantage, mais je fus repoussé. Une voix, que je crus reconnaître pour celle de Ki, me lança :

— Arrière, imbécile, si tu tiens à la vie !

Des mains haussaient des lampes et, dans la lueur, je vis Mérapi assise sur un trône et parée comme une déesse, dans le costume sacerdotal d'Isis avec la coiffure à tête de vautour. Elle était ainsi d'une beauté extraordinaire. Elle avait dans les bras son enfant, costumé comme Horus, l'enfant-dieu.

— Prie pour nous, Mère Isis, clamèrent des milliers de voix, afin que la malédiction des ténèbres soit écartée de nous.

Alors, elle pria ainsi :

— O mon Dieu, délivre ce peuple innocent de la plaie des ténèbres !

Et tous les assistants répétèrent ses paroles.

Au même moment, le ciel s'éclaircit. Moins d'une demi-heure après, le soleil perçait la nue. Mérapi voyant alors comment on les avait parés, elle et son enfant, poussa un grand cri et arracha ses vêtements constellés de pierreries en gémissant :

— Malheur ! trois fois malheur sur le peuple d'Egypte !

Mais, dans la joie de la lumière retrouvée, personne ne l'écoutait plus. On était persuadé que c'était elle qui avait ramené le soleil.

Laban fit une nouvelle apparition.

— Sorcière ! Traîtresse ! dit-il. Tu as revêtu la parure d'Isis et adoré dans le temple des dieux d'Egypte ! Que la malédiction du Dieu d'Israël tombe sur toi et sur celui qui est né de toi !

Je m'élançai pour l'attraper, mais il m'échappa. Nous ramenâmes Mérapi évanouie au palais.

Après cette aventure, la jeune femme ne tolérait plus que son fils fût hors de portée de sa vue.

— Pourquoi t'occupes-tu tant de lui, noble dame ? lui demandai-je un jour.

A quoi elle répondit :

— Parce que je voudrais bien l'aimer pendant qu'il est ici, ami. Mais ne dis rien à son père.

Un temps passa et nous apprîmes que Pharaon refusait toujours de laisser partir les Israélites. Alors, le prince Séti nous envoya à Tanis, Baknikhonsou et moi pour voir Pharaon et lui rapporter ces paroles :

— Je ne demande rien pour moi-même et j'oublie le mal que tu as essayé de me faire par jalousie. Mais je t'avertis que, si tu ne veux pas rendre la liberté à ces étrangers, des calamités encore plus redoutables te frapperont avec toute l'Egypte. Entends donc ma prière et laisse-les partir.

Nous nous présentâmes à Pharaon, Baknikhonsou et moi, et fûmes frappés de le trouver si vieilli. Ses tempes étaient grises et il avait des poches sous les yeux. Il faisait preuve aussi d'une extrême nervosité.

— Votre maître et vous, demanda-t-il, vous êtes-vous faits aussi les servants de ce prophète hébreu (1) que les Egyptiens adorent comme un dieu à cause de tout le mal qu'il leur a causé ? C'est probable, puisqu'il paraît que mon cousin Séti garde dans sa maison une sorcière israélite, qui détourne de lui toutes les plaies dont le reste de l'Egypte est affligée, et que l'ancien Kherheb, Ki, mon magicien, s'est aussi réfugié auprès de lui. J'ai appris que, pour prix de ses sortilèges, des lâches et des poltrons lui ont promis de le porter sur le trône d'Egypte. Qu'il ne se laisse pas entraîner par eux, de peur que je ne l'élève plus haut qu'il ne l'espère, car il y a déjà assez de traîtres dans ce pays ! Et, vous deux, prenez garde aussi !

Je ne disais rien, car je voyais bien qu'Amenmsès avait perdu la raison. Mais Baknikhonsou rit tout haut et répliqua :

— O Pharaon, je ne sais pas grand'chose ; je sais ceci pourtant : tout vieux que je suis, je m'entretiendrai encore avec le porteur de la double couronne d'Egypte quand les hommes auront cessé de prononcer ton nom. Veux-tu laisser partir les Hébreux ou attirer la mort sur l'Egypte ?

Pharaon le fixa d'un regard égaré et répondit :

— Je ne veux pas les laisser partir.

— Pourquoi donc, Pharaon ? Explique-le-moi, car je suis curieux.

— Parce que je ne le peux pas, répondit Amenmsès avec un grognement de colère. Quelque chose de plus fort que ma volonté me contraint de repousser leurs prières. Allez !

(1) Moïse.

Nous partîmes et ce fut la dernière fois que je vis Amenmsès à Tanis.

Comme nous quittions la salle, nous croisâmes le prophète hébreu, qui pénétrait en présence de Pharaon. Le bruit parvint plus tard jusqu'à nous qu'il avait menacé d'exterminer tout le peuple d'Egypte, mais que Pharaon avait encore refusé de rendre l'indépendance aux Israélites. Il avait même déclaré au prophète que, s'il osait reparaître devant lui, il le ferait mettre à mort.

Nous reprîmes le chemin de Memphis et nous fîmes notre rapport à Séti. Quand Mérapi entendit notre récit, elle se mit à pleurer et à se tordre les mains comme une folle. Je lui demandai ce qu'elle redoutait. Elle répondit que la mort était près de nous tous.

— Il y a pire chose que la mort, noble dame, observai-je.

— Peut-être pour toi, qui es fidèle et bon à ta façon, mais pas pour moi. Ne comprends-tu donc pas, Ana, que j'ai failli à la loi du Dieu dans l'adoration duquel j'ai été élevée ?

— Et qui de nous n'a pas failli à la loi du dieu dans l'adoration duquel il a été élevé ? Si tu as, en vérité, manqué envers ton dieu en fuyant une brute criminelle pour te réfugier auprès de celui qui t'aime, il y a certainement un pardon pour des péchés comme celui-là.

— Oui, peut-être, mais ma faute est beaucoup plus grave. As-tu oublié ce que j'ai fait ? Revêtue des ornements d'Isis, j'ai adoré dans le temple de la déesse avec mon fils, remplissant le rôle d'Horus sur mon sein. C'est un crime qui ne sera jamais pardonné à une femme israélite. Ana, car mon Dieu est jaloux. Il est vrai toutefois que j'ai été attirée par Ki dans un piège.

— S'il ne l'avait pas fait, noble dame, je crois qu'aucun de nous ne serait resté pour être pris au piège. Le peuple était fou de terreur et croyait que toi seule pouvais le délivrer. Et tu l'as délivré en effet, ajoutai-je un peu incrédule.

— Encore un tour de Ki ! Oh ! ne comprends-tu pas que c'est le magicien qui a dissipé les ténèbres afin de persuader au peuple que je suis réellement une sorcière.

— Pourquoi ? demandai-je.

— Il veut avoir un jour une victime à coucher sur l'autel. C'est moi qui dois payer le prix de tout ceci, moi, et ma chair et mon sang, quoi que le magicien m'ait promis.

Elle regardait son enfant endormi.

— N'aie pas peur, noble dame ! lui dis-je. Ki n'est plus au palais, tu ne le reverras plus.

— Oui, parce que le prince était irrité contre lui à cause de cette comédie dans le temple d'Isis. Il est parti brusquement ou il a fait semblant de partir : comment peut-on dire où un tel homme est passé ! Mais il reviendra. Songes-y, Ki était le plus grand magicien de toute l'Egypte ; le vieux Baknikhonsou lui-même ne se rappelle pas en avoir connu un comme lui. Or il a essayé de lutter contre les prophètes de mon peuple, et il a été vaincu.

— Mais a-t-il été réellement vaincu ? Ce qu'ont fait les prophètes d'Israël, il l'a fait, envoyant aux israélites les plaies que leurs prophètes nous avaient envoyées.

— Oui, quelques-unes d'entre elles, mais il a été dépassé à la fin ou a eu peur de l'être. Ki est-il un homme à oublier cela ? Et, s'il croit réellement que je suis son adversaire, que mon pouvoir l'emporte sur le sien dans cette œuvre sinistre, ainsi que des milliers de gens le croient aujourd'hui à cause de ce qui est arrivé dans le temple d'Ammon, ne trouvera-t-il pas tôt ou tard le moyen de m'abattre ? Oh ! j'ai peur de Ki, Ana, et j'ai peur du peuple d'Egypte. Si ce n'était pas pour mon seigneur bien-aimé, je fuirais dans le désert avec mon fils, je m'échapperais de ce pays de perdition...

Une grande terreur régnait en Egypte. Personne ne savait au juste ce qu'il redoutait, mais tout le monde attendait la mort. Les gens allaient tristement, regardant par-dessus leur épaule comme s'ils se sentaient suivis, et le soir ils se rassemblaient par groupes en s'interrogeant tout bas.

Les Hébreux seuls paraissaient heureux et contents. Ils faisaient d'étranges préparatifs.

Les femmes israélites qui habitaient Memphis commençaient à vendre tout ce qu'elles possédaient et à emprunter aux Egyptiens. Elles se faisaient surtout prêter des bijoux, sous prétexte qu'elles avaient une fête à célébrer et voulaient paraître belles aux yeux des hommes de leur race. Personne n'osait leur refuser ce qu'elles demandaient, car on avait peur d'elles. Elles vinrent même au palais et exigèrent de Mérapi qu'elle leur abandonnât ses bijoux, bien qu'elle fût de leur race et leur eût toujours témoigné beaucoup de bonté. Voyant un mince cercle d'or sur la tête de l'enfant, l'une d'elles alla jusqu'à le réclamer aussi, et Mérapi ne le lui refusa pas ; mais le prince entra par hasard en cet instant et vit l'insigne royal dans la main de la femme. Il se mit en colère et força la visiteuse à rendre le bijou.

— Qu'est-il besoin de couronnes, quand il n'y a pas de têtes pour les porter ? ricana l'Israélite, et elle s'en alla en emportant ce qu'elle avait récolté.

Cette raillerie rendit Mérapi encore plus triste et plus nerveuse. La terreur à laquelle elle était en proie se communiquait à Séti ; lui aussi il devenait triste et nerveux ; si je lui demandais pourquoi, il me disait qu'il avait le pressentiment d'une nouvelle plaie.

— Pourtant, ajoutait-il, comme j'ai été épargné par les neuf qui ont sévi jusqu'à présent, je ne vois pas pourquoi j'aurais peur de la dixième.

Il avait peur pourtant, à tel point qu'il consulta Baknikhonsou pour savoir s'il n'y avait aucun moyen de détourner la colère des dieux.

Baknikhonsou rit et dit qu'il n'en connaissait pas, car les dieux étaient toujours en colère, à propos d'une chose ou d'une autre. Ayant créé le monde, ils ne faisaient que lui chercher querelle ou que se disputer avec d'autres dieux qui avaient contribué à le façonner. Et les hommes étaient victimes de ces luttes.

— Supporte tes épreuves avec patience, Prince ! ajouta-t-il, car elles ne compteront plus pour toi avant que le Nil ait inondé encore cinquante fois ses rives.

— Tu crois donc que nous mourons en réalité quand nous allons à l'occident et qu'Osiris n'est qu'un autre nom pour le soleil couchant, Baknikhonsou ?

Le vieux conseiller secoua sa grosse tête et répliqua :

— Non !... Si tu perds jamais un être que tu chéris d'un grand amour, prends courage, Prince, car je ne crois pas que la vie finisse avec la mort. La mort est une berceuse qui endort la vie, pas autre chose, et le matin la vie se réveillera, avec ceux qui ont été tes compagnons depuis le commencement.

— Où la suite des jours fait-elle donc aboutir la vie, Baknikhonsou ?

— Demande-le à Ki. Je n'en sais rien.

— Que Set emporte le magicien ! dit le prince, je suis furieux contre lui ! Et il s'en alla.

— Ce n'est pas sans raison, murmura Baknikhonsou.

Mais, quand je lui demandai ce qu'il voulait dire, il ne voulut ou ne put me répondre.

Ainsi l'ombre du malheur s'épaississait. Le palais, où la gaité avait régné, devenait triste. Personne ne pouvait dire ce qui allait arriver, mais tout le monde sentait qu'il allait arriver quelque chose et, redoutant les coups des dieux en guerre, étendait les mains pour essayer de protéger ce qu'il aimait le mieux. Pour Séti et Mérapi c'était leur fils, un beau petit garçon qui commençait à courir et à babiller, doué d'une santé et d'une vigueur extraordinaires, pour un rejeton de la race des Ramessides. On ne permettait pas que cet enfant fût jamais, seulement pour une minute, loin du regard de l'un ou l'autre de ses parents. Je voyais peu Séti en ces tristes jours et toutes nos savantes études étaient abandonnées, car il était constamment occupé avec Mérapi à veiller sur son fils.

Quand Userti en fut instruite, elle dit en présence d'un de mes amis :

— C'est sans doute parce qu'il élève son bâtard pour occuper le trône d'Egypte.

Mais hélas ! tout ce que le petit Séti était destiné à occuper, était un cercueil.

C'était une soirée calme et chaude, Mérapi avait envoyé la nourrice chercher le berceau de l'enfant, qu'on avait posé entre deux colonnes du grand portique. Le petit garçon dormait là, beau comme Horus, le divin. Mérapi était assise à côté de lui dans un fauteuil aux pieds sculptés en forme de pieds d'antilope. Séti marchait de long en large sur la terrasse, derrière le portique, se penchant par instant sur mon épaule pour causer à bâtons rompus. Il s'arrêtait parfois en passant et s'assurait d'un coup d'œil, au brillant clair de lune, que tout allait bien du côté de Mérapi et de l'enfant, comme il avait pris l'habitude de le faire. Alors, sans parler, de peur d'éveiller le petit garçon, il souriait à Mérapi, qui songeait, le menton posé sur sa main, et il reprenait sa marche.

Les feuilles des palmiers ne bruissaient pas ; on n'entendait pas un glapissement de chacal, pas une stridulation d'insecte. La grande ville qui s'étendait au pied de la colline était silencieuse comme la maison d'un mort. On aurait dit que le monde était paralysé par le pressentiment d'un événement fatal et terrible. Et sans doute la fatalité planait sur nous ; chacun de nous le sentait, jusqu'à la nourrice qui se blottissait aussi près qu'elle osait le faire du fauteuil de sa maîtresse et, même par cette chaleur, frissonnait de temps en temps.

Le petit Séti s'éveilla et se mit à parler dans son babil d'un rêve qu'il venait de faire.

— Qu'as-tu donc rêvé, mon fils ? lui demanda son père.

— J'ai rêvé, répondit l'enfant dans son langage, qu'une femme, vêtue comme mère l'était au temple, me prenait par la main et m'enlevait dans les airs. Je regardais au-dessous de moi et je vous voyais, mère et toi, tout pâles et pleurant. Je me mis à pleurer aussi ; mais la femme au chapeau de plumes me consola ; elle me dit qu'elle me conduisait à une grande étoile splendide, où mère viendrait bientôt me rejoindre.

Le prince et moi, nous nous regardions. Mérapi se pencha sur l'enfant et feignit d'être très occupée à le bercer pour le rendormir. Il était minuit et aucun de nous ne semblait avoir envie de se coucher.

Le vieux Baknikhonsou fit son apparition et, s'entretenant avec nous, observa que la nuit avait quelque chose d'étrange et d'inquiétant. Soudain une petite chauve-souris qui voletait au-dessus de nous s'abattit sur sa tête et glissa sur le sol. Nous vîmes, en nous penchant, que la bête était morte.

— Bizarre que cette créature soit morte ainsi ! dit Baknikhonsou.

Et voici qu'une autre chauve-souris tomba à côté de la première. Le jeune chat noir qu'on avait donné au petit Séti et qui dormait à côté du berceau se leva en bondissant pour attraper la bestiole ; mais il fit un tour sur lui-même, se dressa sur ses pattes de derrière en battant l'air convulsivement avec ses griffes, proféra une plainte déchirante et roula par terre, mort aussi !

Nous le regardions, frappés d'horreur, quand un chien se mit à hurler désespérément dans le lointain ; puis une vache mugit avec un accent plaintif, comme si elle avait perdu son veau. Plus près de nous, mais en dehors des grilles, monta une lamentation de femme, terrifiante, et, de tous les points de la ville, d'autres lamentations lui firent écho, emplissant l'espace.

— Oh! Séti, Séti, proféra Mérapi dans un souffle, veille sur ton fils !

Nous étions déjà tous autour du berceau. L'enfant s'était éveillé et regardait en l'air, les yeux grands ouverts, les traits figés. La peur, si c'en était, s'effaça pourtant de son visage. Il se leva sur ses petites jambes, regardant toujours en l'air, puis un sourire se dessina sur ses lèvres, un très beau sourire. Il étendit les bras comme pour se cramponner à quelqu'un qui se serait penché sur lui et s'affaissa en arrière... mort !

Séti semblait changé en statue. Nous restions tous paralysés, même Mérapi. Enfin, elle se baissa et souleva le corps du petit garçon.

— Non, seigneur, dit-elle, le voici venu ce chagrin que Jabez, mon oncle, l'avait prédit, si tu faisais de moi ta compagne. La malédiction d'Israël a percé mon cœur, et notre enfant, comme Ki, le malin, l'a prophétisé, est devenu trop grand pour des salutations terrestres, même pour des adieux.

Elle parlait d'un ton tranquille et froid, comme une mère qui a dès longtemps prévu le malheur qui la frappe. Elle fit sa révérence au prince et s'éloigna, emportant le corps de son enfant. Jamais elle ne m'avait paru plus belle qu'en cet instant, dans son affliction, car, sous le charme de la femme, on voyait transparaître son âme. En vérité, elle regardait et se mouvait plutôt comme un esprit que comme une femme, en s'en allant avec ce qui avait été son fils.

Séti se penchait sur mon épaule, contemplant le berceau vide et la nourrice épouvantée, qui restait accroupie à côté, et je sentis une larme tomber sur ma main. Le vieux Baknikhonsou leva sa large face et posa son regard sur le prince.

— Ne t'afflige pas trop, dit-il, car, avant que soient écoulées autant d'années que j'en ai vécues, cet enfant sera oublié et sa mère sera oubliée, et même toi, ô Prince, tu n'auras laissé dans la mémoire des hommes qu'un nom, autrefois grand en Egypte. Alors, ô Prince, tu auras recommencé ailleurs une autre existence : ce que tu as perdu sera retrouvé et te paraîtra plus doux étant à l'abri de l'haleine corruptrice des hommes. La magie de Ki n'est pas toute mensonge, et la mienne saisit au moins une ombre de vérité. Quand il te disait à Tanis que tu n'avais pas été nommé sans raison « Seigneur des Renaissances », Ki prononçait des paroles qui doivent cette nuit résonner dans ta mémoire avec un accent consolateur.

— Je te remercie, conseiller, dit Séti.

Et il suivit les traces de Mérapi.

— La mort n'a sans doute pas fini de frapper parmi nous ! m'exclamai-je, sachant à peine ce que je disais dans ma douleur.

— Je pense que si, Ana, répondit Baknikhonsou, car la protection de Jabez ou de son dieu est sur nous. Il nous a toujours prédit que le malheur atteindrait Séti à travers Mérapi, mais rien de plus.

Je considérais le petit chat.

— Il a été amené ici de la ville il y a quelques jours, Ana, et les chauves-souris ont pu venir aussi de la ville. Ecoute les lamentations. A-t-on jamais entendu une telle clameur en Egypte ?

CHAPITRE XVI

JABEZ VEND SES CHEVAUX

Baknikhonsou avait raison. Le fils de Séti fut le seul frappé parmi les habitants du palais ; mais, en dehors du domaine, tous les premiers nés d'Egypte moururent et les premiers nés des animaux aussi. Quand ceci fut connu dans le pays, la rage souleva les Egyptiens contre Mérapi, qui, prétendaient-ils, avait appelé une nouvelle plaie sur l'Egypte.

Baknikhonsou et moi, et d'autres personnes, qui chérissaient Mérapi, nous fîmes remarquer que son propre enfant était mort comme les autres. On répondait à cet argument (je crus reconnaître ici l'inspiration de Ki et d'Userti), que cela ne signifiait rien, attendu que les sorcières n'aiment pas leurs enfants. On disait encore qu'elle pouvait en avoir autant qu'il lui plaisait, car elle les modelait avec de l'argile et leur insufflait la vie pour qu'ils devinssent en grandissant des esprits malins, chargés de tourmenter le pays.

On jurait lui avoir entendu dire que, dût-elle pour cela tuer le fils de son seigneur, elle ne renoncerait pas à se venger des Egyptiens, qui l'avaient traitée naguère comme une esclave et avaient assassiné son père. En outre, les Israélites eux-mêmes, ou certains d'entre eux, parmi lesquels peut-être Laban, auraient déclaré aux Egyptiens que la sorcière qui avait enchaîné le cœur de Séti était responsable des grandes calamités dont ils souffraient.

Il arriva ainsi que les Egyptiens prirent Mérapi en haine, elle qui, de toutes les femmes, était la plus tendre et la plus digne d'être aimée.

On lui faisait encore grief d'avoir détourné Séti de son épouse légitime, si bien que la princesse royale d'Egypte, répudiée par lui, se voyait forcée de vivre seule à Tanis.

Personne pourtant n'accusait Séti. On l'aimait en Egypte, sachant qu'il aurait agi envers les Israélites tout autrement qu'Amenmsès et aurait détourné ainsi les fléaux qui désolaient l'ancien pays de Khem. Quant à son amour pour cette fille israélite aux grands yeux, qui avait réussi à le conquérir, on ne le lui reprochait pas, on l'en plaignait comme d'une infortune. Parmi les nombreuses femmes avec lesquelles on croyait qu'il remplissait sa maison, comme le faisaient d'ordinaire les princes, on ne trouvait pas étrange qu'une favorite fût une sorcière. C'est seulement, j'en suis persuadé, parce qu'on répugnait à infliger à Séti la douleur de perdre celle qu'il aimait, que Mérapi échappa à la mort par le poison ou par quelque autre moyen secret, au moins pour un temps.

Or, l'heureuse nouvelle parvint à Memphis que l'orgueil de Pharaon était enfin brisé (car son enfant premier-né était mort avec les autres), ou que les ténèbres de la folie avaient abandonné son cerveau, il avait décrété que les enfants d'Israël pourraient quitter l'Egypte quand ils voudraient. Le peuple respira. L'espérance de voir finir ses misères lui rendait courage.

C'est à cette époque que Jabez reparut à Memphis, conduisant de nombreux chevaux d'attelage, qu'il voulait, disait-il, vendre au prince, plutôt que de les remettre entre de moins nobles mains. Il fut reçu et fit l'éloge de ses chevaux, qui auraient été, à l'entendre, des animaux de grande valeur.

— Pourquoi veux-tu les vendre ? demanda Séti.

— Parce que je pars avec mon peuple pour un pays où il n'y a pas beaucoup d'eau et où ces bêtes risqueraient de mourir, ô Prince.

— Je les achète. Occupe-toi de cela, Ana, dit Séti, qui avait pourtant, je le savais, plus de chevaux qu'il n'en avait besoin.

Le prince se levait pour indiquer que l'audience était terminée, quand Jabez, qui s'était confondu en remerciements, observa vivement :

— Je me réjouis de constater, ô royale Personne, que les choses se sont passées comme je l'avais prédit et que les calamités dont l'Egypte a été affligée n'ont pas éprouvé ta demeure.

— Alors, tu te réjouis de constater un mensonge, Hébreu ; puisque la pire de ces calamités ne m'a pas épargné. Mon fils est mort.

Et il se détourna.

Jabez, qui se tenait courbé, leva sur lui ses yeux rusés.

— Prince, dit-il, je le savais et j'en suis peiné, car cette perte t'a déchiré le cœur. Pourtant, ce n'est ni ma faute, ni celle de mon peuple. Le jour où j'ai élevé un mur de protection autour de ton domaine à cause de tes bonnes dispositions envers les Hébreux, ô Prince, j'ai prédit que, si tu t'unissais à ma nièce, Lune d'Israël, un grand chagrin l'atteindrait par elle, car, étant devenue la femme d'un Egyptien au mépris de la défense divine, elle devrait partager le sort des femmes égyptiennes.

— Il se peut ! fit le prince, je n'ai pas envie de discuter cette question. Si cette mort a été causée par la magie de vos sorciers, j'ai seulement à dire que c'est mal me récompenser de tout ce que j'ai essayé de faire pour soulager les Hébreux. Mais que pouvais-je attendre d'un tel peuple dans un tel monde ? Adieu !

— Une prière, ô Prince, je voudrais te demander la permission de parler à ma nièce, Mérapi.

— Elle est sous le voile depuis le meurtre de son enfant par sorcellerie, elle ne voit personne.

— Je pense pourtant qu'elle consentira à voir son oncle, ô Prince...

— Que veux-tu lui dire ?

— Par la clémence de Pharaon, nous, pauvres esclaves, nous sommes sur le point de quitter la terre d'Egypte pour n'y jamais revenir. Donc, si ma nièce demeure ici, il est naturel que je désire lui faire mes adieux et lui confier certains secrets concernant notre race et notre famille qu'elle peut avoir envie de transmettre à ses enfants.

Quand le mot enfant frappa son oreille, Séti soupira.

— Je ne me fie pas à toi répliqua-t-il. Tu apportes peut-être de nouvelles malédictions des Hébreux contre Mérapi ou tu serais capable de lui dire des choses qui la rendraient encore plus malheureuse qu'elle ne l'est. Pourtant, si tu veux la voir en ma présence...

— Prince, je ne veux pas t'importuner à ce point ! Porte-toi bien ! Qu'il te plaise de transmettre...

— Ou, si cela ne te convient pas, interrompit Séti, en présence d'Ana, à moins qu'elle ne refuse de te recevoir.

Jabez réfléchit un moment et répliqua :

— Alors soit ! en présence d'Ana. C'est un homme qui sait se taire.

Il se prosterna devant le prince et s'éloigna. Sur un signe de Séti, je le suivis. Nous fûmes introduits dans la chambre de Mérapi, où elle était assise, triste et désolée, un voile noir sur la tête.

— Salut, mon oncle ! dit-elle, après m'avoir lancé un coup d'œil et avoir sans doute compris la raison de ma présence. Es-tu porteur de nouvelles prophéties ? Je ne te les demande pas : il me suffit que les autres se soient vérifiées.

Et elle montra son voile noir.

— Je suis porteur d'une nouvelle et d'une prière, nièce. La nouvelle, c'est que le peuple d'Israël est sur le point de quitter l'Egypte. La prière, qui est aussi un commandement, est que tu te prépares à l'accompagner.

— Et à retourner auprès de Laban ?

— Non, ma nièce ! Laban ne voudrait plus prendre pour femme celle qui a été la maîtresse d'un Egyptien. Tu dois accompagner ton peuple pour jouer ton rôle, si humble soit-il, dans ses destinées.

— Je suis contente que Laban ne souhaite pas ce qu'il ne pourrait jamais obtenir, mon oncle. Mais dis-moi pourquoi je devrais obéir à cette prière ou plutôt à ce commandement ?

— Pour une bonne raison, nièce... c'est que ta vie en dépend. Il t'a été permis jusqu'alors de céder à l'aspiration de ton cœur, mais, si tu demeures en Egypte, où tu n'as plus de mission à remplir, ayant accompli ce que l'on attendait de toi et gardé fidèle à la cause d'Israël l'esprit de ton amant, le prince Séti, tu mourras sûrement.

— Veux-tu dire que notre peuple me tuera ?

— Non, pas lui. Tu mourras pourtant.

Elle fit un pas vers le vieillard et le regarda dans les yeux.

— Tu es certain que je mourrai, mon oncle ?

— Oui, ou du moins d'autres en sont absolument certains.

Alors elle rit. C'était la première fois que je l'entendais rire depuis plusieurs lunes.

— Je resterai donc ici, dit-elle.

Jabez la considérait avec stupéfaction.

— Je pensais bien que tu aimais cet Egyptien, qui certes est digne d'être aimé, grommela-t-il dans sa barbe.

— C'est peut-être parce que je l'aime que j'aspire à mourir. Je lui ai donné tout ce que j'avais à donner. Il ne me reste plus rien de mon pauvre trésor, si ce n'est ce qui attirerait le chagrin et l'infortune sur sa tête. Plus grand est l'amour (et il s'élève plus haut que toutes les pyramides entassées les unes sur les autres), plus grand est le désir qu'il soit enseveli pour un temps ! Comprends-tu ?

Il hocha la tête.

— Je comprends seulement que tu es une femme très étrange, différente de toutes celles que j'ai connues.

— Mon enfant, qui a été frappé avec les autres, était pour moi tout l'univers. Je voudrais être où il est. Comprends-tu maintenant ?

— Tu voudrais quitter cette vie dans laquelle, étant jeune, tu peux avoir d'autres enfants, pour dormir dans un tombeau avec ton fils mort ? demanda-t-il lentement, étonné.

— Je ne tiens à la vie que pour servir celui que j'aime. Si un jour il s'assied sur le trône, comment une fille des Hébreux détestés pourra-t-elle le servir ? Je ne désire pas non plus d'autres enfants. Vivant ou mort, celui qui m'a été enlevé emplit tout mon cœur et n'y laisse pas de place pour d'autres. Cet amour est pur et parfait. Ayant été embaumé par la mort, il ne pourra jamais changer. Au reste, ce n'est pas dans une tombe que je me réunirai avec lui. La religion de ces Egyptiens que nous méprisons promet une vie éternelle dans les cieux ; je voudrais aller là-haut afin d'y rejoindre ce que j'ai perdu et d'y attendre ce que je

laisserai pour un temps ici-bas quand je mourrai.

— Ah ! dit Jabez, pour ma part, je ne me tourmente pas avec de tels problèmes. Je trouve en cette vie, sur la terre, de quoi remplir assez mes pensées et mes mains. Mérapi, tu es une révoltée, et, soit au ciel, soit sur la terre, comment les rebelles sont-ils traités par le souverain contre lequel ils se sont dressés ?

— Tu dis que je suis une révoltée, repartit Mérapi, les yeux étincelants, parce que j'ai refusé de me déshonorer en épousant un homme que je hais et qui est un assassin ? Parce que je refuse d'abandonner tant que je vivrai, un homme que j'aime et de retourner auprès de ceux qui ne m'ont fait que du mal ? Dieu a-t-il donc destiné les femmes à être vendues comme du bétail, pour le plaisir et le profit de celui qui peut payer le plus haut prix ?

— Il semble qu'il en soit ainsi, dit Jabez, avec un geste de ses mains ouvertes.

— Il semble du moins que tu le penses, toi qui façonnes Dieu comme tu voudrais qu'il fût. Mais, pour ma part, je ne le crois pas. Si je le croyais, je chercherais un autre roi. Mon oncle, j'en appelle du prêtre et de l'ancien à Celui qui les a créés avec moi, et je me soumettrai à sa justice.

— Voilà qui est toujours dangereux, car le prêtre est enclin à prendre la loi dans ses propres mains avant que la cause puisse être plaidée ailleurs. Mais, qui suis-je pour opposer mes raisonnements à ceux d'une créature qui est capable de réduire Ammon en poudre dans son propre sanctuaire et qui peut avoir une justification pour tout ce qu'elle pense et fait !

Mérapi frappa du pied.

— C'est toi qui m'as apporté l'ordre de défier le dieu Ammon dans son temple. Ce n'est pas moi qui... commença-t-elle.

— Je le sais, repartit Jabez en agitant la main. Mais je sais aussi que tous les magiciens en disent autant, quelle que soit leur nation, quel que soit leur dieu. Personne ne les croit. Parce que donc, ayant la foi, tu as obéi au commandement et qu'Ammon a été frappé, tu es considérée par les israélites et les Egyptiens, comme la plus grande magicienne qui ait posé son regard sur le Nil. Et c'est une dangereuse renommée, ma nièce.

— Une à laquelle je ne prétends pas et je n'ai jamais aspiré.

— Oui, mais que tu possèdes néanmoins. Eh bien, sachant sans doute ce qui arrivera bientôt en Egypte, ayant d'ailleurs été avertie, si tu en avais besoin, du danger dont tu es menacée, refuses-tu encore d'obéir à ce commandement que j'ai mission de te transmettre ?

— Je refuse.

— Que cela soit sur ta tête ! Adieu. Oh ! je voulais ajouter qu'il y a dans ce pays des biens en bétail et en produits de la terre qui te viennent de ton père. Si tu meurais...

— Prends tout, mon oncle, et puisses-tu prospérer ! Adieu.

— Une femme au grand cœur, ami Ana, et belle, dit le vieil Hébreu en regardant Mérapi s'éloigner. Cela me fait de la peine de penser que je ne

La grande figure de Moïse se dessinait sur l'horizon.

Photo : Sascha.

Séti crut voir en rêve Mérapi entourée d'ennemis.

XIV.

Photo : Sascha.

Les Egyptiens se jetèrent sur elle et l'attachèrent brutalement avec des cordes.

XV.

la reverrai jamais (en vérité, personne ne la verra plus bien longtemps). C'est ma nièce et j'ai de l'affection pour elle. Maintenant il faut que je parte, ayant rempli ma mission. Que la fortune te soit propice, Ana ! Tu n'es donc plus soldat ? Non ? Crois-moi, cela vaut mieux. Mon hommage au prince ! Pense à moi quelquefois et sans colère, car je t'ai servi de mon mieux et ton maître aussi, ton maître qui retrouvera bientôt, je l'espère, ce qu'il a perdu il y a un temps.

— Son Altesse, la princesse Userti ? suggérai-je.

— La princesse Userti, parmi d'autres biens, Ana. Dis au prince, s'il les trouve trop chers, que les chevaux que je lui ai vendus, sont réellement de la race syrienne la plus pure et d'une lignée qui appartient à ma famille depuis des générations. Si tu as un ami à qui tu veux du bien, conseille-lui de ne pas aller guerroyer dans le désert pendant les prochaines lunes, surtout si c'est Pharaon qui commande. Non, non ! je ne sais rien, mais voici la saison des tempêtes. Adieu, ami Ana, et encore adieu !

— Que signifie cette allusion ? pensais-je en le quittant pour faire mon rapport à Séti.

Mais je ne trouvais pas de réponse à cette question.

Je ne devais pas tarder à comprendre. Les Israélites se disposaient à quitter l'Egypte. Ils formaient une grande horde, accompagnée de myriades d'Arabes de différentes tribus qui adoraient leur dieu et dont certains descendaient du peuple des Hyksos, les Pasteurs, qui avaient autrefois dominé l'Egypte. La nouvelle n'était pas douteuse. Nous savions que toutes les femmes israélites qui habitaient à Memphis, même celles qui étaient mariées à des Egyptiens, avaient quitté la ville, laissant derrière elles leurs maris et quelquefois leurs enfants. Il y en eut même qui, avant de partir, vinrent voir Mérapi, avec qui elles étaient en relations d'amitié, et lui demandèrent si elle ne s'en allait pas aussi. Elle secouait la tête en répliquant :

— Pourquoi partez-vous ? Cela vous tente-t-il à ce point de voyager dans le désert, que vous consentiez à ne jamais revoir les maris que vous aimez et les enfants de vos entrailles ?

— Non, répondaient-elles en pleurant. Nous sommes heureuses ici, à Memphis aux blanches murailles ; nous aimerions mieux vieillir en écoutant le murmure du Nil et mourir sur ses bords que d'aller habiter sous la tente dans le désert, seules ou avec des étrangers. Mais la crainte nous chasse.

— La crainte de quoi ?

— Des Egyptiens. Lorsqu'ils comprendront tout ce qu'ils ont souffert pour nous, en récompense de la protection et du bien-être qu'ils nous ont donnés pour de nombreuses générations, permettant à une poignée d'Hébreux de se multiplier jusqu'à devenir un grand peuple, ils massacreront les Israélites qui seront demeurés parmi eux. Nous avons peur aussi des malédictions de nos prêtres, qui nous ordonnent de partir.

— Alors, je devrais avoir peur comme vous, dit Mérapi.

— Non, car tu es aimée entre toutes les femmes par le prince d'Egypte qui, prétend-on, sera bien-

tôt Pharaon, et il saura te protéger de la colère des Egyptiens. N'es-tu pas d'ailleurs, la plus grande magicienne du monde, la triomphatrice d'Ammon-Râ, qui a été capable de détourner toutes les plaies de la maison où elle vit ? Qu'as-tu à craindre des prêtres et de leur pouvoir surnaturel ?

A ces mots, Mérapi se leva en priant ses visiteuses de la laisser à son sort et de suivre le leur, et elles se hâtèrent de partir de peur de subir ses enchantements. C'est ainsi qu'il ne resta bientôt plus en Egypte, pour représenter la race des Hébreux, que la belle Mérapi, Lune d'Israël, et des enfants de sang mêlé. Alors, en dépit des misères et des infortunes qui, durant les dernières années, l'avait réduit peut-être de moitié, par la terreur, la famine et la mort, le peuple d'Egypte se réjouit dans une grande allégresse !

Dans tous les temples de tous les dieux, on fit des processions et ceux qui avaient encore quelque chose à offrir présentèrent des offrandes. Les statues des dieux furent revêtues de nouvelles parures magnifiques et de guirlandes de fleurs. On voyait aller et venir, sur le Nil et sur les lacs sacrés, des bateaux illuminés avec des lanternes comme à l'époque de la fête de la résurrection d'Osiris. En sa qualité de grand prêtre d'Ammon, sacerdoce dont il ne pouvait être dépossédé, le prince Séti présidait à ces démonstrations. Il dut le faire en particulier dans le grand temple de Memphis, où je l'accompagnai. La cérémonie religieuse terminée, il conduisit la procession à travers la foule immense des adorateurs ; il fut salué par une acclamation qui montait de milliers de gorges comme le roulement du tonnerre et qui lui décernait le titre de Pharaon, ou, tout au moins, d'héritier de Pharaon.

Quand à la fin la clameur mourut, il dit, s'adressant à la foule :

— Amis, si vous voulez que je siège parmi les compagnons d'Osiris et non parmi ceux de Pharaon, vous répéterez cette acclamation insensée, que notre seigneur Amenmsès entendra avec peu de joie.

Dans le silence qui suivit, une voix cria :

— Tu n'as rien à craindre, ô Prince, tant que la magicienne israélite repose chaque nuit sur ton sein. Elle, qui a pu frapper l'Egypte de tant de plaies, elle est certainement capable de te protéger de toute atteinte.

Et le tonnerre des acclamations recommença.

Ce fut le lendemain de cet incident que Baknikhonsou rentra de Tanis, où il était allé aux nouvelles. On avait tenu un important conseil dans la plus vaste salle du plus grand temple. Le peuple y était admis. Amenmsès avait exposé l'affaire des Israélites, qui émigraient en masse. On présenta des offrandes pour apaiser la colère des dieux de l'Egypte. La cérémonie était terminée, mais les personnages du conseil et la foule ne s'étaient pas encore retirés quand Son Altesse la princesse Userti, se levant à sa place, adressa la parole à Pharaon.

— Par les esprits de nos pères, s'écria-t-elle, par l'esprit de Méneptah, le dieu bon qui m'a engendrée, je te demande, Pharaon, et je te demande, ô peuple, si l'affront qui nous a été infligé par ces esclaves hébreux et leurs magiciens est de ceux que la fière nation d'Egypte peut supporter sans honte. Nos dieux ont été défiés ; de grandes et terribles calamités, sans précédent dans l'histoire de ce pays, ont été appelées sur nous par magie. Les enfants de notre race ont péri par myriades en une seule nuit et le premier né de Pharaon n'a pas été épargné. Et maintenant ces Hébreux, qui les ont assassinés par leurs pratiques de sorcellerie, car ils sont tous sorciers, les hommes comme les femmes (je pense surtout à une femme qui réside à Memphis et dont je ne veux pas parler, parce que j'ai eu personnellement à souffrir de ses maléfices), ces Hébreux, dis-je, sont autorisés à quitter le pays par le décret de Pharaon ! Bien plus, on tolère qu'ils s'en aillent avec tout leur bétail, leur grain, les trésors qu'ils ont amassés pendant des générations, tous les bijoux, tous les objets de valeur qu'ils ont extorqués par la terreur à notre peuple, empruntant même ce qu'ils ont l'intention de ne jamais rendre ! Eh bien, moi, princesse royale d'Egypte, je demande à Pharaon si c'est bien là son décret !

Amenmsès, sur son trône, baissait la tête avec accablement et ne répondait pas.

— Pharaon garde le silence, poursuivit Userti. Alors, je demande si ce décret est celui du conseil de Pharaon et du peuple d'Egypte. Nous avons une grande armée, des centaines de chars, des milliers de fantassins. Cette armée doit-elle rester au repos, tandis que les esclaves hébreux s'en vont à travers le désert pour soulever contre nous nos ennemis de Syrie et revenir avec eux nous massacrer ?

A ces mots, de la multitude, une clameur monta : non !

— Le peuple dit non ! Que dit Pharaon ? s'écria Userti.

Un silence suivit, puis Amenmsès, brusquement, se leva et parla.

— Qu'il soit fait selon ta volonté, Princesse ! Et, s'il en arrive malheur, que ce malheur retombe sur ta tête et sur la tête de tous ceux qui t'ont poussée ! Je te fais toutefois observer que c'est ton mari, le prince Séti, qui devrait être où tu es et présenter cette requête à ta place.

— Mon mari, le prince Séti, est attaché à Memphis avec une corde faite de cheveux de sorcière ! ricana Userti, tandis que la foule élevait un murmure approbateur.

— Le prince, dit Amenmsès, aurait laissé partir les Hébreux, et j'ai pensé parfois, quand les calamités succédaient aux calamités, qu'il avait raison. Moi-même, à plusieurs reprises, j'ai songé à les laisser libres d'aller où il leur plaît, mais toujours une puissance mystérieuse a endurci mon cœur et dicté à mes lèvres des paroles que je n'aurais pas voulu prononcer. Aujourd'hui encore, je voudrais leur rendre l'indépendance ; mais vous êtes tous contre moi et, si je vous résiste, je le paierai de ma vie et de mon trône. Capitaines, donnez l'ordre à mes armées de se tenir prêtes, je me mettrai moi-même à leur tête, je partagerai leurs dangers à la poursuite du peuple d'Israël.

Alors, dans un grand brouhaha, le conseil se sépara et la foule s'écoula. Quand tout le monde fut parti, Pharaon resta seul assis sur son trône, le regard baissé, ressemblant plutôt à un mort qu'à un roi vivant qui vient de déclarer la guerre à ses ennemis.

Le prince avait écouté en silence le récit de Baknikhonsou. Quand le vieillard eut terminé, il releva la tête et demanda :

— Qu'en penses-tu, Baknikhonsou ?

— Je pense, ô Prince, répondit le sage conseiller, que Son Altesse Userti a eu tort de pousser Pharaon à la violence. Mais elle n'a été sans doute que le porte-parole des prêtres et de l'armée, auxquels Pharaon ne se sentait pas assez fort pour résister.

— C'est aussi mon opinion, dit Séti.

A ce moment, Mérapi entra.

— J'ai appris, mon seigneur, dit-elle, que Pharaon se propose de poursuivre le peuple d'Israël avec son armée. Je viens te prier de ne pas te joindre à l'armée de Pharaon.

— Il est naturel que tu ne souhaites pas me voir partir en guerre contre les gens de ta race et je n'ai d'ailleurs nullement l'intention de le faire, répliqua Séti.

Il quitta la chambre avec Mérapi.

— Ce n'est pas aux gens de son peuple qu'elle pense, mais à la vie de son amant, dit Baknikhonsou. Elle n'est pas sorcière comme on le prétend, mais il est vrai qu'elle sait des choses que nous ne savons pas.

— Oui, répondis-je, c'est vrai.

CHAPITRE XVII

LE RÊVE DE MÉRAPI

Le temps passait. Il pouvait y avoir une quinzaine de jours que Baknikhonsou était revenu de Tanis. Les Israélites avaient entrepris leur exode. Ils composaient une grande multitude, emportant avec eux le sarcophage et la momie de leur prophète, un homme de leur race, ministre de ce Pharaon qui avait accueilli les Hébreux en Egypte, des centaines d'années auparavant.

On discutait sur la route qu'ils avaient adoptée. Baknikhonsou, qui était instruit de tout, déclarait que les Hébreux se dirigeaient vers le Lac des Crocodiles, qu'on nomme aussi la Mer des Roseaux, et qu'ils avaient l'intention de le traverser pour gagner la Syrie au delà du désert. Ce lac, dans sa partie la plus resserrée, n'a pas une largeur de moins de six mille pas et la vase qui en forme le fond est insondable. Je demandai à Baknikhonsou comment, dans ces conditions, les Hébreux espéraient le franchir. Il me répondit qu'il n'en savait rien, mais que nous pourrions le demander à Mérapi.

— Tu as donc changé d'opinion et tu la considères aussi comme une sorcière ? dis-je.

A quoi il répliqua :

— On doit respirer le vent qui souffle et l'Egypte

est si pleine de magie qu'il est difficile de trancher cette question. Après tout, c'est Mérapi qui a anéanti l'antique statue d'Ammon. Oh ! oui, magicienne ou non, il n'est pas mauvais de lui demander comment le peuple d'Israël se propose de traverser la Mer des Roseaux, particulièrement si les chars de Pharaon sont lancés à sa poursuite.

Je questionnai donc Mérapi. Elle riposta qu'elle ne savait rien sur ce sujet et ne désirait rien savoir, attendu qu'elle s'était séparée de son peuple et demeurait en Egypte.

Ki reparut alors. Ayant fait sa paix avec Séti à propos de la mésaventure de Mérapi dans le temple d'Isis, où, protestait-il, les prêtres avaient agi malgré lui, il nous dit que Pharaon était parti sur les traces des Israélites. Le prince lui demanda pourquoi il n'avait pas accompagné l'armée. Il répondit qu'il n'était pas soldat et que Pharaon détournait de lui sa face. Mais, à son tour, il demanda au prince ce qui l'avait empêché d'aller à l'armée.

Séti déclara qu'il avait été privé de son commandement avec ses autres fonctions et n'avait aucune envie d'être mêlé à cette affaire en tant que citoyen privé.

— Tu es sage, comme toujours, prince, dit Ki.

Le lendemain, la nuit étant déjà très avancée, nous causions encore, le prince, Ki, Baknikhonsou et moi, quand Mérapi surgit soudain, telle qu'elle venait de se lever de son lit, les yeux égarés, les cheveux flottants sur sa robe.

— J'ai fait un songe, s'écria-t-elle. J'ai rêvé que la multitude des Hébreux suivaient une colonne de feu s'élevant de la terre jusqu'au ciel. Ils arrivaient au bord d'une étendue d'eau et Pharaon se ruait derrière eux avec toute l'armée des Egyptiens. Les Hébreux s'avancèrent sur la face de l'eau, qui les portait comme de la terre ferme. Les soldats de Pharaon les suivirent, mais les dieux de l'Egypte, Ammon, Osiris, Horus, Isis, Hathor et tous les autres apparurent et tâchèrent de les faire retourner. L'armée refusait de les écouter et, entraînant les dieux avec elle, s'élançait sur les eaux. Puis la nuit tombait et, dans les ténèbres, j'entendais une clameur plaintive dominée par un éclat de rire retentissant. A ce bruit succéda le silence. La lune se leva, luisant sur l'immensité déserte. Je m'éveillai, tremblante. Interprète ce songe, si tu le peux, ô Ki, maître magicien.

— En est-il besoin, noble dame, répondit le Kherheb, en se redressant comme un dormeur qui s'éveille, lorsque la songeuse est aussi une devineresse ? Est-ce à l'élève à instruire le maître, au novice à révéler les mystères à la grande prêtresse du temple ? Non, noble dame ! Moi et tous les magiciens d'Egypte, nous sommes sous tes pieds.

— Pourquoi te moques-tu de moi ? dit la jeune femme en frissonnant.

Baknikhonsou ouvrit les lèvres et dit :

— La sagesse de Ki s'est obnubilée et ne répand plus sa lumière sur nous, ses disciples. Le sens de ce rêve est pourtant clair, quoique je ne puisse dire s'il traduit la vérité. Toute l'armée d'Egypte et avec elle les dieux de ce pays sont menacés de destruction à cause des Israélites, à moins qu'il ne se trouve quelqu'un pour se faire écouter d'eux

et les détourner d'un dessein funeste que je ne comprends pas. Mais qui sera capable de se faire écouter de la folie ?

Et, levant la tête, il fixa son regard sur le prince.

— Ce n'est pas moi, j'en ai peur, dit Séti, car je ne sais rien en Egypte.

— Pourquoi pas toi, ô Prince, toi qui demain peux être tout en Egypte ? demanda Baknikhonsou. Tu as toujours plaidé la cause des Hébreux et prévu les malheurs qui frapperaient notre pays si on s'obstinait à les retenir. Qui, par conséquent, le peuple et l'armée seraient-ils plus disposés à écouter ?

— En outre, ô Prince, intervint Ki, une dame de ta maison a fait un très mauvais songe, qui pourrait n'être pas un songe, mais un enchantement dirigé contre la majesté de l'Egypte, un enchantement comme celui qui a précipité de son trône le grand Ammon, ou comme celui qui a dressé un rempart magique autour de ton palais.

— Je te répète que je ne fais pas d'enchantements, ô Ki, moi qui les aurais payés de la mort de mon enfant !

— Il y en a eu pourtant, et il n'y a de vrai pouvoir que dans le sacrifice, répondit obscurément le Kherheb.

— Assez parlé d'enchantements, magicien ! exclama le prince, ou alors parle plutôt des tiens, qui sont nombreux. C'est Jabez qui nous a protégés ici contre les plaies et la statue d'Ammon a été anéantie par un dieu.

— Pardonne-moi, Prince ! dit Ki en s'inclinant. Ce n'est pas cette noble dame, mais son oncle qui a mis ta maison à l'abri des plaies qui ravageaient l'Egypte. Ce n'est pas elle, mais un dieu descendu en elle qui a vaincu Ammon à Tanis. Le prince l'a dit ! Cette dame a pourtant fait un certain songe que Baknikhonsou a interprété, lorsque j'en étais incapable, et je pense qu'il serait bon de le révéler à Pharaon et à ses capitaines pour qu'ils puissent former leur propre jugement.

— Alors pourquoi ne le leur fais-tu pas connaître, Ki ?

— Il a plu à Pharaon, ô Prince, de me priver de mes fonctions, comme un serviteur qui aurait trahi sa confiance, et de donner à un autre mon office de Kherheb. Si je reparais devant sa face, je serai mis à mort.

Que n'aurais-je donné moi, Ana, qui écoutais, pour que le magicien reparût devant la face de Pharaon ! Je ne crois pourtant pas qu'il aurait été mis à mort, car il avait des charmes contre la mort. J'avais peur de Ki. Je sentais qu'il était en train de méditer quelque méchant dessein contre Mérapi, qui était innocente, je le savais.

Le prince allait et venait dans la chambre, perdu dans ses réflexions. Il s'arrêta soudain devant moi et dit :

— Donne l'ordre d'atteler mes chars et de tenir prêts des chevaux de rechange. Fais prendre les armes à une escorte de cent hommes. Nous partirons à l'aube, toi et moi, pour rejoindre l'armée et demander audience à Pharaon.

— Mon seigneur, dit Mérapi, d'une voix gémissante, je t'en supplie, ne pars pas, ne me laisse pas seule !

— Pourquoi te laisserais-je ? Viens avec moi, si tu veux.

Elle secoua la tête.

— Je n'ose pas, Prince ! Je suis sous l'empire d'un charme qui m'attire vers mon peuple. Il m'est arrivé deux fois de m'éveiller la nuit et de me trouver dans le jardin, le visage tourné vers le nord, et j'entendais une voix dans mes oreilles, celle de mon père défunt ; elle disait :

« — Lune d'Israël, ton peuple est égaré dans le désert, il a besoin de ta lumière.

« Il est donc certain que, si je me rapproche des Hébreux, je serai entraînée, comme un bâton flottant par un remous, l'Egypte ne me reverra jamais.

— Alors, je t'en prie, demeure où tu es, Mérapi, dit le prince avec un léger rire, car, si tu t'en allais, je serais forcé de te suivre, moi qui n'ai aucune envie de voyager dans le désert avec tes Hébreux. Eh bien, puisque tu ne veux pas quitter Memphis pour venir avec moi, il faut donc que je reste aussi.

Ki observait le couple de ses yeux perçants.

— Que le Prince me pardonne ! dit-il, mais je jure par les dieux que je n'aurais jamais cru vivre assez pour entendre le Prince Séti Méneptah faire passer les caprices d'une femme avant son honneur.

— Tes paroles sont hardies ! exclama Séti en redressant sa taille, et, si elles avaient été prononcées en d'autres jours, peut-être, Ki...

— Oh ! mon seigneur, dit Ki en se prosternant et en frappant le sol de son front, mesure la grandeur du zèle qui me donne l'audace de les prononcer. Quand je suis venu ici pour la première fois, de la cour de Tanis, l'esprit qui parlait par mes lèvres a décerné à Ton Altesse certains titres pour lesquels il t'a plu de m'exprimer ta réprobation. L'esprit qui est en moi ne peut pas mentir, pourtant, je sais (et j'invite tous ceux qui sont ici à se rappeler mes paroles) que je suis cette nuit en présence de celui qui, avant deux lunes, ceindra la couronne de Pharaon.

— Il est vrai que tu es toujours un porteur de mauvaises nouvelles, Ki. Mais, si ce que tu dis est vrai, qu'en déduis-tu ?

— Ceci, Altesse. Si je n'y étais contraint par les esprits de vérité et de justice, oserais-je proférer des paroles hardies devant le futur Pharaon, moi, qui ai du sang à répandre et des os à rompre ? Oserais-je contrecarrer la volonté de la douce colombe qui repose sur son cœur ; la sage et blanche colombe qui murmure les mystères du ciel d'où elle est descendue, qui est plus forte que le vautour d'Isis et plus rapide que l'épervier de Râ ; la colombe qui, si elle faisait tomber sur moi sa colère, pourrait me dépecer en plus de morceaux que Set ne l'a fait d'Osiris ?

Je voyais Baknikhonsou s'enfler d'un rire intérieur, comme une grenouille qui va coasser. Mais Séti répondit d'un ton excédé :

— Par tous les oiseaux d'Egypte, mêlés aux crocodiles sacrés, je n'en sais rien, Ki, puisque ta pensée n'est pas un livre ouvert que le passant peut déchiffrer. Pourtant si tu me disais pour quelle raison les déesses de vérité et de justice t'ont inspiré...

— La raison, ô Prince, est que tu tiens dans ta main le sort de toute l'armée d'Egypte. Le temps est court et je m'expliquerai clairement. Cette femme a beau le nier, elle qui a l'air de n'être qu'une créature d'amour et de beauté, elle est la plus grande magicienne d'Egypte. J'en sais quelque chose, moi, qu'elle a vaincu. Elle a défié le dieu suprême d'Egypte et l'a réduit en poussière. Elle a infligé à Ammon, à ses prophètes et à ses adorateurs, les maux dont ils l'auraient accablée s'ils l'avaient pu. Maintenant elle a fait un rêve où son esprit lui a révélé que l'armée d'Egypte est en danger de destruction. Je sais que ce rêve est véridique. Hâte-toi donc, ô Prince, de sauver l'armée d'Egypte, dont tu auras sûrement besoin quand tu t'assiéras sur le trône.

— Je ne suis pas une magicienne, protesta encore Mérapi. Et pourtant, hélas ! les paroles de ce sorcier à l'œil froid, au sourire figé, sont vraies. Le glaive de la mort est suspendu sur l'armée d'Egypte.

— Qu'on attelle les chars ! dit Séti.

Huit jours étaient passés, le soleil se couchait et nous galopions à bride abattue vers la mer des Roseaux. Nous avions suivi, jour et nuit, l'armée de Pharaon à travers le désert, sur une route défoncée par les roues des chars et les pieds des soldats, et par la horde immense des Hébreux, qui étaient passés par là avant eux.

De la crête où nous fîmes halte, nous découvrions au-dessous de nous le camp de Pharaon. C'était une très grande armée que l'on voyait là dans la plaine. Des traînards nous dirent que les Israélites campaient au-delà, et, plus loin encore, s'étendait la mer des Roseaux, qui leur barrait la route. Mais nous ne pouvions voir ni les Israélites ni la mer pour une étrange raison. Entre les Hébreux et l'armée de Pharaon, un nuage noir se dressait comme un mur, de la terre jusqu'au ciel. Un des traînards expliqua que ce nuage marchait le jour devant les Israélites et se changeait la nuit en une colonne de feu. Ce jour-là seulement, comme l'armée de Pharaon approchait, il avait tourné derrière la horde pour venir se placer entre elle et l'armée.

Quand le prince, Baknikhonsou et moi, nous entendîmes ces choses, nous nous regardâmes en silence. Mais soudain le prince dit en riant :

— Nous aurions dû emmener Ki avec nous, même s'il avait fallu l'attacher sur un char. Il aurait interprété ce prodige.

— Tenir Ki attaché ne serait pas chose facile, Prince, s'il avait envie d'être libre, repartit Baknikhonsou. Du reste il était parti pour Thèbes avant que nous montions dans les chars à Memphis.

— Et j'ai donné des ordres pour qu'on ne le laisse pas revenir, car je le considère comme un mauvais hôte. C'est du moins l'opinion de Mérapi, répliqua Séti avec un soupir.

— Maintenant que nous sommes ici, que veut faire le Prince ? demandai-je.

— Descendre au camp de Pharaon et dire ce que nous avons à dire, Ana.

— Et si Pharaon ne veut pas nous écouter, Prince ?

— Alors proclamer devant tous notre message et nous en retourner.

— Et s'il ne veut pas nous laisser repartir, Prince ?

— Rester, et vivre ou mourir comme les dieux en décideront.

— En vérité, notre seigneur est doué d'un grand cœur ! exclama Baknikhonsou, et, quoique je me sente trop jeune pour mourir, je suis d'avis de voir avec lui la fin de cette aventure.

Et il rit tout haut.

Mais moi, qui avais peur, je trouvais étrange et terrible ce « ho, ho, ho ! » du vieillard, dont le ciel semblait renvoyer l'écho sur nos têtes.

Nous revêtîmes des costumes de cérémonie, que nous avions emportés, et, après avoir pris quelque nourriture, nous nous rendîmes sans armes, avec la moitié de nos gardes, au camp de l'armée d'Egypte au milieu duquel nous distinguions la tente de Pharaon surmontée de sa bannière. Nous laissâmes campés le reste de nos gardes, en leur enjoignant de s'en retourner s'il nous arrivait quelque chose et d'en porter la nouvelle à Memphis.

Comme nous approchions du camp, les sentinelles nous aperçurent et se mirent sur le qui-vive. Mais, quand elles nous reconnurent à la clarté du soleil couchant, une rumeur courut parmi les soldats :

— Le prince d'Egypte ! le prince d'Egypte !

Ils n'avaient jamais cessé de donner ce titre au prince Séti. Ils saluèrent de leurs piques et nous laissèrent passer.

Nous arrivâmes ainsi à la tente de Pharaon, autour de laquelle toute une cohorte montait la garde. Les côtés de la tente étaient relevés, car il faisait très chaud. Et, dessous, Pharaon était à table avec ses capitaines, ses conseillers, ses prêtres, ses magiciens, mangeant et buvant. La table était courbe comme un arc. Les convives étaient tournés vers l'entrée de la tente, Pharaon au centre, avec ses porte-éventail et ses échansons derrière lui.

Nous pénétrâmes dans la tente, le prince au milieu, Baknikhonsou, appuyé sur son bâton, à droite, et moi, portant la chaîne d'or que Pharaon Méneptah m'avait donnée, à gauche. Mais ceux qui nous avaient accompagnés jusque-là restèrent à l'entrée avec les gardes.

— Quels sont ces gens qui entrent sans y être invités ? demanda Amenmsès en levant la tête.

— Trois citoyens d'Egypte qui ont un message pour Pharaon, répondit Séti de sa voix tranquille. Nous avons voyagé vite et loin pour le porter à temps.

— Comment vous nommez-vous, citoyens d'Egypte, et de qui est votre message ?

— Nos noms sont : Séti Méneptah, ci-devant prince d'Egypte, héritier de la couronne, Baknikhonsou, le vénérable conseiller, Ana, le scribe, compagnon du roi. Et notre message vient des dieux.

— Nous connaissons ces noms. Qui les ignore ? dit Pharaon.

Et, comme il parlait, tous ses compagnons ou presque tous se levèrent, au moins à demi, pour saluer le prince.

— Tu peux prendre place à table, avec tes gens, Prince Séti Méneptah.

— Nous remercions le divin Pharaon, mais nous avons déjà dîné. Pharaon nous permet-il de lui communiquer notre message ?

— Parle, Prince.

— O Pharaon, bien des lunes se sont succédées depuis que nous nous sommes rencontrés face à face, en ce jour où mon père, Méneptah, le dieu bon, m'a déshérité avant d'être recueilli dans le sein d'Osiris. Pharaon se rappelle pourquoi j'ai été retranché ainsi de la souche royale d'Egypte. C'est à cause de ces Israélites, qui avaient été à mon avis injustement traités et auraient dû être autorisés à quitter notre pays. Méneptah, le dieu bon, conseillé par toi, Pharaon, voulait les exterminer par le glaive et me demandait mon assentiment en ma qualité d'héritier d'Egypte. Je refusai de l'approuver et fus déchu de mes droits. Depuis lors, tu as ceint la double couronne, ô Pharaon, tandis que je me retirais à Memphis pour y vivre comme un simple particulier. O Pharaon, bien des calamités se sont abattues sur l'Egypte et la dernière t'a coûté ton premier-né comme il m'a coûté le mien. En dépit de toutes ces plaies, tu as d'abord refusé de laisser partir les Hébreux, comme j'avais conseillé de le faire, dès le début. Puis, après la mort de ton enfant, tu as décidé de leur rendre la liberté. Mais voici que tu les poursuis avec une grande armée, dans le dessein de les exterminer par le glaive, comme mon père Méneptah, le dieu bon, l'aurait fait, si j'y avais consenti. Ecoute-moi, Pharaon !

— J'écoute, mais sois bref !

— O Pharaon, je te conjure d'interrompre la poursuite et de t'en retourner avec toute ton armée, non pas demain ou le jour suivant, mais à l'instant même.

— Pourquoi, ô Prince ?

— A cause d'un songe qu'a fait une femme de ma maison, une Israélite, un songe qui présage ta ruine et celle de ton armée, si tu refuses d'écouter mon conseil.

— Nous avons entendu parler de ce serpent qu'il t'a plu de recueillir dans ton sein d'où il crache son venin sur l'Egypte. On l'appelle Mérapi, Lune d'Israël, n'est-ce pas ?

— Tel est le nom de la femme qui a fait ce rêve, répliqua Séti, d'un ton froid (mais je le sentais trembler de colère à mon côté), ce rêve que, s'il plaît à Pharaon, mes compagnons répéteront mot pour mot à ses magiciens.

— Il ne plaît pas à Pharaon ! s'écria Amenmsès en frappant du poing sur la table. Ce n'est là qu'un nouveau subterfuge pour sauver ces sorciers et ces voleurs du sort qu'ils ont mérité.

— Suis-je donc capable de recourir à des subterfuges, ô Pharaon ? Si je l'étais, pourquoi t'aurais-je suivi jusqu'ici afin de t'avertir quand, en demeurant paisiblement à Memphis, je pouvais redevenir demain l'héritier de la double couronne ? Car, si tu ne veux pas m'écouter, je te le dis, tu seras bientôt mort et ceux-ci avec toi, ajouta le prince en montrant les convives qui étaient assis à la table, et avec eux la grande armée qui campe autour de cette tente. Dis-moi, qu'est-ce que ce brouillard noir qui règne devant les Hébreux ? Tu ne réponds pas ! Eh bien, moi, je vais te le dire : c'est le linceul qui s'apprête à vous envelopper tous !

Les compagnons de Pharaon frémissaient, les prêtres et les magiciens eux-mêmes avaient peur. Mais Pharaon était fou de rage. Bondissant de son siège, il arracha de sa tête la double couronne et la jeta par terre. Je vis l'uraeus d'or se détacher et rouler sous la sandale de Séti. Déchirant ses vêtements, Amenmsès s'écria :

— Notre sort du moins sera ton sort, renégat, qui as vendu l'Egypte à la sorcière israélite pour prix de ses baisers ! Saisissez-vous de cet homme et de ses compagnons, et, quand nous marcherons à la bataille, demain, à l'aube, contre ces Hébreux, placez-les à côté des capitaines de l'avant-garde.

Ainsi ordonnait Pharaon. Séti sans daigner répondre, croisa les bras sur sa poitrine et attendit.

Des hommes se levèrent de leurs sièges comme pour obéir au roi, mais se laissèrent retomber. Des gardes firent mine de s'avancer et restèrent où ils étaient. Alors Baknikhonsou fit entendre un grand éclat de rire.

— Ho, ho, ho ! j'ai vu passer des Pharaons, un, et deux, et trois, et quatre, et cinq, mais je n'en ai encore vu aucun à qui ses conseillers ou ses gardes étaient incapables d'obéir en dépit de leur volonté. Quand tu seras Pharaon, Prince Séti, fais en sorte d'être mieux servi. Ton bras, Ana, mon ami ! Et conduis-nous, royal héritier d'Egypte ! La vérité a été dévoilée à des yeux qui ne veulent pas voir. La parole a été prononcée pour des oreilles qui ne veulent pas entendre. Ton devoir est accompli. La nuit tombe. Dormez bien, vous qui êtes conviés au banquet d'Osiris, dormez bien ! Parvenu à l'entrée, je regardai en arrière. A la lueur du crépuscule, tous ces hommes assis à la table de Pharaon me faisaient l'effet d'une troupe de morts. Ils avaient le visage bleu et les yeux creux, pas un son ne s'échappait de leurs lèvres. Ils nous regardaient fixement ; ils nous regardaient, hagards.

Devant la porte de la tente, sur l'ordre du prince, je proclamai la substance du songe de Mérapi, avertissant tous ceux qui se trouvaient à portée de la voix de renoncer à poursuivre le peuple d'Israël, s'ils voulaient contempler encore le soleil. Quoiqu'un tel discours fût une trahison envers Pharaon, personne ne leva la main contre le prince ni contre moi, son serviteur. Je me suis souvent demandé, depuis, comment cela avait pu se faire et n'ai pas trouvé de réponse à cette question. C'était peut-être à cause de la majesté de mon maître, en qui tout le monde reconnaissait le vrai Pharaon et auquel allait l'amour du peuple. Peut-être se disait-on que le prince ne serait pas accouru de si loin et ne serait pas venu se mettre à la merci d'Amenmsès si cela n'avait été pour le bien de l'armée d'Egypte, et pour annoncer ce que les dieux eux-mêmes l'avaient chargé de proclamer.

Peut-être enfin Séti était-il encore défendu par la protection que les Hébreux lui avait promise et que Jabez lui avait apportée au nom de leurs prophètes. Pharaon pouvait commander, ses gens refusaient de lui obéir.

Le bruit de la visite du prince s'étant répandu, beaucoup de soldats de l'armée de Pharaon désertèrent cette nuit-là et vinrent camper autour de nous sur la colline ou reprirent le chemin des villes d'où ils étaient venus. Avec eux, fuyaient des conseillers et des prêtres qui avaient interrogé secrètement Baknikhonsou. Il arriva ainsi que, même si Pharaon avait envie d'en finir avec nous, il jugea plus sage de différer l'exécution de son dessein jusqu'à ce qu'il eût réglé le sort du peuple d'Israël.

Ce fut une nuit sinistre, silencieuse, étouffante et sans un souffle d'air. Les étoiles étaient cachées mais le rideau de brouillard noir qui semblait tomber du ciel derrière le camp des Egyptiens était animé par des lueurs qui semblaient dessiner des hiéroglyphes, indéchiffrables pourtant.

— Voici le livre du destin écrit en traits de feu par la main de Dieu, dit Baknikhonsou en s'éveillant.

Vers minuit, un fort vent d'est se leva brusquement ; il soufflait avec une telle violence que nous dûmes nous coucher la face contre terre sous nos chars. Mais cet ouragan s'apaisa. Nous entendîmes un tumulte et des cris, venant à la fois du camp des Egyptiens et de celui des Israélites derrière le brouillard. Après, ce fut une secousse de tremblement de terre. Une lune rougeâtre, couleur de sang, monta sur l'horizon et nous vîmes à sa clarté que l'armée de Pharaon se mettait en mouvement vers la mer.

— Où vont-ils ? demandai-je au prince, qui m'avait pris le bras.

— A leur destin ! répondit-il.

Nous frémissions d'horreur.

L'aube parut, nous révélant le plus affreux spectacle que des yeux humains aient jamais contemplé.

Le mur de brouillard s'était dissipé, et nous vîmes que les eaux profondes de la mer des Roseaux s'étaient divisées, laissant libre un chemin, qui semblait avoir été tracé par le vent ou soulevé par le tremblement de terre. Qui peut le dire ? Pas moi qui n'ai jamais posé le pied sur cette route de mort. La foule immense des Hébreux s'était engagée sur ce passage, menacée à droite et à gauche par les flots ; derrière elle marchait l'armée de Pharaon, affaiblie par les désertions. Nous distinguions même les chars dorés qui signalaient la présence du roi et de ses gardes du corps au milieu des troupes débandées, précipitées en avant sans discipline et sans ordre.

— Que va-t-il arriver ? Oh ! que va-t-il arriver ? murmurait Séti.

Comme il parlait, nous ressentîmes une nouvelle secousse de tremblement de terre. Alors une énorme vague, haute comme une pyramide, se souleva sur la mer ; elle roulait, avec sa crête incurvée et sa frange d'écume. Elle dominait l'armée d'Egypte de sa masse formidable. A ce moment, je crus voir sur sa crête des formes géantes qui fuyaient vers la terre : on aurait dit les dieux de l'Egypte poursuivis par un fantôme de lumière et de gloire, qui les chassait à coups de fouet. La vague mugissait plaintivement ; soudain, elle croula.

Mais, derrière elle, les hordes d'Israël allaient toujours ; elles atteignaient, saines et sauves, la rive opposée.

Un brouillard dense nous enveloppa. Je vis ou crus voir au travers Mérapi, Lune d'Israël, debout devant nous, la mine troublée, et je crus l'entendre crier :

— Au secours, mon seigneur Séti ! Au secours, mon seigneur Séti !

Puis cette vision s'effaça aussi.

— Attelez les chars ! cria Séti d'une voix sourde.

CHAPITRE XIII

LE COURONNEMENT DE MÉRAPI

La nouvelle de ce qui était arrivé courait devant nous plus vite que nos chevaux. Oh ! ce voyage était comme un cauchemar suscité par les dieux malins. Nous galopions sans repos, jour et nuit, et, quand nous traversions une ville ou un village, des femmes surgissaient en criant :

— Est-ce vrai ? O voyageurs, est-il vrai que Pharaon et son armée ont péri dans la mer ?

Le vieux Baknikhonsou répondait :

— Oui, celui qui était Pharaon a péri dans la mer avec son armée. Mais regardez, voici celui qui est Pharaon !

Et il montrait le prince.

Séti n'avait pas l'air d'y faire attention. Il disait seulement :

— Allons ! en route !

Nous repartions, précipitant notre course ; les plaintes des femmes devenaient de moins en moins distinctes, mouraient dans le silence.

Nous arrivâmes, au coucher du soleil, en vue des portes de Memphis. Le prince, se tournant vers moi, me dit :

— Je n'ai pas encore osé te le demander, mais réponds-moi, Ana, dans le brouillard, après la chute de la grande vague, n'as-tu pas cru voir une femme se dresser devant nous et ne l'as-tu pas entendue appeler ?

— Si, Prince !

— Quelle était cette femme et que disait-elle ?

— C'est celle qui a porté ton enfant, ô Prince, l'enfant qui n'est plus, et elle criait : « Au secours, mon seigneur Séti ! au secours, mon seigneur Séti ! »

Son visage devint couleur de cendre et il gémit :

— Nous deux qui l'aimons, nous l'avons vue ; nous deux qui l'aimons, nous l'avons entendue ! Le doute n'est plus possible : Ana, elle est morte !

— Je prie les dieux...

— Ne prie pas, car les dieux d'Egypte sont morts aussi, abattus par le dieu d'Israël. Ana, par qui a-t-elle été assassinée ?

Moi qui ai appris l'art du dessin, je traçai avec le doigt, dans la poussière épaisse qui couvrait le plancher du char, deux yeux profonds, surmontés de leurs sourcils. La dorure, avivée par les rayons du soleil couchant, brilla dans les yeux comme des prunelles de feu.

Le prince inclina la tête et dit :

— Eh bien, nous saurons si un grand magicien peut mourir comme les autres hommes. Oui, pour le savoir, je déposerai plutôt la couronne de Pharaon !

Nous fîmes halte aux portes de Memphis. Elles étaient fermées, mais, de l'intérieur de la ville, montait le brouhaha d'une foule surexcitée.

— Ouvrez ! cria le prince aux gardes.

— Qui m'ordonne d'ouvrir ? répliqua le capitaine, qui essayait de distinguer nos traits à travers la grille.

Nous avions le soleil derrière nous.

— Pharaon te commande d'ouvrir !

— Pharaon ? dit l'homme. Nous avons reçu la nouvelle certaine que Pharaon et son armée ont péri par sorcellerie dans la mer.

— Imbécile ! tonna le prince, Pharaon ne meurt jamais ! Pharaon Amenmsès est avec Osiris ; mais le dieu bon, Séti Méneptah, qui est Pharaon, t'ordonne d'ouvrir.

Alors les grilles de bronze s'écartèrent et ceux qui gardaient la porte se prosternèrent dans la poussière.

— Homme, demandai-je au capitaine, que signifie cette clameur dans la ville ?

— Seigneur, répondit-il, on va livrer au bûcher sur la place, devant le temple, la sorcière qui a attiré le malheur sur l'Egypte et causé par magie la mort de Pharaon Amenmsès avec son armée.

— Sur l'ordre de qui ? hurlai-je comme le conducteur du char fouettait les chevaux.

Mais la réponse n'atteignit pas nos oreilles.

Nous nous ruâmes par la grande rue, vers le temple, dont la foule encombrait les abords.

— Place à Pharaon ! Place au puissant, au dieu bon Séti Méneptah, roi du Haut et du Bas Pays ! répétait l'escorte.

Les gens se tournaient pour regarder la haute silhouette du prince, vêtu du costume de cérémonie qu'il avait mis pour se présenter devant Amenmsès.

— Salut à Pharaon ! criaient les habitants en se prosternant.

Et la clameur se propageait à travers Memphis avec la vitesse du vent. Nous étions arrivés au centre de la place. Là, devant les grandes grilles du temple, s'élevait un bûcher d'où montaient des flammes. Des personnages s'agitaient et, parmi eux je reconnus Ki dans son costume de Kherheb. La foule était contenue par un double cercle de soldats. C'était bien nécessaire, car les gens se démenaient comme des fous en brandissant le poing. Des prêtres groupés près du feu se séparèrent et je vis, au milieu d'eux, un homme et une femme. Cette dernière avait sa robe déchirée et les cheveux épars, comme si elle avait été cruellement malmenée. A ce moment la force l'abandonna, elle s'affaissa, levant son visage vers le ciel dans un dernier effort. C'était le visage de Mérapi, Lune d'Israël !

Ainsi, elle n'était pas morte !

L'homme qui était à son côté, fit mine de se pencher pour la relever ; mais une pierre lancée de l'ombre l'atteignit dans le dos et il se redressa en proférant un juron. Je reconnus tout de suite sa voix, quoiqu'il fût déguisé.

C'était celle de Laban, l'Israélite qui avait été fiancé à Mérapi et avait essayé de nous assassiner dans le pays de Goshen. Que faisait-il ici ?

Ki parla.

— Écoutez cracher l'Hébreu ! dit-il. La cause est jugée et le verdict rendu. Que le démon familier soit livré aux flammes avant la sorcière ! Regardez bien, peut-être va-t-il se métamorphoser sous vos yeux en quelque bête immonde.

Il avait toujours son sourire figé, qui ne l'abandonna même pas quand il se retourna pour faire signe aux esclaves noirs du temple. Ceux-ci s'avancèrent et je vis les reflets du feu sur leurs bracelets de cuivre. Ils empoignèrent Laban. L'Hébreu se débattait furieusement.

— Où est votre armée, Égyptiens ? hurlait-il. Où est votre chien de Pharaon ? Allez les chercher dans la mer des Roseaux ! Adieu, Lune d'Israël, femme sans foi ! Ha, ha, ha ! ton royal amant t'a préparé une belle couronne...

Il n'en dit pas davantage ; les esclaves le jetèrent la tête la première dans le grand feu, qui s'assombrit un instant, puis monta plus clair.

Alors Mérapi se releva péniblement et cria, d'une voix déchirante, ces mêmes mots que, le prince et moi, nous avions cru entendre loin d'ici au bord de la mer des Roseaux : « Au secours, mon seigneur Séti ! Au secours, mon seigneur Séti ! » Oui, ces mêmes mots dont l'écho avait résonné à nos oreilles des jours auparavant s'échappèrent de ses lèvres ; nous le crûmes du moins.

Ces événements s'étaient succédé pendant que nos chars se frayaient un chemin pas à pas à travers les rangs pressés de la foule, le temps peut-être de compter jusqu'à cent. Le cri de Mérapi expirait quand nous arrivâmes de l'autre côté et sautâmes à terre.

— La sorcière en appelle à quelqu'un qui soupe ce soir à la table d'Osiris avec Pharaon et son armée, ricana Ki. Eh bien, qu'elle aille le rejoindre, si les dieux gardiens le lui permettent !

Et il fit encore un signe aux esclaves noirs.

Mérapi cependant avait vu Séti sortir de l'ombre ou deviné sa présence ; échappant à ses bourreaux, elle se jeta sur la poitrine du prince. Il la baisa au front devant tout le monde, puis me la confia et se tourna vers le peuple.

— Le front bas ! cria la voix profonde de Baknikhonsou. Vie, santé, force ! Pharaon ! Pharaon ! Pharaon !

Et l'escorte lui fit écho. Alors subitement la foule comprit. Elle tomba à genoux et de toute part monta la clameur de l'antique salutation. Séti leva la main et bénit son peuple. J'observais Ki du coin de l'œil et je vis qu'il essayait de se glisser dans les ténèbres. Je murmurai un ordre aux gardes, qui s'élancèrent sur lui et le ramenèrent.

Alors le prince parla.

— Peuple de Memphis, tu me proclames Pharaon, et je crains en effet d'être aujourd'hui Pharaon comme la naissance m'y destinait. Consentirai-je à porter le fardeau du gouvernement si l'Égypte le réclame de moi ? Je n'en sais rien encore. Celui qui avait hérité de la double couronne a péri, je crois, dans la mer. J'ai vu les eaux se refermer sur lui et sur son armée. Je serai donc Pharaon, ne fût-ce que pour une heure, afin de rendre la justice en tant que Pharaon. Noble Mérapi, dis-moi, je te prie, comment tu en es arrivée à cette extrémité.

— Mon seigneur, répondit la jeune femme d'une voix faible, après ton départ pour l'armée de Pharaon, Ki est revenu. Par une des femmes de la maison qui était à sa dévotion, il obtint accès auprès de moi quand j'étais seule dans ma chambre. Là, il me fit cette offre :

« — Enseigne-moi le secret de ta magie, car je veux me venger des sorciers hébreux qui ont consommé ma chute, et des autres Hébreux, et de tous mes ennemis ; alors je deviendrai l'homme le plus puissant de toute l'Égypte. En retour, je contenterai tous tes désirs ; je te ferai reine d'Égypte et serai ton fidèle serviteur comme celui de ton seigneur Séti, et vous régnerez ensemble jusqu'au terme de votre vie. Mais, si tu refuses, je soulèverai le peuple contre toi ; avant le retour de Séti, s'il revient jamais, ceux qui te considèrent comme une sorcière malfaisante, te voueront au sort des sorcières. »

« Je répondis à Ki, comme je l'ai toujours fait, que je n'avais pas de magie à lui révéler, moi qui ne savais rien de l'art ténébreux de la sorcellerie. Ce n'était pas moi, lui répétai-je, qui avais détruit la statue d'Amnon dans le temple de Tanis, mais cette même puissance qui avait depuis envoyé à l'Égypte toutes ses plaies. Je lui dis que je me souciais peu des dons qu'il m'offrait, que je n'avais nulle envie d'être reine d'Égypte. Mon seigneur, il me rit au visage. J'apprendrais, disait-il, qu'il n'était pas bon de se moquer de lui ; d'autres avant moi l'avoient appris à leurs dépens. Puis il dirigea vers moi la pointe de son bâton, et marmotta une formule d'enchantement qui m'ôta la force et la voix. Je restai longtemps paralysée, ce qui lui permit de s'en aller sans être inquiété. Tes serviteurs, à qui je commandai en ton nom de s'emparer de lui et de le garder jusqu'à ton retour, ne purent le retrouver.

« À partir de cette heure, le peuple commença à me menacer. Les gens se rassemblaient par milliers devant le palais, élevant des clameurs de mort contre moi, qu'ils appelaient la sorcière. Je suppliai Dieu de me secourir, mais le ciel était trop loin de moi, pécheresse ; mes prières ne montaient pas jusqu'à lui. Les serviteurs du palais eux-mêmes refusèrent de me protéger. Tout le monde me fuyait. J'étais folle de terreur. Une nuit, un peu avant l'aube, je sortis sur la terrasse et, puisque aucun dieu ne voulait m'entendre, je me tournai vers le nord, où je savais que tu étais parti ; je t'appelai à mon secours, comme je l'ai fait tout à l'heure au moment où tu m'es apparu (ici le prince me regarda). Alors je vis sortir des buissons du jardin un homme enveloppé dans un grand manteau de peau de mouton, qui me dit :

« — Lune d'Israël, Son Altesse le Prince Séti m'envoie t'avertir que ta vie est en danger, comme la sienne l'est aussi, et qu'il lui est impossible de revenir. Il te prie d'aller le rejoindre pour quitter l'Egypte avec lui et chercher refuge dans un pays où vous serez tous deux en sûreté jusqu'à ce que ces calamités soient passées.

« — Comment puis-je savoir si tu viens vraiment de la part du prince, toi qui ne me montres pas ton visage ? demandai-je. Donne-moi un signe.

« Alors il me tendit ce scarabée de lapis-lazuli que tu m'avais donné au pays de Goshen et que tu m'as demandé de te rendre comme un gage d'amour en échange de ton anneau royal. Ce scarabée, je l'avais vu sur ta tunique quand tu es parti avec Ana.

— Je l'ai perdu au cours de notre voyage vers la mer des Roseaux, me chuchota le prince. Je ne t'en avais rien dit, Ana, pour ne pas t'inquiéter par un mauvais présage. J'avais rêvé, la nuit, que Ki se penchait sur moi pour me le voler.

Mérapi poursuivit son récit :

— Ce n'est pas assez, répondis-je. Cette fibule peut avoir été volée ou arrachée du cadavre de mon seigneur. On peut aussi s'en être emparé par magie.

« — Cette nuit, il n'y a pas une heure, dit l'homme, Pharaon et ses chars ont été engloutis dans la mer des Roseaux Que cela te serve de signe.

« — De quelle valeur peut-il être pour moi, répondis-je, puisque la mer des Roseaux est loin et que de telles nouvelles ne peuvent se transmettre en une heure à une pareille distance ? Va-t'en, perfide tentateur !

« — C'est pourtant la vérité, insista-t-il.

« — Si tu m'en apportes la preuve, je te croirai et te suivrai.

« — Bien ! dit-il. Et il s'en alla.

« Le lendemain, la rumeur commença à courir que cette chose atroce était arrivée. Le bruit sinistre grandissait. A la fin tout le monde jurait que la nouvelle de la catastrophe était vraie. Alors la fureur du peuple éclata contre moi. La foule rôdait autour du palais en rugissant comme des lions du désert assoiffés de sang. Il semblait pourtant impossible à mes ennemis de pénétrer ici : quand ils s'élançaient contre les grilles ou essayaient d'escalader les murs, ils retombaient comme s'ils avaient été repoussés par un esprit protecteur. Les jours passèrent. Ce matin, à l'aube, j'étais encore sortie sur la terrasse. L'homme au manteau reparut parmi les arbres.

« — Tu as entendu, maintenant, Lune d'Israël, me dit-il. Tu dois te fier à moi et me suivre. Tu te crois en sûreté ici parce que le palais de Séti a été protégé par des enchantements quand les plaies ont commencé. Mais cela peut changer.

« — J'ai entendu et je te crois, quoique je ne comprenne pas comment la nouvelle a pu atteindre Memphis en une heure. Je te dis, pourtant, étranger, que ce n'est pas encore assez.

« Alors l'homme tira de son sein un rouleau de papyrus et le déposa à mes pieds. Je l'ouvris et je lus. L'écriture était celle d'Ana, que je connais bien ; la signature était la tienne, mon seigneur ; le papyrus était scellé de ton sceau et de celui de Baknikhonsou, en qualité de témoin. Le voici.

Mérapi tira de sa robe le rouleau, qu'elle me donna.

Je déployai le papyrus et, à la lueur des torches, nous lûmes, le prince, Baknikhonsou et moi. Comme Mérapi nous l'avait dit, cette écriture ressemblait à la mienne. La signature du prince et les sceaux étaient là. Le document était ainsi conçu :

« A Mérapi, Lune d'Israël,

dans ma maison, à Memphis.

« Viens, noble Dame, Fleur d'Amour, me rejoindre, moi, ton seigneur. Le porteur de cette lettre te conduira en sûreté jusqu'à moi. Viens tout de suite, car je suis en grand danger comme toi-même et nous ne pouvons nous sauver qu'ensemble. »

— Ana, que veut dire ceci ? demanda le prince d'une voix terrible. Si tu nous a trahis, elle et moi...

— Par les dieux, j'ai trop vécu ! m'écriai-je avec indignation. Suis-je donc moins qu'un chien du désert pour entendre Ton Altesse me parler ainsi ?

Je me tus, car, à ce moment, Baknikhonsou commençait à rire.

— La lettre, ricanait-il, regardez la lettre !

Nous regardions et voici que l'écriture devint couleur de sang puis s'effaça. Le papyrus que j'avais dans la main n'était plus qu'une feuille blanche.

— Ho ! ho ! ho ! riait Baknikhonsou. En vérité, ami Ki, tu es le premier des magiciens, sauf toutefois vis-à-vis de ces prophètes israélites qui t'ont conduit... A propos, où t'ont-ils conduit ?

Alors, pour la première fois, le sourire figé s'effaça des lèvres de Ki. Les traits du magicien semblaient maintenant taillés dans un bloc de pierre, où les yeux luisaient comme deux rubis.

— Continue, noble Dame ! dit le prince.

— J'obéis à cette lettre. Je m'en fus avec l'homme, qui avait, disait-il, un char tout prêt. Nous sortîmes par la petite porte.

« — Où est le char ? demandai-je.

« — Nous partons en bateau, répondit-il.

« Et il me conduisit vers le Nil. Comme nous arrivions au grand bosquet de palmiers, des hommes surgirent d'entre les arbres.

« — Tu m'as trahie ! m'écriai-je.

« — Non, gronda-t-il, je suis moi-même trahi !

« Alors, pour la première fois, je reconnus sa voix, celle de Laban.

« Les hommes se saisirent de nous. Ki était à leur tête.

« — C'est la sorcière ! dit-il, la sorcière, qui, ayant mis le comble à ses forfaits, s'enfuit avec son amant hébreu, son auxiliaire dans ses œuvres criminelles.

« Ils arrachèrent le manteau et la fausse barbe

de mon compagnon. Laban était devant moi. Je le chargeai de malédictions.

« — Mérapi, protesta-t-il, c'est pour l'amour de toi que j'ai fait cela. Je voulais te ramener au sein de notre peuple, car ici je savais qu'on voulait te tuer. Le magicien m'avait promis de te donner à moi, si je réussissais à t'attirer hors de la protection du palais. En échange, je lui avais communiqué certaines nouvelles précieuses.

« Ce furent les seules paroles que nous échangeâmes jusqu'à la fin. On nous traîna à la prison secrète du grand temple, où nous fûmes séparés. Là, durant tout un jour, Ki et les prêtres me tourmentèrent de questions auxquelles je n'avais rien à répondre. Vers le soir, on me tira de la geôle et on me conduisit ici avec Laban. Quand la foule me vit, un grand cri s'éleva :

— « Sorcière ! Démon ! »

« Les rangs des soldats furent rompus, des brutes me saisirent, me jetèrent par terre, me rouèrent de coups. Laban essaya de me protéger, mais on le repoussa. Les gardes me dégagèrent à la fin. Oh ! mon seigneur ! tu sais le reste. J'ai dit la vérité.

Comme elle achevait ces mots, ses genoux plièrent, elle s'évanouit.

Nous la transportâmes dans un char.

— Tu as entendu, Ki ? dit le prince. Qu'as-tu à répondre ?

— Rien, ô Pharaon, répliqua froidement le magicien, car tu es Pharaon, comme je t'ai prédit que tu le deviendrais. L'esprit qui m'inspirait s'est retiré de moi. Les Hébreux me l'ont dérobé. Les hiéroglyphes qui étaient tracés sur ce rouleau auraient dû s'effacer aussitôt après avoir été lus par Mérapi. Je t'aurais raconté une autre histoire, l'histoire d'un amour secret, d'une tentative de fuite avec un amant. Mais un dieu contraire a conservé l'écriture jusqu'à ce que tu l'aies lue aussi. Pharaon, je suis vaincu. Fais de moi ce qu'il te plaira, et adieu ! Tu seras toujours aimé comme tu l'as été jusqu'alors, mais heureux, non, tu ne le seras jamais en ce monde !

— Egyptiens, s'écria Séti, je ne veux pas être juge dans ma propre cause. Vous avez entendu. Rendez vous-mêmes la sentence ! Quel châtiment ce sorcier a-t-il mérité ?

Alors une clameur vengeresse s'éleva :

— A mort ! Qu'il meure sur le bûcher ! Il a mérité le supplice qu'il réservait à une innocente !

Ce fut la fin. On ne dit plus tard qu'on retrouva dans les cendres du bûcher la tête du Kherheb, pareille à une pierre chauffée au rouge ; mais, quand la lumière du soleil levant l'éclaira, elle tomba en poussière et disparut, comme les hiéroglyphes s'étaient effacés sur le papyrus. Je ne saurais affirmer si ces choses sont vraies, car je n'en ai pas été témoin.

Nous transportâmes Mérapi au palais. Son corps et son âme étaient brisés, et elle ne survécut que trois jours. Je la vis pour la dernière fois quand elle m'envoya chercher, une heure avant sa mort. Elle reposait dans les bras de Séti, parlant de leur enfant, l'air très calme et heureux. Elle me remercia de mon amitié et, son sourire me le fit comprendre, elle savait que c'était plus que de l'ami-

tié. Elle me recommanda de veiller sur mon maître jusqu'à ce que nous nous rejoignions tous dans une autre sphère. Puis elle me donna sa main à baiser et je m'en allai en pleurant.

Quand elle fut morte, Séti fut pris d'une étrange fantaisie. Il fit élever un trône d'or dans la grande salle du palais et y assit Mérapi, en costume royal, avec le pectoral, le collier de gemmes et la couronne de reine d'Egypte.

Il la présenta dans cet appareil aux seigneurs de Memphis. Puis il la fit embaumer et ensevelir dans un hypogée secret dont je jurai de ne jamais révéler l'emplacement, mais sans les rites habituels, car elle n'était pas de la religion d'Egypte.

C'est là qu'elle repose dans sa maison éternelle jusqu'au jour de la résurrection, et son fils repose auprès d'elle.

Une lune après ces funérailles, les grands d'Egypte vinrent à Memphis rendre hommage au prince et le proclamer Pharaon. Avec eux vint Sa Grandeur la reine Userti. J'étais présent à la cérémonie, qui se passa d'étrange manière. Le vizir Néhési était là, ainsi que Roy et beaucoup d'autres prêtres, et le vieux chambellan Pambasa lui-même, cauteleux et rampant comme autrefois, n'ayant pas l'air de se souvenir qu'il avait abandonné le service du prince pour s'attacher à la maison du Pharaon Amenmsès ; avec sa verge de grand officier et sa longue barbe blanche, dont il était si fier, il était tellement comique, que Séti ne put le regarder sans rire, lui que je n'avais pas vu se dérider depuis des semaines.

— Te voilà donc de retour, chambellan Pambasa ?

— O très saint, ô très royal, répondit le vieux fripon, Pambasa, qui n'est qu'un grain de poussière sous ton pied, a-t-il jamais trahi son devoir de fidélité envers la maison de Pharaon ou du futur Pharaon ?

— Non, répliqua Séti, tu ne trahis ton devoir qu'envers celui qui a cessé d'être le futur Pharaon. Eh bien, garde tes fonctions, coquin ! Au fond, tu es peut-être aussi honnête que les autres.

On célébra la grande et antique cérémonie de l'offrande de la couronne, où figuraient des prêtres travestis, les uns jouant le rôle des dieux, les autres représentant les plus puissants Pharaons des temps passés. Les nobles des nomes, les notables des villes étaient présents. Quand tout fut fini, Séti déclara :

— Je prends ceci, mon héritage, — et il toucha la double couronne, — non parce qu'il m'est agréable de m'en ceindre le front, mais parce qu'il est de mon devoir de l'accepter. Et, tant que je vivrai, j'accomplirai mon devoir, je le jure à celle qui a quitté ce monde. L'Egypte a été frappée de calamités dont elle n'aurait jamais souffert si ma voix avait été entendue. L'Egypte saigne, elle agonise. Que ce soit votre œuvre et la mienne d'essayer de la rappeler à la vie ! Pour le peu de temps que j'ai à demeurer parmi vous, moi qui ai été frappé aussi, je serai votre serviteur et celui de l'Egypte. C'est ma volonté que mon avènement ne soit marqué d'aucune fête. Les richesses qu'on y aurait gaspillées seront distribuées aux veuves et aux orphelins de ceux qui ont péri dans la mer des Roseaux.

Le peuple se retira, humilié, mais content d'avoir un Pharaon qui connaissait les besoins de l'Egypte, qui aimait sa patrie et qui s'était seul montré sage de cœur lorsque d'autres étaient possédés par la folie.

Alors, Son Altesse Userti entra, magnifiquement parée, couronne en tête et suivie de sa maison. Elle fit une révérence.

— Salut à Pharaon !

— Salut à la Princesse royale d'Egypte ! répondit Séti.

— Non, Pharaon, à la Reine d'Egypte !

Il y avait à côté de celui de Séti, un autre trône, celui dans lequel il avait assis Mérapi morte. Pharaon se tourna pour le considérer un moment, puis il dit :

— Je vois que ce siège est vacant. Que la reine d'Egypte y prenne place, si elle veut !

Userti le regardait comme si elle le soupçonnait de folie, quoiqu'elle eût sans doute entendu parler de cette histoire du couronnement de Mérapi. Enfin elle gravit les marches et s'assit sur le trône.

— Oui, répondit-elle, mais je reprends, comme je l'ai promis, ma place légitime à côté de Pharaon, pour ne plus la quitter.

— Pharaon te remercie, Majesté, dit Séti en s'inclinant.

Une nuit (il y avait environ six ans que le prince était monté sur le trône), j'étais avec le Pharaon Séti Méneptah dans son palais de Memphis, où il aimait à résider quand les affaires de l'Etat le lui permettaient.

C'était l'anniversaire de la mort du premier né et il lui avait plu de s'entretenir avec moi de ce triste événement. Il marchait de long en large dans la chambre. En l'observant à la lueur des lampes, je trouvai tout à coup qu'il avait beaucoup vieilli et que l'expression de son visage était devenue encore plus douce. Il semblait amaigri et ses yeux avaient l'air de regarder dans le lointain.

— Tu te souviens de cette nuit, ami, n'est-ce pas ? me dit-il, la plus terrible peut-être que le monde ait jamais vue, du moins dans ce petit coin de terre qu'on nomme l'Egypte.

Il s'interrompit, souleva le rideau, et tendant le doigt vers le portique qui bornait la cour, il poursuivit :

— Elle était assise là, tu te tenais un peu plus loin, l'enfant était couché en cet endroit et sa nourrice était accroupie à côté... A propos, j'ai appris avec chagrin qu'elle est malade. Veille sur elle, Ana. Dis-lui que Pharaon ira la voir... dès qu'il pourra, dès qu'il pourra.

— Je me souviens de tout, Pharaon.

— Oui, naturellement tu t'en souviens. Car tu l'aimais, n'est-ce pas ? et l'enfant aussi et même moi, le père, et tu nous aimeras toujours, quand nous serons dans un pays où les sexes avec leurs barrières et leurs ardeurs sont oubliés, où l'amour seul survit... tu nous aimeras comme nous t'aimerons.

— Oui, répondis-je, car l'amour est la clé de la vie et ceux-là seuls sont maudits qui n'ont jamais appris à aimer.

— Pourquoi maudits, Ana ? Puisque la vie continue, ils finiront toujours par apprendre.

Il fit une pause, puis il reprit :

— Je suis content qu'il soit mort, Ana, quoique, s'il avait vécu, comme la reine n'aura pas d'enfant, il serait devenu Pharaon après moi. Mais qu'est-ce que cela, être Pharaon ! J'ai régné six ans et je crois être aimé de mon peuple. J'ai régné sur une nation dispersée que je me suis efforcé de rassembler, sur un pays malade que j'ai tâché de guérir, sur un peuple affligé que j'ai essayé de consoler. Oh ! la malédiction de ces Hébreux a bien opéré ! Et je pense que c'est ma faute, Ana, car, si j'avais été plus viril, au lieu de me décharger de mon fardeau, j'aurais résisté à mon père Méneptah et à sa politique, j'aurais soulevé le peuple, s'il l'avait fallu. Alors les Israélites seraient partis et l'Egypte n'aurait pas été frappée de tant de plaies. Mais, après tout, ce que j'ai fait, j'ai peut-être été forcé de le faire, et ce qui est arrivé devait arriver. Et voici que mon temps touche à son terme. Bientôt mes actions seront jetées dans la balance et je rendrai mes comptes. Puissé-je trouver des juges qui comprennent... et soient cléments !

— Pourquoi Pharaon parle-t-il ainsi ? demandai-je.

— Le sais-je, Ana ! Le souvenir de mon épouse israélite a été constamment présent à ma mémoire dans ces derniers temps. Elle était sage à sa manière, aussi sage qu'aimable, n'est-ce pas ? Si nous pouvions la revoir une fois, peut-être répondrait-elle à ta question. Mais, quoiqu'il me semble la sentir tout près de moi, elle se dérobe, je ne peux saisir sa présence. S'est-elle montrée à toi, Ana ?

— Non, Pharaon. Une nuit pourtant le vieux Baknikhonsou m'assura qu'il l'avait vue passer devant nous en me regardant avec gravité.

— Ah ! Baknikhonsou ! Il est sage aussi et elle l'aimait. Et puis, il se sépare tous les jours un peu plus de son corps, bien que peut-être il doive vivre assez pour déposer des offrandes sur nos tombes. Mais Baknikhonsou est à Tanis ou à Thèbes avec Sa Majesté Userti. Il ne peut pas nous parler de ce qu'il a cru voir... On étouffe dans cette chambre, Ana. Sortons !

Nous écartâmes le rideau pour passer sous le portique. Nous contemplions le jardin, baigné de rayons de lune, et nous causions de choses et d'autres, des Israélites, qui erraient, disait-on, dans le désert de Sinaï. Le silence tomba soudain entre nous.

Un nuage glissait sur la face de la lune, plongeant le monde dans les ténèbres, et j'eus conscience que nous n'étions plus seuls. Par terre, devant nous, il y avait une natte et, sur cette natte gisait un enfant mort : l'enfant royal Séti ! A côté, se tenait une femme dont le regard exprimait une immense douleur. Elle se penchait sur l'enfant mort : c'était la femme israélite, Lune d'Israël.

Séti me toucha l'épaule et montra l'apparition. Nous respirions à peine.

Mérapi souleva l'enfant et le présenta à Pharaon. Mais, prodige, il n'était plus mort ; non, il riait et riait encore, et il tendait les bras à son père. Cependant la douleur qui se reflétait dans les yeux de la femme faisait place à une joie indicible. Cette créature surnaturelle était plus radieuse qu'une étoile. Riant comme l'enfant, l'esprit de Mérapi se tourna vers Séti, lui adressa un signe de tête et disparut.

— Nous avons vu la mort, me dit le roi, et la mort, ô Ana, est encore la vie !

Cette nuit-là, avant l'aube, un cri résonna dans le palais, me réveillant en sursaut.

— Pharaon, le dieu bon, n'est plus ! L'épervier Séti a pris son vol vers le ciel !

Aux funérailles de Pharaon, je déposai sur sa poitrine les deux moitiés de la coupe brisée, pour qu'il pût y boire au jour de la résurrection.

Ici se termine le récit du scribe Ana, Compagnon du Roi, aimé de lui.

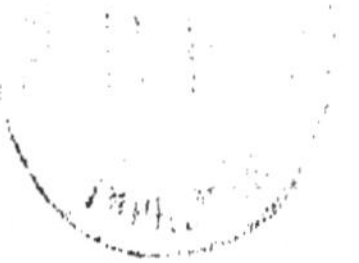

FIN

Imp. Técol 3 bis, rue de la Sablière, Paris — 9-12-4-1528